ヨハン・クライフ自伝

サッカーの未来を継ぐ者たちへ

JOHAN CRUYFF
MY TURN
THE AUTOBIOGRAPHY

若水大樹＝訳
木崎伸也＝解説

二見書房

ヨハン・クライフ自伝

目次

／まえがき／

私はディプロマ（資格）を持っていない。私はすべてを実践で学んだ。12歳のとき、父が亡くなり、私の教育はアヤックスによって決められた。最初はクラブの用具係をしていた私の二番目の父によって、その後ヤニー・ファン・デル・フェーンやリヌス・ミケルスなどの監督たちによってである。アヤックスのおかげで私はサッカーの技術だけでなく、どのように振る舞わなくてはいけないかを学ぶことができた。

私の義父のおかげで財務の経験を積むことができた。サッカー選手にとってマーケティングなんて聞いたこともなかったし、コマーシャルやプロモーションなども完全に未知なものだった。まさしく私が必要としているタイミングで、私の人生にそのサポートと教育をしてくれる人が現われたのだ。それがどれだけ重要なことだったかは、後になってわかることになる。なぜなら私が一人でできるはずだと思ったとたん、またたく間にことごとく失敗してしまうからだ。別にそれはしょうがないことだ。それも人生の一部だ。重要なのはそこから何を学んだかである。

ここで私が示したいのは、私の人生において家族の存在がどれだけ重要だったかということだ。私の両親、義理の両親、妻、子どもや孫たちはいうまでもなく、アヤックスで私がもっとも傷つきやすい時期に手を差し伸べてくれた人たちも含まれる。だからアヤックスも私の家族の一員だと思っている。家族が現在の私を築き上げてくれた。

サッカー選手としては一つ欠落している部分がある。私はトップレベルでしか考えられない。選手としても監督としても私は低いレベルでやることができない。私はつねに一つの方向でしか考えられない。トップで、現在考えられる最高の方法でだ。だから私も最終的にはサッカー選手を引退しなくてはいけなかった。トップレベルでプレーするためのフィジカルをキープできなくなったからだ。そんな私がピッチ上でやれることは何もない。だが、思考能力が衰えたわけではなかったので私は監督になった。

何よりも私が言いたいのは、自分の人生を向上させる、もしくは良くするということをつねに念頭に置いてやってきた、ということだ。その結果が、すべて私の行動に示されている。

二〇一六年三月

ヨハン・クライフ

ヨハン・クライフ自伝

JOHAN CRUYFF
MY TURN

私がおこなってきたことのすべては未来を見据えてのことで、つねに前向きに進むことに集中してきたため、過去のことをあまり振り返らない。私にとってそれは至って自然なことだ。私が過去にプレーした試合の詳細は、他の誰かがもっとよく書いてくれている。私が興味を持っているのは、サッカーに対するアイディアだ。

つねに前を向いているということは、すべてにおいて良くなることに集中できるということであって、私が過去を振り返るときは、その間違いから学べるときだけだ。このような教訓は人生のさまざまなポイントで得ることができ、その時点ではすべてがつながっていると認識している必要はない。つねに前を向いていると、いつも過去に起こったことを一本の線で見ることはできない。私が選手として学んだことの中心には、何よりも四つのことが必要だった。良い芝、きれいな更衣室、自分の靴を清潔に保つ選手とタイトなゴールネットだ。

それ以外のすべて、スキルとスピード、テクニックとゴールは後からついてくる。これが私のサッカーに対する気持ちと人生における哲学だ。これをすべてのことに私は反映してきた。それはトータルフットボールにであり、私の家族に関して、もしくはクライフ財団にであり、つねに進歩することを心がけ、より良くするために立ち止まることはなかった。

サッカーは初めから私の人生のすべてだった。私の両親はアヤックスのデ・ミール・スタジアムから数百メートル離れたところにある、ブトンドルプで八百屋を営んでいたため、サッカーを避けることは不可能だった。父はアヤックスの試合を見逃したことがない。

私の才能は父から遺伝していないかもしれないが、クラブに対する無条件の愛情は、父から引き継いだ。ただ私のサッカーの才能が、どこから来たのかは謎だ。確実に言えることは、私の才能は父親や祖父から引き継いだものではないということで、彼らがプレーしている姿を見たこともない。唯一、伯父のヘリット・ドゥラーイェル（母の兄）が左ウィンガーとしてアヤックスの1軍で何試合かプレーしたことがあるぐらいで、それも1950年代のアヤックスがヨーロッパで強豪として名を知られる前のことだった。

父は、ピッチ上のスペースの使い方を熟知していたアルフレド・ディ・ステファノや、驚異的なドリブラーのファース・ウィルケスのような選手たちの話をしてくれた。ウィルケスは中盤でドリブルを始めると四人や五人を抜き去るような選手だった。驚くべきことだ。ウィルケスはインテル・ミラノ、トリノとバレンシアでプレーする前は、クセルクセス・ロッテルダムでプレーしていて、キャリアの終盤にはまたオランダに戻ってきた。私にとっては、オランダ人がピッチ上で実現できることがこんなにあるのだと認識したときだった。だが家にはテレビがなかったし、海外のチームを見る機会はほとんどなかったので、ウィルケスのプレーはたまにしか見れなかった。それはディ・ステファノに関しても同じで、1962年にヨーロッパカップ決勝でレアル・マドリードがアムステルダムに来たとき、私は自らの目で初めて彼のプレーを見た。

私のすべてはストリートから始まっている。私たちが住んでいた地域は〝コンクリート・ビレッジ〟と呼ばれた、第一次世界大戦後に試験的に建てられた安アパートだった。労働者階級の街で、子どもたちはほとんどの時間を外で過ごし、私が思い出せるかぎりサッカーができそうな場所ではどこでもやっていた。私が不利をアドバンテージに変えることを学んだ場所だった。

たとえば縁石は障害物ではなく、ワンツーができるチームメイトに変えることができる。縁石のお陰で私は技術を磨けた。ボールがさまざまな面から変な角度に跳ねると、瞬間的にアジャストしなくてはいけなかった。私のキャリアのなかで、私のシュートやパスが予想していなかったアングルから来ることに驚かれたが、これは私の育ってきた環境のおかげだった。

同じことがバランス感覚に関しても言える。コンクリートの上で転ぶと怪我をする。もちろん怪我をしたくはないだろう。だからサッカーをやっていると同時に、つねに転ばないように集中していた。

このようなプレーをし、つねに変わる状況に反応することで、サッカー選手としてのスキルが磨かれた。そしてこれこそが、若い選手たちにスパイクを履かずにサッカーをすることを推奨している理由だ。彼らは私がストリートで転ばない練習に費やした時間を逃している。若い選手に平らなソールの靴を与えることで、バランス感覚を鍛えることができるだろう。

生活は質素だったが、とくに気にしていなかった。私は温かい家庭で育った。2歳年上の兄ヘニーと一緒の寝室で寝ていた。小さい頃の2歳差というのは大きな差だ。ただ私はできるかぎり外でサッカーをしていたように兄にも彼の生活があったし、私にも私の世界があった。

私はまさしく父と母の混合のようなものだ。社交的な面は母親譲りで、ずる賢さは父親譲りだ。私は確実にずる賢い。父マヌスのように、つねに限界を突破できる方法を探し、メリットを出すことを考えている。

私の父はよく冗談を言う人だった。片側に義眼をはめていた父は、よくまわりの人たちとどちらが長い間太陽を見ていられるかという賭けをおこなっていた。賭けが始まると父は義眼ではないほうの目に手を当て、一分間太陽を見つづけて金をせしめていた。

私の母ネルは、非常に社交的だった。母の人生は、家族のためにあったと言っても過言ではない。母には九人の兄妹がいた。そのため私は九人の伯父や叔母がいただけでなく、数多くの従兄弟や従姉妹がいて、何かしなくてはいけないときには必ず頼れる人がいた。一人は暖炉のことを熟知していたり、もう一人は左官だったりと、何か問題があったときには、誰かしら助けになってくれていた。だがサッカーのことになると、私自身でなんとかするしかなかった。サッカーに対する興味は、従兄弟たちの誰よりもはるか先に行ってしまっていた。

私は東アムステルダムのグルーン・ファン・ピンクスター学校に通っていた。ろくに信仰心もなく、まわりには無宗教の学校もあったにもかかわらず、そこはキリスト教の学校だった。教会には父の遣《つか》いで野菜を届けに行くくらいだった。父になぜ聖書がある学校に行かなくてはいけないのか聞いたら、「ヨハン、聖書には素晴らしい話が書かれている。私はこうすることでお前にいろいろなことを与えている。それをどうするかは後でお前が決めればいい」と答えてくれた。

学校ではすぐに、〝サッカーボールの子〟として有名になった。私は教室にもボールを持ち込み、つねに机の下で触っていた。たまにうるさいと教室から追い出されることもあった。私はよく無意識のうちにボールを右から左へと蹴っていた。学校生活でおぼえているのは一度もサボったことがないことだ。勉強が好きだったわけではないが、やらなくてはいけないことだという認識はあり、自分自身でもうやりたくないと決められるようになるまでしょうがなく続けていた。

一方で初めてアヤックスを訪れた日のことは、昨日のことのように思い出せる。1952年、当時私は5歳だったと思う。父にクラブで怪我や病気をしている人たちに、フルーツバスケットを持っていくが、一緒に行くかと誘われた。そして父と一緒に自転車に乗ってクラブに向かい、スタンドの席ではなく、クラブのドアを初めて通り抜けることに興奮していた。そのとき、父の友人でありクラブの用具係をやっていたヘンク・アンヘルと知り合った。彼に一度手伝いに来ないかと誘われ、私は早速翌日から手伝いはじめた。そして5歳のときにアヤックスとの人生が始まった。

私の子ども時代は、愛情にあふれていた。家でもアヤックスでもだ。ヘンクおじさんのお陰でピッチの芝を張り替えているときや、冬のシーズンオフのあいだにスタジアム内でさまざまな雑用の手伝いをさせてもらえたので、私はほとんどの時間をクラブで過ごした。そのお駄賃代わりにメインスタンドの下の室内練習場で、サッカーをやらせてもらえていた。

夏休みには家族の一員のようになったアヤックスのフォワードでプレーをしていた、アーレント・

ファン・デル・ウェルの家で過ごしたこともあった。彼はアヤックスからスポーツクラブ・エンスフデーに移籍したばかりで、田舎の自然に囲まれた場所で過ごしていた。このとき、7歳か8歳くらいだったと思うが、アーレントの足のあいだに坐り、初めて車の運転もさせてもらった。スポーツクラブ・エンスフデーでは当時アイドル的な存在で、ヘーレンフェーンから移籍したばかりの素晴らしいフォワードのアーベ・レンストラーとも会わせてもらった。しかも一度練習のときに一緒にボールを蹴らしてもらえたこともあり、素晴らしい出来事だった。アーベでおぼえているのは、彼がつねにボールを持っていたことだろう。

私の幼少期、とくにヘンクおじさんの奥さんが亡くなってから、ヘンクはうちの食卓に加わることが多くなった。食事中、私は息を呑んでアヤックスで起こった出来事を聞いていた。当時、彼だけでなくアーレント・ファン・デル・ウェルもよく食べに来ていた。当時の彼は北アムステルダムに住んでいるアヤックス1軍の若手選手だ。仕事帰りに一度家に帰るには遠すぎるため、練習がある日はうちで食べていた。そのため小さい頃から空いている時間をアヤックススタジアムで過ごしていただけでなく、家に帰ってもクラブにいるときと同じような感じだった。

私の父が亡くなった後、ヘンクおじさんは母と再婚した。ヘンクおじさんとアーレントのおかげで、私はクラブのすべてを把握していた。更衣室内で起こっていることや、1軍のチーム内のことまですべてだ。私は一日中彼らの話をスポンジが水を吸うように聞き入っていた。

私が大きくなり、どこでもうろつくようになって友だちとストリートサッカーをするようになった頃から、アヤックスのスタジアムは私の第二の家となった。ほんとうにいつもいた。7歳になってからは、いつもサッカーシューズを持って行っていた。いつ練習や試合で一人足りないなんてことがあるかわからないからだ。比較的運がよかったが、それは彼らが私に同情していたからだ。私はやせ細っていて、エビのような見た目だったので可哀想に思ったのだろう。だがそのお陰で関係ないはずの場所で、ユースチームとはいえ、小さい頃からアヤックスのチームでプレーすることができた。私がつねに言っている信念の一例だろう。このように私の痩せこけた外見のデメリットをメリットに変えることができた。

よくサッカー選手として最高の思い出は何ですか、と聞かれることがある。正直なところ、ほとんどのディテールをおぼえていない。私がプロになって、ホームで初めて決めたゴールですらだ。私が鮮明におぼえていることは、満員のスタジアムのピッチに入ったときのことだ。サッカー選手としてではなく、ゴール前の水はけを良くするために穴を開ける鍬《ピッチフォーク》を持っていたときだ。私は当時8歳ぐらいで、父もまだ生きていて、学校にも通っていたが、満員のスタジアムの前でピッチの上に立っていて、1軍の手伝いをさせてもらえた。このような体験は忘れることはない。水はけを良くするための用具をピッチに挿していると、私のヒーローたちのために最高のピッチを作らなくては、という責任感を持つことができた。サッカーをプレーする選手として、監督として、観戦者として、つねにサッカーのことを考えてきたが、小さい頃にこういう経験をしたことで、このような重要性を学ぶことができ、私のような人間が形成されたと思っている。

サッカー選手や監督を引退し、クライフ財団を設立したときには人々がリスペクトしなくてはいけない14のルールを制定した。そのなかの六番目が責任感とピッチと人に対する尊敬で、それはこの時代に学んだことだった。前にも言ったかもしれないが、私の人生の教訓はすべてアヤックスで学んだ。

私はごく普通の生徒だったが、当時から数字に関しては特別な感覚を持っていた。運命的なものもあるのかもしれない。私は妻ダニーと12月2日に結婚した。2＋12で私の背番号の14番と関係性ができる。西暦も加えるともっと特別になる。68年の12月2日だ。2＋12と6＋8で14が二つもできる。48年も結婚生活を続けられたわけだ。私たちの結婚は二重に縁起が良かった。息子のヨルディー（訳注：日本では「ジョルディ」と表記されることが多いが、原音に近い表記にした）に関しても同じだ。彼が74年に生まれ、私は47年に生まれた。両方とも11だ。さらには息子が2月9日生まれで、私が4月25日生まれだ。9＋2と、2＋5＋4でこれもまた両方とも11だ。

数字は私を魅了する。電話番号をおぼえるのもお手のものだった。友人たちは電話番号を一度伝えるだけで、私は忘れることはなかった。もしかしたら暗算が得意だったのもこのことに関係しているのかもしれない。これは学校でおぼえたのではなく、親の八百屋でおぼえたことだ。父が配達に行っていて、母が料理を作っているあいだは私が店番をやっていた。だが私は小さすぎたので、レジに届かなかった。そのため私は暗算をおぼえ、小さい頃から得意だったため数字への理解度が高まったのかもしれない。それに加え、数字への愛が影響し、サッカーでも数学的に考えるようになったのかもしれない。

どのように対戦相手よりアドバンテージを奪うことができるか、ディ・ステファノがやっていたようにどのようにすればうまくスペースを使えるようになるかなどだ。私の親はサッカースキルを与えてくれなかったが、他の人と違うサッカーの考え方をする土壌を与えてくれた。

サッカー選手として必要な体力を上げるためとはいえ、私はとくに走る練習とジムでのメディカルボールを毛嫌いしていた。アヤックスの1軍でプレーをしていたとき、リヌス・ミケルス監督に森のなかを走らされるときは、つねにどうすればショートカットできるか考えていた。森に入ったらできるだけ先行し、木の裏に隠れ、先頭が一周したときに人数が数えられないことを願っていた。最初のうちはそれもうまくいっていたが、ミケルスにはバレてしまった。罰として私はオフの日に早朝八時から森を走らされた。ミケルスは時間どおりに来た。パジャマ姿で運転席から窓を開け、「私には寒すぎるから帰ってまた寝るぞ」と言って去り、私は呆然と残されたこともあった。

私は正式に1957年、10歳のときにアヤックスに加入した。加入した当初、私は痩せこけた少年だった。もし今の時代に加入していたのであれば、私はさまざまなエキササイズをやらされていただろう。だが私は当時どれもやらず、嫌っていた。唯一、母に鉄分を摂取するために緑の豆とほうれん草をもっと出してほしいとお願いしたことくらいだ。それ以外のことは、今までどおり時間が許すかぎりクラブだろうが、ストリートサッカーだろうが、友だちとサッカーをやっていたことだ。私にとって重要だったことは、サッカーをやるということだけではなく楽しむことだった。

私が後に監督になったときには、フランク・ライカールトが同じようにランニングをサボろうとした。やたらと咳き込む演技をし、少しずつ後ろのグループに移っていき、前のグループに周回遅れにされたときにそっと前のグループに入り、最終的には他の選手たちより一周少なく走っていた。他のコーチたちは誰も気づかなかったが、私の目はごまかせず、むしろそれを楽しんでいた。もちろん後から本人にはバレていると伝えたが、同時に自分のことを見ているようで笑いがこみあげてきた。

このようなずる賢さを私は好む。これも父のおかげだろう。私の母もその才能を持っていた。ダニーと付き合いはじめた頃、ミケルスが定めた門限より遅く帰りたいときもあった。ミケルスは私の車が家の前にあるか確認するため、夜の見回りでアムステルダム市内を車で回っていた。バレないようにするために、義父の車を借りて自分の車は家の前に残したこともあるが、ミケルスはそれを信用せず、翌日私にペナルティを課そうとした。私はまだ実家暮らしだったので「母に電話して確認してくれ。私は家にいた」と言った。母もうまく協力してくれて、最終的にはミケルスもペナルティを撤回することになり、母と大いに笑ったこともある。

私が12歳のときのユースチームの監督、ヤニー・ファン・デル・フェーンは、サッカー以外に基準と価値観を教えてくれた。アヤックスでヤニーが初めて、つねに一定の基準にもとづき物事を進めることを教えてくれた人だ。アヤックスでの生活が学校で学べなかったことを補填できることを証明してくれたいい例だろう。ヤニーはユースチームでの経験しかなかったが、想像力のあるイギリス人で、戦後のトータルフットボールの基礎を作った１９４０年代の1軍監督のジャック・レイノルズのアイディアを採用し、私たちに教えてくれた。ヤニーは私たちに間違いを直すために実戦的なゲームをするように考えさせてくれた監督で、そのことがあったのでクリエイティブな練習方法を考えだすことができるようになった。

ミケルスからは規律を学んだが、ヤニーからは楽しむことを学んだ。私が監督になったときはこのアイディアをバルセロナにも持ち込んだ。つねに言っていることだが、サッカーを仕事にするということは、普通に働くことと意味が違う。もちろん厳しい練習をしなくてはいけないが、同時に楽しまなくてはいけない。

私のユース時代の指導者はヴィック・バッキンガム、ケイス・スプルゲオンと、それにヤニー・ファン・デル・フェーンだった。彼らはつねにサッカーの基礎が中心となる特殊な練習法を命じた。紅白戦とサッカーの五つの基礎技術の蹴る、ヘディング、ドリブル、オフ・ザ・ボールの動きとボールをコントロールし止める練習が交互におこなわれた。このように私たちはいつもサッカーに携わっていた。

この練習方法は私のスタンダードとなった。簡単なことこそ、一番難しいことなのだという認識もできた。私はワンタッチでのプレーが、サッカー技術の最高峰だと思っている。だがボールを完璧にワンタッチでプレーできるようになるためには、十万回は同じことをやらなくてはいけないだろう。これが当時のアヤックスの育成方法だったので、技術的に非常にすぐれた選手を数多く輩出できたのだ。ファン・デル・フェーンが考えた、一見したところすごくシンプルな練習法のおかげだろう。

だが私が感謝しているのは、彼だけではない。17歳のとき、私を1軍にデビューさせてくれたヴィック・バッキンガムにも感謝している。彼には私と同年代の息子が二人いた。私の母がバッキンガム家の家政婦をやっていたこともあって、私もよく遊びに行っていた。そのおかげで英語を学ぶことができた。学校ではなく、バッキンガムの家族とよく会話することによってだ。これがアヤックスのやり方でもあった。チーム内で子どもたちの面倒を見ることで、行儀よく行動することを学ばせた。

サッカー選手のなかでは、ピート・カイゼルが私の面倒を見てくれていた。彼は私より四つ年齢が上で、私が1軍に加わったときにはすでに1軍で四シーズン目だった。当時アヤックスはやっとプロ契約を結びはじめたばかりで、ピートはその第一号だった。私はピートに続きアヤックスで二人目のプロ契約選手で、彼が私に目をかけてくれていたことは感じとれていた。たとえば私がミケルスにペナルティを与えられないように、必ず九時半に帰宅するようにしてくれたりもしていた。

バッキンガムが1軍に昇格させてくれたが、1965年に引き継いだミケルスとは特別なつながりがあった。ミケルスが、まったく素人同然だったクラブ経営から隔離し守ってくれた。ミケルスが就任した当初、チームはリーグ下位を争っていて、彼はピッチ外で起こるすべてのことから私たちを守り、プレーをどうすれば良くするかに注力し、試合に集中できるようにしてくれた。彼がアヤックスをトップクラブへと押し上げた。アヤックスで作り上げた絆は、言葉に表わすのも難しい。なぜなら彼はクラブ外でも、私の人生の一部になったからだ。

かなり後の話だが、私に子どもができたときには、わが家のシント・ニコラス役（訳注：オランダ版のサンタクロース）をやってくれたこともあった。ただ残念なことに娘のシャンタルにはバレてしまったが。

まだ彼女が言った言葉をおぼえている。「あれ？　シントじゃないじゃない。あなたはリヌスおじさんでしょ」とね。

私は当時18歳で、チームでも最年少だったが、ミケルスはつねに私を別枠で呼び出し、試合の戦術について話し合った。このような対応を他の選手にはしなかった。ここでの話し合いのなかで、1960年代後半にアヤックスが披露するサッカーのベースとなるアイディアが出されていたのだ、と今になって振り返るとわかる。

二人きりのときには、ミケルスがどんなサッカーを考えているか、何をしなくてはいけないか、もしくは何がこのチームでうまくいってないかなどを説明してくれた。ヘンク・アンヘル、アーレント・ファン・デル・ウェル、ヤニー・ファン・デル・フェーン、リヌス・ミケルス、ピート・カイゼルやその他大勢の人間が、私という人間を形成するうえで重要な役割を担っていた。とくに私の人生の大事な時期には、ピッチ外でのサポートも大きかった。

私の父が亡くなったときも、病院へ連れていってくれたのはミケルスだった。後にミケルスと私のあいだには楽しくない出来事もあったが、彼は私のなかではつねに必要なときに手を差し伸べてくれた人として残っている。

1959年、父は45歳で他界した。その日は小学校の卒業式の日で、私はまだ12歳だった。卒業パーティーの最中に父が亡くなったと知らされた。この出来事以降、家に帰っても相談できる父がいなくなってしまったため、アヤックスが私の人生でより大きな部分を占めるようになった。父の死因はコレステロール値が高すぎたための心臓発作だった。父の死を忘れることはなかった。年をとるにつれて、私も同じ運命をたどるのではないかという思いが強くなっていった。

たとえば私も50歳になれないのではないかとかだ。だから父と同じぐらいの年齢のときに、私もバルセロナの監督をやっていて、心臓に問題が起きたときもそれほど驚かなかった。すでに私はその可能性も考慮していたのだ。ただ当時とは一つだけ大きな違いがあった。三十年の月日による医学的進歩のおかげで疾患は治すことができるようになった。

私の父は、母と同じように、アムステルダムのオースター墓地に埋葬されている。昔のアヤックス・スタジアムの斜め前にある墓地だ。父の死後、墓地の前を通るたびに私は父に話しかけた。最初は学校のことばかりだったが、しだいにサッカーのことが多くなった。たとえば審判がひどいやつだったとか、私の得点シーンのことや、そのようなたぐいの話だ。月日の流れとともに私たちの話す内容は変わっていったが、この時間がなくなることはなかった。つねに私が難しい判断を下さなくてはいけないときは彼に問いかけていた。「どう思う?」と聞くと、翌朝起きたときにはどうするべきか決まっていた。いまだに理屈はわかっていないが、私が判断しなくてはいけないときには、必ずどのように取り組むべきか自信が持てるようになっていた。

このようなことが続くと、疑問に思うようになるのも当然だろう。ほんとうに起きていることとなのだろうか、と自問自答することもあった。私は20代前半で、まだアムステルダムに住んでいて結婚したばかりだった。当時アヤックスでは喧嘩が絶えなかった。私のなかでもいろいろなことに疑問を抱いていた時期で、父のことに関しても同じだった。私のまわりで死から蘇《よみがえ》った人なんて、もちろんいないのだから。そんなこともあり、父を試してみることにした。父が私のそばにいるのなら、時計を止めてほしいとお願いしたことがあった。偶然とは思うが、翌朝起きたときに時計が止まっていた。私の義父は時計店のオーナーだったので、その日のうちに時計技師に見てもらった。直すことはできたのだが、なぜ止まっていたかはわからなかった。翌日もまた同じ現象が起きた。また私の時計が止まっていたのだ。同じように時計屋に行き、見てもらったが問題点を発見できなかった。その夜、私は父に信じたと伝えた。私の時計はまた時を刻みはじめ、その後止まることはなかった。今もその時計は毎日身に着けている。

　父の死後、母がパートに出なくては暮らしていけなかった。アヤックスが私たち家族に手を差し伸べてくれ、更衣室の清掃やイギリス人監督の家政婦としての仕事を与えてくれた。そのおかげで私もクラブとの関係を保つことができた。とくに母がヘンクおじさんと再婚してからは、それが強くなった。私は彼のことをほんとうに二人目の父として認めている。

　私の母が働いていたとはいえ、旅行に行くお金はなかったので、私は一年中デ・ミール（訳注：旧アヤックス・スタジアム）にいるようになった。夏のシーズンオフのあいだ、アヤックスでは野球ができたが、私はいつもサッカーをするために行っていた。ちなみに野球も私はうまかった。キャッチャーとして15歳まではオランダ代表に選ばれていたぐらいだ。私は一番打者でもあった。あまりにも小さかったため、一度も三振を取られたことがなかった。ほとんどがファーボールで塁に出られた。

野球では、サッカーにも活用できることをいろいろ学べた。キャッチャーとして私が投手をリードした。なぜなら投手ではなく、私がピッチ全体を見渡せるからだ。そのおかげで自然とサッカー選手としての能力でもある、全体を把握する力が強化された。同じように先の展開を考えることも学んだ。野球では幼少期からつねに次のプレーを考えるように教えられ、ボールを受ける前に次にどこに投げるべきか考えさせられる。そのためには投げる前に、全員の位置とスペースを把握している必要があった。

どんなサッカー監督も、私がパスを受ける前に次にパスを出すところをわかっていなくてはいけない、などと教えてくれたことはなかった。だが私がプロのサッカー選手になってから、野球で学んだ全体を見渡す能力が私の力となった。野球はサッカーと同じ要素を数多く含んでいるスポーツなので、教育過程ではさまざまな能力を選手に与えてくれる。たとえば瞬発力、スライディングの仕方、空間認識力、先の展開を読む力や、それ以外にもさまざまなことを学べる。これらはバルセロナがクローズコントロールやロンドなどでも使っている原則で、チキ・タカスタイルの基礎となっている。

私にとっては非常に有効な手段だったと確信している。私はその後も野球を学びつづけたことで、監督になってからは野球の視点からおこなえるアドバイスをサッカーにうまく適応できた。野球を通して学んだ一歩先の動きを読むことも同様だった。つねに瞬間的な判断力を鍛えられていた。たとえばこのタイミングで投げて間に合うのだろうか、というようなことだ。それ以外にも瞬間的に戦術的な判断を下し、さらに技術的に正確な行動を取るなどだ。

この考え方をまとめ、私のサッカーに対するビジョンを作り上げたのはかなり後になってからだった。当時はこのような大きな図が描けるとは少しも思わず、さまざまなことを吸収していた。私はただただ一日中ボールと遊んでいる子どもだった。

10歳から17歳までの私のアヤックスユース時代は、素晴らしい期間だった。誰もが私がうまくなるために手伝ってくれていたが、私はまだ何も達成していなかった。

最初は選手として、後に監督として戦術に関してよく話すようになったが、私が経験してきたことと私の目の前で起こっていること、たとえばレアル・マドリード戦と子どもの頃に体験したことの二つをつなげることの重要さに気づいたのはかなり後になってからだった。その頃はつねに吸収し、観察し耳を傾けたため選手としての成長はほんとうに速かった。長いあいだ、二つのチームを掛けもちしていたことも助けとなっていた。１９６４年11月15日、17歳のときアヤックスでデビューしてからも、1軍ではフィールドプレーヤーとしてプレーし、3軍ではキーパーとして参加していた。私はすごく楽しんでやっていたし、キーパーとしても悪くなかった。アヤックスでヨーロッパカップ（訳注：現チャンピオンズリーグ）に参加していたときは、第二キーパーだったぐらいだ。当時キーパーは、他のキーパーと交代できないというルールがあったのだ。

ミケルスとヤニーは、私たちにメンタル面も強くならなくてはいけないと教え込んだ。私が15歳か16歳ぐらいのときにヤニーが始め、1軍に昇格してからもヴィック・バッキンガムとミケルスが継続したメンタルトリックのことをよくおぼえている。ヤニーは私が前半だけユースのチームに参加し、翌日は1軍のサブメンバーになり、たまに出場できるように手配した。こうすることで、1軍に参加させてもらえているというプライドが芽生え、自分のチームでは一番うまい選手にならざるをえないということを私が感じるように仕向けたのだ。そしてこれが私のプレーのかたちになり、どんなチームであれどんな試合であれ一番になるために努力することが当たり前となった。

まわりの人たちは私がしゃべりすぎていると言っていて、うっとうしく思うようになり、よく黙るように指摘された。私はいつもスタジアムにいたので、チャンスがあれば試合に出た。選手たちのことも昔から知っていたので、とくに変な感じにはならなかった。私はただ楽しんでいる子どもで、人生最初の十五年間は哲学も持っていなかったし、分析することもなかった。ただ楽しんでいただけだった。失敗するなんて考えたこともなかった。私はすべてをあるがままに受け入れ、それを楽しんでいた。

デビューして数カ月後の1965年、アヤックスから初めてプロ契約を提示された。すでに述べたように私はピートに続きアヤックスで二人目のフルタイムプロだったが、いろいろな仕事は続けていて、自分の人生を楽しんでいた。チームの他の選手たちは、まだパートタイマーのままだった。私はほとんどの時間をボールとともにストリートで過ごしていて、銀行口座を開き貯金のことを考えはじめたのは、ダニーと出会ってからだった。母同席のもと契約書にサインをし部屋を出た直後、私は母にもう更衣室の清掃はしなくていいと伝えた。私が汚した場所を清掃させたくはなかった。洗濯機がなかったため、私のユニフォームはまだ当分洗わなくてはいけなかったし、洗濯機を買うためには私の給料を数カ月貯めなくてはいけなかった。

今では考えられないかもしれないが、スター選手であろうが練習で泥だらけにしたユニフォームは、家に持ち帰って洗っていた。これも自分の成長になる。そうすることで服を大切にすることを学び、サッカーシューズを手入れすることを学び、人間として成長できる。

監督になってからは、子どもたちにこのことを伝えるようにした。自分でサッカーシューズを手入れしたら、どんなスパイクが裏についているかわかって、道具を大事にする気持ちを育めると言ってね。さらに社交性も学んでくれるかもしれないと期待もしていた。それがうまくいかなかったとき、アヤックスやバルセロナの監督をやっていた頃には二、三人で更衣室を清掃させ、責任感を学んでもらおうと思った。すべてはサッカーに還元される要素だ。このように私が実体験で学んだことを彼らにも学ばせようとしていた。だが単純に、私が試合のユニフォームなど自宅で洗濯しなくてはいけなかったということからも、私のプロ二年目となる1965年当時、どれだけアヤックスがプロとして組織されていなかったかわかるだろう。

当時プロ契約をしていたのは、ピート・カイゼルと私だけだった。だから全員がそろう練習は、夜だけだ。昼間は仕事があったりなどで、集まるのは七人ぐらいだったし、夜も仕事が終わった後にまだ練習する気力が残っていた人たちが加わるぐらいだった。だがそんな状況も長くは続かなかった。とくにヴィック・バッキンガムが1965年1月に解任され、リヌス・ミケルスが引き継ぐと、あっという間にプロフェッショナルな組織を作り上げた。

最終的にプロとしての成長は、九年間続いた。オランダリーグで初めてフル出場した1965年から1974年のミュンヘンでおこなわれたW杯決勝までだ。十年のあいだに無名のチームから、いまだに世界中で語られるトータルフットボールのアヤックスになった。今でも同じことができるのだろうかという質問に対して、私はできると思っている。正確に言うと確信している。その証明が、80年代から90年代のアヤックスであり、その後のバルセロナやバイエルン・ミュンヘンだ。

アヤックスの成功の基礎は才能のある選手、技術と規律の組み合わせだ。このことに関してはヤニー・ファン・デル・フェーンとリヌス・ミケルスの両監督の努力に尽きる。ファン・デル・フェーンは、私たちにサッカーに対する愛情やクラブに対する愛情を植えつけてくれただけでなく、私たちの技術の向上にも重要な役割を担っていた。さらに彼はピッチ上での聡明な目を持っていて、それは私たちの後のポジショニングの土台となっていた。

私が学んだことは、サッカーはミスを犯すゲームだということで、それを分析することで学ぶことができ、苛立たないようにもなれる。私たちは毎年良くなっていっていたし、私は過去を振り返ることはなかった。試合が終わった後は、すでにどうすればもっとよくできるかと次の試合のことを考えていた。

ファン・デル・フェーンの指導の後は、ミケルスのもとでサッカーを学んだ。彼はプロ契約選手が多くなるようにアヤックスに働きかけてくれて、その結果、昼間も練習ができるようになり、技術だけでなくフィジカル的にも向上できた。それ以外にも私たちのメンタリティーも徹底的に鍛えあげられた。不思議なことに、厳しすぎる規律となってしまうことはなかった。

アヤックス内では、つねに自重とユーモアを受け入れられる余裕があった。この絶妙な組み合わせが私たちのチームとしての輝きの原動力となった。私たちは何をするべきか把握していたし、それを楽しんでおこなえた。そのことが私たちの相手にとっては、脅威としてとらえられていた。このおかげで私は最初から失敗に対する恐怖をおぼえたことはなかったし、試合を恐れたこともなかった。5歳からほぼ毎日デ・ミールに出入りしていたため、ユースに入った頃には1軍の選手全員を把握していた。だからユースから1軍へ上がることも、私にとっては特別なことではなかった。同じ感覚でピッチにも上がっていた。

試合をすること以外に興味を持っていたことは、私たちが使っていた戦術を説明することだけだった。結婚するまで将来のことを考えたことはなかった。その日その日を生きていて、何よりも自分の人生を楽しんでいた。私はサッカー狂で試合をすることが何よりも楽しかった。ユースだろうが3軍だろうが1軍だろうが関係なかった。

それは大きな試合になっても変わらなかった。1966年にオランダ代表のデビュー戦、そしてその後のヨーロッパカップの試合でも、私はいつものようにプレーした。ミケルスは当時、私のことをダイアモンドの原石と称し、どんなときも私を導いてくれた。対戦相手の事前ミーティングやどのような戦術を取るべきかを私とだけ話し合い、その場には他に誰も参加させなかった。ミケルスは私にピッチ上での責任を与え、状況が必要とするのであれば、その場で修正する権限をくれた。

このように若い頃から、つねにチームのために考えることを教えてくれていた。私が監督になってからも、この方法をマルコ・ファン・バステンやペップ・グアルディオラなどの選手に使った。これはつねに二方向に効力を発揮する。チームにとっても良いことだし、対象の選手にとっても良いことだ。

もちろん若手の選手としては間違いも犯すが、それも教育過程の一環だ。私が初めて退場を命じられたことも、そのうちの一つだろう。それは1967年のオランダ代表二戦目で、チェコスロバキアと対戦したときだった。私はつねに蹴られ削られていたが、東ドイツ出身のルディ・グロックナー主審は何もしてくれなかった。あまりにも続くので審判になぜ相手のディフェンダーに好き勝手にさせるのかと聞いたら、文句を言うなと取り合ってもらえなかった。その後また思いっきり蹴られ、目の前で見ていたにもかかわらず、ファールすら取ってもらえなかった。再びクレームを言ったら、私は退場させられ、オランダサッカー協会から代表招集を一年間見送られた。

大変な騒動となってしまったが、そのおかげで初めてサッカー選手が抗議をする権利をどうするのか、という議論が巻き起こった。私はごく普通の権利を主張しただけだった。チェコの選手は私が試合を続行できないようにしようとしていたし、審判はそれを黙認し、最終的には審判がなぜ何もしないのかと問うたら、私をターゲットにした。試合は選手と審判が協力しなければ観客を楽しませることはできないというのに。ただそんな感覚は1967年当時にはなかった。審判が絶対であり、それに逆らうことは許されなかった。ビートルズ全盛期で自由を謳歌している若手の選手と、一週間に一度だけ九十分間主導権があり、それ以外の時間はGDR（ドイツ民主共和国）で黙っていなくてはいけない東ドイツ人という、社会的な違いを除いてもだ。

代表は追放されていたが、アヤックスではプレーを続けられた。しかしそこでも有利なことや不利なことを受け入れなくてはいけなかった。私のプロ一年目のシーズン、1965-66を優勝した後、1966-67年シーズンのヨーロッパカップ第二ラウンドでリバプールと対戦した。当時、リバプールはイングランドの最強チームだけでなく、世界的にも最強のチームだった。

普段私は試合や出来事をおぼえることを得意としていないが、アムステルダムのオリンピック球場でおこなった歴史的な霧の試合と、リバプールのアンフィールドでのリターンマッチは、鮮明におぼえている。イングランドはW杯優勝したばかりだったので、誰もが彼らのことを話していた。リバプールには私たち全員が知っているロン・イーツ、イアン・セント・ジョン、トミー・ローレンスやピーター・トンプソンが所属していた。

誰もが私たちが負けると予想していたが、前半が終わったときは4-0と圧倒していた。この試合は霧の影響が大きかった。誰もがこの悪い視野のコンディションで試合をおこなわなくてはいけないことをよく思っていなかった。だが何よりも私がこの試合を鮮明におぼえていた理由は、リバプールに対して私たちが技術面ですぐれていたことが証明され、ミケルスが作り上げたものがすべて機能したからだろう。単純に技術ではイングランド人たちを圧倒できた。アムステルダムでは5-1となり、相手のビル・シャクリー監督がこんなことは何かの間違いで、リバプールでは7-0で勝利すると叫んでいたことを忘れることはできない。

一週間後、私は鳥肌が立つ思いでピッチに立っていた。対戦相手に気圧されたからではなく、その場の雰囲気に呑まれていた。熱狂的なサポーターがいるリバプールの巨大なKOPスタンドと彼らの合唱。アンフィールド・ロードは信じられないぐらい素晴らしかった。九十分間ほんとうに楽しんだし、試合も最高だった。2-2で引き分けたが、私たちが完全に試合を支配していた。

次のラウンドに進めたことよりも、アンフィールドが私に残した印象のほうが強く、そのときからイングランドのサッカーに魅了されてしまった。あのような素晴らしい環境のなかでできることなら、私も数年間プレーしたかった。残念ながら当時外国人選手の締め出しが厳しかったため、その夢は叶うことはなかった。そのことは今でも残念に思っている。

リバプールに勝利したことで、誰もがヨーロッパカップを優勝できる可能性があると騒ぎたてたが、準々決勝でデゥルカ・プラハにトータル3-2で敗退した。不運でもあり本来であれば違う結果のはずだったが、試合終盤のオウンゴールでそのような結果となってしまった。このことからも私はまた一つ学んだ。なぜならこれこそが私たちのサッカーに対する哲学を象徴していたからだ。

毎試合、私たちは調子が上がっていって、ミケルスが描いている将来像に一歩ずつ近づいていった。

試合にも勝ちたかったが、同時にサポーターを楽しませ、幸せな気分で家に帰ってもらえることを望んでいた。それは簡単なことではなかったが、リバプール戦での勝利でアヤックスが正しい方向に進んでいることが示せた。リバプール戦はシャクリーがアヤックスの名前なんか聞いたことがないと言っていたが、私たちにとって重要な試合となった（まあ、1.FCニュルンベルクのマックス・マルケルが私たちのことを洗剤のことだと思っていたといったことよりはマシだったが）。リバプール戦までは私たちは国際的に無名だったが、この試合後にはまったく変わっていた。

翌年は不運にも一回戦で強豪レアル・マドリードを引き当ててしまったが、延長の末、わずかな差で敗退したことで、また一歩進むことができた。さらに翌シーズンの1969年にはヨーロッパカップ決勝に駒を進めたが、ACミランに4−1で敗れた。それはミケルスが六人か七人の新しい選手を入れた年だった。

ヴァソビッチは、リベロもしくはスイーパーとして、ディフェンスラインの最後の砦として守備の要のプレーをしていた。その後、ホルスト・ブランケンブルクのほうが攻撃的な選手で技術も高かったため、チームにパワーをもたらしたヴァソビッチのポジションを奪った。ストライカーとしては、彼はフィジカルが強く、さらにメンタルも強く、ヨーロッパのサッカーを経験していたということだ。このホルストがいるというだけで大変になることがわかっていた。そして一番重要だったことは、彼はフ

そして1971年に、ヨーロッパカップ初制覇してからは三連覇を達成した。このようにアヤック

スは、わずか六年で普通のクラブから世界最強のクラブにのし上がった。その秘密は何だろう？　才能、技術と規律の組み合わせは、私たちがアヤックスでずっと強化してきたことだし、それはミケルスが来る前から始めていたことだった。これはクラブの一部とすらなっていた。

ミケルスがもたらし、私と彼がつねに話し合っていたことは、ピッチ上の組織化がどれだけ大事かということだ。どうすればピッチを支配でき、対戦相手を圧倒できるかを理解することも、論理的に考えることが重要だとわかる。チームを組織する方法を完全に把握すれば、どこに可能性があるか理解できる。これをアヤックスは他のどのチームより先に達成できた。

アヤックスでは両サイドを次のように呼んでいた。トゥッティー・フルッティー（めちゃくちゃなという意味）の左サイドと真面目な右サイド。右にはウィム・ズールビール、ヨハン・ニースケンスとシャーク・スワルトで安定した確実性がある一方で、左サイドはルート・クロル、ゲリー・ミューレン、ピート・カイゼルと私で何が起こるかわからなかった。

このように私たちは技術、戦術、パフォーマンスとサッカーのやり方の完璧なミックスを持ち合わせることで、試合に勝利することができ、何よりも観客を楽しませることができた。私はこれも私の仕事の一部だと認識していた。そして一週間働いて週末の日曜日に観戦に来てくれたサポーターたちを素晴らしいサッカーで魅了する必要があったし、そのうえでさらに結果を残すこともできた。

すぐれた選手はボールをワンタッチしかしない選手で、どこに走り込むべきかわかっている選手だ。これがオランダサッカーのすべてだった。私はつねにサッカーは美しく攻撃的でなくてはいけないと言いつづけてきた。スペクタクルでなくてはいけないのだ。

アヤックスでは、技術と戦術を重要視していた。どんな監督も動き方、たくさん走ること、そして切り替えのことばかり話す。だが私はあまり走ってはいけないと言う。サッカーは頭でやるスポーツだ。必要な場所に良いタイミングでいる必要がある。早すぎても遅すぎてもいけない。

振り返ってみると、すべてがうまくハマったのは、ミケルスが代表監督を引き継いだ1974年W杯のブラジル戦だった。それまでは正直誰も、私たちがどれだけ強いか知らなかっただろう。このブラジル戦こそは、これがトータルフットボールだと言えた試合だった。ピッチに上がったとき、私たちは1970年W杯を制覇したチームとプレーすることに緊張していた。私たちが実際は彼らより能力が高いことに気づくまで、三十分かかった。私たちは自分たちの能力をまだ探っていて、それからしばらくして実際に勝てるかもしれないと認識するようになった。

勝利は私たちが重視していたプロセスの結果だった。最初のステップは観客を楽しませることで、その次が勝利だった。私はこのことがどれほどの意味があったのか、そのときはまったくわかっていなかった。私が病気になったときに、やっとこのチームが起こしたことが、どれほど重要なことだったか認識できた。私たちが達成したことは、すごく特別なことだった。

1968年からの期間、私はミケルスからほんとうに多くのことを学んだ。たとえば守るということは、なるべく相手に主導権を与えないことや、ボールを持っているときはピッチをなるべく広く使い、ボールを失うとスペースをなるべく狭くするなどだ。サッカーは距離の足し算だ。それに行動を起こす速度と、つねに早い切り替えが加わる。それが一万時間の練習の成果を表わすということだ。ピッチ上で私はすべてのオプションを探っていたが、これは私の視点からだけだった。私はプロセスに興味を持っていた。もし次のステップを分析することができていれば、次のステップで成功できるチャンスがあるだろう。

振り返ると、私たちは進歩してきたことがわかる。私はあまり教え込まれたとは思っていない。一番の教訓は、失敗に続く失敗からだった。起こったことは起こったこととして、くつがえらないので、私はそこから新しいことを学び、新しい章に進もうとしていた。私は過去をあまり振り返らない。負けたときでも、家に帰りドアを締めた瞬間に、すべてを過去のこととし忘れることができた。私が試合の詳細や自分で決めたゴールを思い出せない理由だ。私はもっとプロセスに興味を持っていた。私は何をやるべきかを把握するために、過去に戻る必要も試合を振り返る必要もなかった。

アヤックスでの期間が終わる頃には、私はヨーロッパカップを三度制覇し、１９７１年と１９７２年にはヨーロッパ最優秀選手にも選ばれた。これは素晴らしいことだったが、獲得したトロフィーやメダルは過去の記念品でしかない。家にもサッカー関連のものを飾らなかった。名誉あるアワードで表彰されたときのメダルも、孫たちのおもちゃ箱に消えていった。

サッカーはミスをするゲームだ。私が愛していたのは試合の数学的要素で、それを分析し、改善することだった。よく私たちがどうやってこれを達成したのか聞かれる、更衣室で何が起こっていたのか、そしてどのようにしてトータルフットボールが作り上げられたのか。

だがこれは私にとって重要なことではなかった。私たちは本能的にやっていた。何年間も一緒にプレーをしてきて、お互いをよく知っていたことがもっとも重要なことだろう。もちろんお金という要素はあるが、前にも言ったようにお金が詰まったカバンがゴールを決めることはない。基本的な土台はチームワークだ。チームとしてたどり着き、チームとして去り、チームとして家に帰る。

この頃のアヤックスでは良い結果を楽しんでいたし、それに満足するサッカーもしていたが、私はただのサッカー選手として記憶に残るのではなく、つねに改善を求めていた選手としておぼえてもらいたい。

たとえば、1971年にウェンブリー・スタジアムでおこなわれたパナティナイコス戦で、ヨーロッパカップを制覇したときは、多くの選手たちがプレッシャーをはねかえせず、良い試合はできなかった。ところが、1972年のインテル・ミラノとの決勝戦では、もっとトータルフットボールを体現できていた。

多くの人たちが、1969年のADOデンハーグ戦のいわゆる〝カーブボール〟のゴールをおぼえているだろう。私にとっては直感的におこなったことだったが、多くの人がこのプレーについて話題にしていると良い気分になる。素晴らしい技術だったと思うが、私には他の選択肢がなかった。それでも観客を楽しませることができたし、試合に勝つこともできた。これがどれだけ重要で、どれほどのインパクトを与えたのかを認識したのは、かなり時間がたってからだった。

私はピッチの左サイドでディフェンスからのロングボールを右足でコントロールした——。パスが出されたときはまだソックスを上げることに忙しく、ソックスを手につかんだ状態だった。そしてボールがまだ回転していたため、ゴールに向かって蹴ったとき、カーブしてキーパーを越えてゴールに吸い込まれた。先程も述べたが、直感だった。私がおこなった他のフェイントのように練習したことはなく、アイディアが私に降りてきた。それが意味を持ったのは後になってからだった。

私の人生の初めの頃は、哲学もなく、なるべく多くのことを吸収することに、一日一日を過ごしていた。私が経験したことは後に開花した。当時は種として植えられ、収穫の時期を待っている状態だ。私が作り上げたすべての土台が、若い頃の経験にもとづくものだと気づいたのはかなり後になってからだった。

私のサッカー選手としての成長は至って順調だったが、それ以外のことに関してはそうではなかった。最初のプロ契約は母と一緒に行ったが、その後はつねに壁にあたっていた。とくにメディアと商業関連だ。すべてがあまりにも速く進みすぎた。私はレコードも出し、交際相手のダニーが新聞の一面を飾ることもあった。大概は楽しめたが、全部がそうだったわけではない。ほとんど断わることはなかったが、正直私にビジネスに対する知識や理解はまったくなかった。だからコル・コスターが私の人生に登場したことは神の恵みとも思われた。

コルはダニーの父親で、アムステルダムでダイアモンド業を営んでいた成功したビジネスマンだった。私が初めて彼女の家に行ったとき、私が貯金通帳を持っているか聞かれた。もちろん持ってはいない。私はサッカーに関する知識しかなかった。コルは驚き、それから私の経済面を見てくれるようになった。

それ以来アヤックスには「彼と話してくれ。彼がサポートしてくれる」と伝えるようにした。そんなことを彼らは望んでいなかったようだが。1968年、私が初めてプロ契約をしてから三年後、私は彼に初めて契約交渉のために同行してもらった。経営陣は唖然となり、同席を拒否した。だが私は「そっちは六人なのに、なぜ私は助けてくれる人を一人同席させてもらえないのだ」と言った。彼らが譲歩しなかったので、その場は決裂した。

その後、最終的にはコルが私の代理人として交渉をすることを認めてくれた。アヤックスは嫌がっていたが、コルは私のためだけではなく、オランダサッカー全体にとっていろいろなことを立ち上げてくれた。たとえば当時、プロキャリアが終わった後の金銭面の保証が何もなかった時代に、年金制度を作り上げてくれた。

私とコルの協力関係は、すぐにフルタイムの仕事に変わった。誰もコルを通さずに話を進められず、私を煩わしいことから遠ざけてくれた。だから私の義父が2008年に亡くなったときのインパクトは、非常に大きかった。彼の存在は私の人生でとてつもなく重要だった。サッカー選手の私にとってだけでなく、義父として、ダニーの父親として、子どもたちの祖父として、そして人間としてだ。

コルが私に教えてくれたことは、自分の価値観を持つということだ。コルは社会人としても、私を導いてくれた。私を育てることが、自分の役割だということを思っていたようだ。有名サッカー選手なんていうものは、非現実的な世界で暮らしているようなものだ。すべてが異常だ。給料、メディア、利権など言いはじめれば尽きないだろう。代理人はこういう時期にこそ、選手が泥沼に嵌《はま》らないように気をつけなくてはいけない。そのリスクは時代が進むにつれて大きくなってしまった。メディアのせいでもあるだろう。

サッカー選手の多くは、支持者がたくさんいると思っているが、ほんとうに彼らは支持されているのだろうか。私が思うに誰も支持していない。そのことを困難なことではなく、ただの制約と考えるのだ。コルはそのことを誰よりもわかっていた。コルは私がサッカー選手として成長をできるようにしてくれただけでなく、サッカーを引退してからも人生を続けなくてはいけない人間としても成長させてくれた。

残念ながらそれをわかっている代理人は少ない。彼らが選手の利益を優先しているのか、会社の利益を求めているのか問いただしたい。私としてはさらに一歩踏みだしたい。代理人がサッカーを仕事として考えているのであれば、サッカー選手の利益だけでなく、クラブの利益についても考えなくてはいけない。クラブがどこまで許容できるか一緒に考えることだ。私の義父が後にアヤックスやフェイエノールトとの交渉でおこなったように。

私の経験として、サッカーでお金は非常に重要だが、それはつねに二番目だ。もし金銭が一番目に来るようであれば、その考え方は間違っている。過去のビッグクラブが良い例だ。アヤックス、レアル・マドリード、バルセロナ、バイエルン・ミュンヘン、ACミランとマンチェスター・ユナイテッド。すべてのチームは自分たちのクラブで育成したチームの核があった。クラブのDNAを引き継いでいる選手は、やはり特別な力をもたらす。

だからこそ私は、なぜイングランドのチームが自分たちの育成に力を入れないのか理解できない。何十億という大金を使ったことで、ほんとうにレベルは上がっているのだろうか。そうは思わない。1965年から始めたアヤックスでの成功を目指すプロセスは、今も有効だと思っている。良い育成と強いリーダーシップだ。それに才能、技術と規律の組み合わせが加わる。

1973年、アヤックスは無敵だった。三年間、取れるタイトルはすべて獲得した。1971年に初めてヨーロッパカップで優勝した後、リヌス・ミケルスはバルセロナと契約した。だから最後の二年間はミケルス抜きの優勝だ。後任の監督はシュテファン・コバッチだった。優しい人間だが、規律は厳しくなかった。個人としてもチームとしても規律がゆるくなると、いろいろな意見が出るようになる。コバッチは「おい、これがルールだ。そのことについて考えるんだ。これもあれも試し自分を成長させなさい」ということを言う監督だった。初めの頃は、この方法で非常にうまくいっていた。選手たちは成長したし、更衣室でもさまざまな意見が飛び交うようになったが、そのうえでチーム規律が全員をうまくまとめていた。

最初の問題は、1972年に二回目のヨーロッパカップを獲得した後に起こった。インテル・ミラノとは、三回の決勝戦のなかでも一番良い試合内容で、2-0で勝利した。私も満足するプレーができ、二得点を決めることができた。世界中が、私たちが最初から最後までイタリア人たちにプレッシャーをかけつづけたことを語り継いでいる。一番素晴らしいサッカーを、しかも決勝戦で披露したのだ。だがそれからアヤックスのなかでは、普通の選手でもスーパースターと勘違いしはじめた。その芽は監督の育成方法にあった。コバッチは選手たちに成長を促したが、自分ではほとんど導くことも正すこともなかった。

そのためチーム内の関係性が、おかしくなってしまった。全員がどんな意見を持っていたとしても、ピッチ上ではチームとして考え、プレーしているのであれば問題なかったが、残念ながらそうならなかった。選手たちが、自分ができないことをやろうとして亀裂が生じてしまった。さらにはそれを指摘しても誰も聞く耳を持たなかった。

これこそが私が1973年8月にアヤックスを去った理由でもある。この移籍は私にとっては想定外だった。クラブは三度目のヨーロッパカップを獲得したばかりで、私も七年間の契約延長をしてまだ間もなかった。私は父親にもなり、子どもたちを慣れ親しんだオランダで育てようと思っていた。長期契約を結んだことで、家族の未来も安心できると思っていた。そんな幻想はあっという間に吹き飛んだ。

アヤックス内の状況は、私でもコントロールできないようになってしまった。私はその責任のほとんどは監督にあると思った。ミケルスはいつも練習メニューを考えていたが、コバッチは「自身で成長させろ」というスタイルで、試合も練習もともに駄目になっていった。

当時の私は、クラブのトッププレーヤーでいちばん有名な選手でもあったので、コバッチの戦法では私につねに注目が集まっていた。人々は忘れているかもしれないが、他の選手たちも全員素晴らしい選手たちだった。私がスターで、残りはその他だなんてことはない。各ポジションでは私よりも素晴らしい選手たちだった。バックスは良いバックだったし、中盤も左ウィンガーもそれぞれ素晴らしかった。だからなぜチーム内で、私だけがスポットライトを浴びてしまったのだろうか。残念ながら、このような見方に何名かの選手たちが一致してしまった。

決定的になったのは、キャプテンを決めるための投票だった。1973-74シーズンのリーグ戦が始まる直前の合宿で、それはおこなわれた。コバッチは夏にクラブを去り、ジョージ・クノーベルが後を引き継いだが、すでにチームは綻びはじめていた。私はそもそも投票自体に疑問をおぼえていた。私はキャプテンを続けると宣言していたが、ピート・カイゼルも候補者だと聞き、さらには投票をおこなうことまで決まっていた。しかもその原因が「お前はあんなことや、こんなことまで、すべて自分でやり過ぎる」というのだ。これは今までにはなかった嫉妬だった。

最終的に選手たちはピートをキャプテンに選んだ。その衝撃は相当なものだった。私はすぐさま部屋に戻り、コル・コスターにすぐに新しいクラブを探してくれと電話した。私のなかでは完全にどうでもよくなった。その直後に目に怪我もしてしまい、このことがどれだけ私を悩ませたかわかるだろう。

とくにチームメイトとは、プライベートでも親友だったので、まったく予知できなかったし、だからこそ、その衝撃もさらに大きかった。このようなことはその後も何度かあった。特別な関係を築いたと思った相手でも、その絆は長く続かなかった。

このことに関しては、ほんとうに悩んだ。私は一体何を間違えたのだろうと。キャプテンとして社交的な部分とそうでない部分はあった。だがコバッチの放任主義が、チームの成績が振るわないときに、私にそのような行動をチーム全体にも、個人に対してもさせたのだ。誰もがもてはやされていた時期にそんなことをやるのは利口ではなかったが、私はキャプテンとして、プロ意識的にも必要だと思った。もちろんチームを良くするためにであって、相手をやり込めるためにではない。

それが一番の対立だった。何名かの選手にもっと上達するように指摘した。昨日の勝利は素晴らしかったが、明日の試合も勝ちたいんだということをわかってもらいたかった。しだいにこの対立が表面化していった。

キャプテンとして他の選手のためにおこなったことはまだまだある。たとえば選手組合（VVCS）の設立のおかげで、選手の契約基金（CFK）が立ち上がり、世界で初めてサッカー選手年金ができた。私はそういう考えに関しても率先する立場だった。

私の義父とカーロ・ヤンセンが、最終的にVVCSを設立したが、私が会員になることはなかった。そのため私が組合を設立したにもかかわらず、会員にならなかったと非難を浴びた。そのためにまた、この組合は私のために設立したのではない、と説明しなくてはいけなかった。私は充分な給料を稼いでいたので、年金に頼らなくても自分で対処できていた。ただそれは、他の数多くの選手たちには言えないことだった。

とくにもっと下のリーグでプレーしている選手たちにとって、ＶＶＣＳは必要だったが、私には不要だった。だからこそ私は、会員になるべきではなかったのだ。状況が必要としたら両方の立場から意見できるように。さらに言えば、高給取りと平均的な給料をもらっているグループを一緒にしてはいけない。そうすると一つの組織になってしまうので、それは良い考えではない。

同じ役割をアヤックスでも担っていた。クラブはヨーロッパカップで、すごい金額を稼いだ。今までは一回戦や二回戦までしか進めなかったのだから、クラブとしては降って湧いたお金のようなものだ。だがそれをもたらしてくれた選手たちに、分配されることはなかった。私は首脳陣に各ラウンドでどれだけ稼げたのか聞いた。そしてその金額を知ったときには、チームに七割を分配するべきだと提案した。

基本的にこれはクラブの予算外収入なのでクラブの懐は痛まない。支払うのはＵＥＦＡだが、首脳陣はフェアな提案だったにもかかわらず、受け入れてくれなかった。選手としては高給取りになるが、そのためには結果を残さなくてはいけない。そうしなければ何ももらえない。この考えに問題があるとは思えなかった。最終的には私の意見が通り、チームに特別ボーナスが支払われることになった。

そういうこともすべて考慮すると、私がキャプテンとして否認されたことに、なぜひどく傷ついたかわかるだろう。もちろんバルセロナへの移籍は素晴らしいことだったが、合宿での事件がなければ起こらなかったことだ。

なぜバルセロナだったか？　スペインがちょうど外国人選手への門戸を開き、リヌス・ミケルスが二年前にアヤックスから移っていて、前にバカンスで行ったことがあったからだ。さらに言えば、マジョルカ島で何度かカルロス・レシャックと会ったことがあり、バルセロナがどれだけ良いチームかということを聞いていたからだ。そこで暮らしている人たちの誇り高きクラブだったが、私にオファーを出したときは何十年もタイトルから遠ざかっていた。

アヤックスでは居心地の悪さを感じ、私としてもどんどん悩むようになっていたときに、バルセロナのようなクラブが、私を望むのであれば気持ちは一転する。とくにその移籍金の額が世界最高だったのだから当然だろう。

私をアヤックスでデビューさせてくれたヴィック・バッキンガムが、ミケルスが来るまでバルセロナで働いていたことは、思いがけずうれしい出来事だった。それにオランダ人の妻がいるアルマン・カラベンが首脳陣の一人で、彼も非の打ちどころのない人間だった。素晴らしい偶然だが、私のなかでは偶然とは思っていない。それに加えてオファーの金額が巨額だった。アヤックスでの年俸は当時100万ギルダーで、オランダでは72パーセントの所得税を支払っていた。バルセロナではその二倍稼げるだけでなく、さらには72パーセントではなく30〜35パーセントしか税金を払わなくてよかった。私は収入が上がっただけでなく、手取りも劇的に多くなったのだ。

長く悩めば悩むほど楽しみになってきた。南の国でのサッカー、ビッグネームのフェレンツ・プシュカスや、私の昔のアイドルのアルフレド・ディ・ステファノが、プレーをしていたレアル・マドリードのようなクラブがある強いリーグだ。最終的にはバルセロナと契約することは、難しい選択ではなかった。

当時スペインで権力を持っていたのはフランコ将軍だったので、私は独裁者のためにサッカーをするという批判も受けた。私がアヤックスを去ることが公になった後は、家にさまざまな毒虫が送られたり、そのような嫌がらせ事件が数多く起こった。一番ひどかったのは、つねにアヤックスに貢献していた母に、スタジアム内の劣悪な座席を与えたことだ。なんと柱の後ろだ。実はこのことに一番心を痛めた。

１９６８年12月2日、私はダニーと結婚した。サッカーのことだけを考えていた生活から、物事を分け合わなければいけなくなった。それに私のまわりの人間との関係も深くしなくてはいけなかった。家族に対する責任感は、サッカーにも持ち込んだ。自分のことだけではなく、まわり選手たちのことも考えるようになった。たとえば急にボーナスの仕組みなどに興味を持つようになったりした。

私のなかではすべて自然に起こったことだ。「これは将来やりたい」というようなことを考えたことはなく、今日できることは明日に延ばすなと考えているような人間だ。私はなんでもすぐに受け入れるし、最後まで見通して考える。

家族に関してはダニーがサポートしてくれた。考えれば考えるほど、私の家族の関係性が後のトータルフットボールに影響したと結論できる。自分のことだけでなく、まわりのことも見えていなければば実践できない戦術だ。つねに十人がボールを持っている選手の動きに合わせなくてはいけない。

まさに家族内で起こっていることだ。とくに子どもが生まれてからは。誰か一人のためにやったことは大概ほかの人にも影響する。だからこそ１９７３年にバルセロナに引っ越したときに、すでに娘が二人いたのは良いことだった。１９７０年にはシャンタルが生まれ、その二年後にはスシラが生まれた。私が移籍の騒動のときは、父親として学んでいる真っ最中だった。バルセロナの空港に着いたときからそれは始まっていた。数えきれない人に、熱狂的な歓迎ぶり。脅威すらおぼえたが、もう一方では血が沸き立つ思いもした。アヤックスでの気が滅入る期間が終わり、やっと新しい力を感じられるようになった。

実はその頃、オランダサッカー協会から厄介なプレゼントが贈られていた。スペインの移籍期間は8月末までだったが、オランダの移籍期間は7月で締め切られていた。それを理由にオランダサッカー協会は移籍の許可を出さなかったので、バルセロナで公式戦デビューするまで二カ月も待たされることになった。苦肉の策として親善試合が組まれ、サポーターも私のプレーを見ることができるようになった。商業的にはもちろん成功だった。全試合完売となり、クラブはわずか三試合で私の移籍金を取り戻すことができた。

オランダサッカー協会は、これについても妨害しようとしていたが、オランダ代表を辞退すると脅すことで回避できた。11月にはベルギーとの重要な西ドイツW杯予選が控えていて、さらにそれに向けていくつかの親善試合が予定されていた。私は試合勘もないままでは、オランダ代表でプレーすることはできないと伝えた。二カ月間も試合から遠ざかった選手が、トップレベルでプレーできるはずがないだろう。

軽くプレッシャーをかけただけだったが、効果的だった。1973年9月5日、私はサークル・ブルージュとの親善試合でバルセロナ・デビューを果たした。結果は6-0で私も三回ゴールを決め、誰もが私の世界最高額となった移籍金にも納得してくれた。いきなり活躍することのメリットだった。その後も親善試合が三試合組まれ（キッカーズ、アーセナルとオレンセ）、全勝した。結果的にもよかったが、それ以上にバルセロナが公式戦でぐだぐだなスタートをしたため、こっちの試合のインパクトがより強くなった。私が10月28日、ホームのグラナダ戦でやっと公式戦に出場できた頃、バルセロナはまだ一勝しかしておらず、順位も下位に落ちていた。

幸運にもグラナダ戦もうまくいった。最終的には4-0で勝利し、私も二度ゴールを決めた。この試合以降は一度も負けなかったし、リーグも勝ち点8差をつけて優勝した。このシーズンは浮かれるような気分で過ぎていった。まわりの熱意は私にすごく力を与えてくれたが、同時に毎週、私に対するハードルが高くなっていっていることも認識できた。まあ、私が結果を残しているあいだは、何も問題はなかった。ただ最初からバルセロナではいろいろなことが起きた。何もかも通常どおりにはいかなかった。

たとえば私の息子のヨルディーが、1974年に生まれたときのことだ。出産予定日のまさに当日の2月17日は、レアル・マドリードとの試合が予定されていた。ただ私たちは三人目の子どもも、シャンタルやスシラと同様にアムステルダムでの出産を希望していて、同じ産婦人科で同じように帝王切開してもらうことを望んだ。そして私は一人目や二人目のときと同様に、どうしても立ち会いたかった。

私にとっては当たり前のことだったが、私のまわりは完全にパニックに陥っていた。しまいにはリヌス・ミケルスが、出産を一週間早められないか聞いてきたぐらいだ。いまだに当時彼が、私に内緒で医者と綿密な打ち合わせをしていたと疑っている。

私とダニーはそれを了承し、ヨルディーは2月9日に生まれ、私は翌週のマドリード戦に参加することができた。結局それも大変なことになった。帝王切開だったためダニーは、十日間入院することになった。5-0で勝利したレアル戦後、カタルーニャで誰もが騒いでいた頃、私はダニーを迎えにオランダに向かっていた。

息子と一緒にバルセロナに到着したときも大騒ぎだった。すでに試合が終わってから数日が過ぎていたにもかかわらず、サポーターたちの騒ぎは終わっていなかった。サンティアゴ・ベルナベウでの結果は、信じられないほどのインパクトを与えた。クラブだけでなく、当時の独裁者フランコのマドリードから虐げられていたカタルーニャ全体に及んだ。そのため、この勝利は政治的にも大きな意味合いが含まれることになり、それはヨルディーをバルセロナで登録するときにも実感できた。

ダニーが入院しているあいだに、私はアムステルダムでヨルディーの出生届を出した。正式名はヨハン・ヨルディー、呼び名はヨルディーだ。そして正式な書類を手にバルセロナに戻った。この手続きを踏んでいなかったら、もっと面倒なことになっていただろう。バルセロナの住所でヨルディーの住民登録をしようとしたら、他の名前にしなくては登録できないと言われたのだ。カタルーニャ語名の〝Ｊｏｒｄｉ〟は認めてもらえず、スペイン語の〝Ｊｏｒｇｅ〟に変更しろというのだ。

まあ、そんなことを私に言うと、厄介事しか起きない。私は即座に〝Ｊｏｒｄｉ〟以外には考えられないと役人に伝えた。正確には「もしあなたが受け付けないというのであれば、そうすればよい。ただそれをしてしまったら、あなたにとってほんとうに面倒なことになる」と言った（訳注：当時フランコ政権下では、カタルーニャ地方のナショナリズムを押さえつける理由から、聖Ｊｏｒｄｉの名前をつけることを禁止していた）。

私にとって、その背景にはもちろん政治的な意味合いはなく、ただ自分の子どもに好きな名前をつける権利を行使しただけだった。実は男の子か女の子か、わかっていなかったので、名前は二つ考えていた。前年の12月に考えた名前は、女の子であればヌリア、男の子であればヨルディーだ。オランダでは使われない名前だったので、私もダニーも特別だと思った。当時のカタルーニャで、この名前がそんなに重い意味を持っているとも知らずに。

だが出産が近づき、まわりの人たちに新たな子どもの名前を知らせると、カタルーニャでその名前は無理だと思ったほうがいいと教えられるようになった。もちろん私もダニーもどんな名前をつけるかは自分で決め、他の誰にも決めさせないと断言していた。この名前は私たちの祖母や祖父の名前を受け継いだのではなく、響きが良かったから決めたものだった。そもそも長女もフランス人の名前のシャンタルと命名したし、スシラはインド人の名前だった。まあこれは、私たち世代の考え方でもあった。前世代の人たちから考えれば普通のルールから逸脱していた。

そしてそれは、バルセロナの役人も変わらなかった。役人も最初は承認しなかった。しかし私の反応はそんなこと知ったことではないというような態度だ。レアル戦で解き放たれた感情を考えてしまうと、彼にそれを止める度胸はなかった。ただ役人にもちゃんとアリバイは用意しておいてあげた。ヨルディーはアムステルダムで出生し、オランダの出生届を持っていたため、正式な書類を写しただけだ、と。役人が認めようが認めなかろうが、この出生届は世界中どこでも正式な書類として有効なのだ。そのことに安堵し、彼も〝Ｊｏｒｄｉ〟をカタルーニャの住民記録に加えてくれた。

5-0の勝利はカタルーニャ人にとって大きな意味合いをもたらしただけでなく、ヨルディーの住民登録に関しても、私に恩恵をもたらしてくれた。マドリードで負けていて、リーグ戦の順位も下位にいたら役人が意見を変えてくれたかは疑問だ。

レアルとの一戦はほんとうに転換点となった。その夜、サンティアゴ・ベルナベウ・スタジアムではすべてがうまくいった。ミケルスが試合前に考えた戦術は、完璧に機能した。その日、私はセンターフォワードの位置ではなく、もっと下がってプレーするように指示され、そうすることで空いたスペースに他の選手が飛び込んでいった。それは当時としては特異な戦術で、私も何年もたってから、やっとミケルスがどのようにしてこの戦術を思いついたのか知ったぐらいだ。

当時ミケルスの友だちで、アヤックスで過去に一緒にプレーをしていた、テオ・デ・フロートがマドリードに住んでいた。スポーツジャーナリストのヤープ・デ・フロートの父は、レアル・マドリードのセンターバックのグレゴリオ・ベニトの隣に住んでいた。グレゴレリオはこのオランダ人の家によく遊びに来ていた。ミケルスとデ・フロートの関係を知らなかったようで、バルセロナ戦に向けてのレアルの戦術を隣人にすべて教えてしまっていた。レアルの戦術の核は私にマンマークをつけずに、四人の守備陣が自分のゾーンに入ったときに私のマークをするということだった。

この情報をミケルスがその友人からリークしてもらったときに、私を一列下げることを思いついたようだ。そうすることで四人の守備陣は、マークするべき相手を失ってしまい、役割が明確にならず混乱したところを、私たちの中盤が隙を突いた。この計画は完璧に機能し、レアルは二列からのアクションに完全な後手に回った。偶然の出来事がこんなに大きな結果につながるとは驚くべきことだ。5-0の勝利後、すべてがうまくいった。過去に例を見ない成績が残された。

三カ月後、十四年ぶりにバルセロナがリーグ覇者となった。忘れることができない経験だった。いつまでも良い思い出として記憶に残っている。アヤックスとは違い、私のリーダーシップはバルセロナで受け入れられた。キャプテンとしてつねに責任感を持ってプレーしていた。家族の存在が非常に重要な要素になっていたのは、前に述べたとおりだ。他者とより深い関係性の築き方を学ばせてもらったし、後に1974年のW杯で完璧だったトータルフットボールの基礎ともなっていた。

サッカー選手として全体を俯瞰する視野を持っていただけでなく、バルセロナの怒濤のような一年目を過ごしたおかげで重圧に対する耐性もできた。そもそもそれが、キャプテンに求められる資質に含まれていた。

ミケルスがこのことに関しては非常に重要な役割を担っていた。後に彼は私がいたからあれほどの結果を残せたと言われていたが、私が選手として成長するために、つねに必要なタイミングで適切なアドバイスをしてくれていた。18歳の頃から戦術を一緒に考えさせてくれ、さらに私が成果を残すための環境をプロフェッショナルに仕上げてくれた。ミケルスはつねにレベルを上げてくれて、私はつねに成長を促されていた。ほんとうに細かいところまで。

私が後に監督として、それからアドバイザーとして結果を残すための環境を整えることが、どれだけ難しいことか経験した。どれだけ私が望もうとも考えようとも、うまくいかないことを思い知らされた。ミケルスは、私にその環境を与えてくれた。アヤックスでも、バルセロナでもオランダ代表でもだ。その結果、私がさらにまわりを一段高いレベルに引き上げられたのも、その土台があったからだった。またそれを達成するためには、まわりのサポートも必要で、とうてい一人では達成できないことだった。

1974年W杯に向けて、ミケルスがスーパーバイザーとして、オランダ代表のスタッフに加わったことは、私にとって非常に重要なことだった。というよりそれこそが決定的な要素だったかもしれない。私はアヤックスを去ることになった出来事を忘れることはできなかった。そしてオランダ代表では、私を追い出したアヤックスの選手たちがいたので、最初の頃はほんとうに問題だらけだった。彼らがずっと口々に文句を言いつづけたからでもあった。たとえば、私がつねに国際試合に他の選手より遅く合流していたことなどだ。彼らは当時の国際線の航路が、現在ほど発達していなかったことを忘れていた。

スペインの北部で試合があった場合、まず何時間もバスでバルセロナまで帰らなくてはならず、それからアムステルダムに飛び、そこからさらに東側の国への乗り換えをしなくてはいけなかった。水曜の試合のために日曜日に出発したとしても、着くのは火曜日だった。とにかく複雑だった。そういう状況にもかかわらず、何名かの選手は私が他の選手たちと同じタイミングで現地入りできないことを快く思っていなかった。でも私にはどうすることができたというのだ?

当時の代表監督のフランティセック・ファドロンクの下では、こういうことに関して歯を食いしばって我慢しなければいけなかった。そんな状況にさらされてしまうと、代表に参加するかしないかということにすら、迷いが生じてしまう。ただW杯を見据えた場合、オランダ代表に参加しないという選択肢はなく、私の肚《はら》は決まっていた。オランダサッカー協会が、ミケルスをW杯のためにスーパーバイザーとして招集してからは、問答無用だった。彼が来ることで、トータルフットボールを実現する前提がすべてそろった。選手個人の才能に加えて、グループとしての規律が非常に重要な要素だ。文句を言ったり、集中していない選手はまわりにとって弊害でしかない。そういうことに気づき、対処する指導者が必要だった。

私たちのプレースタイルは、後にW杯で「トータルフットボール」と命名された。誰が考えついたのかはわからないが、的を射ていた。トータルフットボールは選手のクオリティーに加えてお互いの距離感が非常に重要だった。それがこの戦術の基本だ。スペースとの距離があっていれば、すべてがうまく嚙みあう。

選手間の連携も必須だ。誰かが一人でプレッシャーをかけに行くなんてことは、あってはいけない。それでは機能しないのだ。誰かが動きはじめると、それに合わせてチーム全体が連動しなくてはいけない。

たとえば、私が右利きの相手にプレスをかけに行くときは、右側からかける。そうすることで相手は必然的に得意ではない左足でパスをしなくてはいけない状況に追い込まれる。そのタイミングでヨハン・ニースケンスが左からプレッシャーをかけるとさらに相手は利き足でない左足で、しかも素早くプレーすることが求められ、このように問題がどんどん大きくなっていく。

それをやるためには、ニースケンス自身が本来マークする選手から離れなければならない。通常であればフリーになっているはずだが、ウィム・スールビールがニースケンスのポジションにスライドすることで、それは防がれる。相手はウィムを見なくてはいけないので、私とニースケンスがプレッシャーをかけている選手のサポートにいけなくなる。こうして数的優位が作られるのだ。

簡単にまとめると、私が相手の選手の利き足にプレッシャーをかけ、ニースケンスが逆サイドから同様のことをする。そしてスールビールは、ニースケンスがもともと見ていた選手がサポートに行けないようにポジションを変える。これを半径5～10メートル内でおこなっていた。

これがトータルフットボールのエッセンスで、自分が見えることをやる。逆に見えないことはやってはいけない。他の言い方をすれば、つねに全体を把握し、ボールが見えていなくてはいけない。

ラグビーを例にあげてみよう。選手たちはまずボールを後ろに出し、それで初めて前に突破することができる。このアクションをすることで、実は自分の前で何が起こっているか把握することもできる。

ただサッカーでも同じことが言えることを多くの人は気づいていない。選手はただボールを前に進めればよいと思っているが、本来は後ろから上がってくる相手に供給するべきなのだ。相手は後ろから来るかもしれないが、その分全体の視野を保っている。

トータルフットボールは、とにかくピッチ上の距離感と各ラインの距離感がすべてだ。この方法でプレーする場合は、キーパーですら一つのラインとなる。キーパーへのバックパスをキャッチすることが禁止されるようになってから、キーパーもサッカーをすることが求められるようになった。ディフェンダーがボールを持ったときには、つねにボールを受ける準備ができていなくてはいけない。大概はペナルティーエリアの境界付近で一列前の選手が必要としたときに、必ずボールを受けられるポジショニングをしている。だからドイツW杯での私たちの戦術にとっては、ゴールライン上だけで守っているようなキーパーは不要だった。

これがヤン・ヨングブルットをキーパーに選んだ理由でもある。第一候補のヤン・ファン・ベーフェレンが、W杯に向けてフィットしていなかったからでもあるが。面白いのはヨングブルットが少年時代にフォワードだったことだろう。キーパーとしてよくプレーに絡みたがるだけでなく、フォワードの思考がわかるため、得点を防ぐこともうまかったのだ。

ヨングブルットの前の守備陣に、生粋のディフェンダーはウィム・ワイスベルヘン一人だけだった。アーリー・ハーンは中盤の選手だし、両サイドバックのルート・クロルとウィム・スールビールはもともとウィンガーの選手たちだ。ほとんどがサッカーをしながら考えられる選手たちだ。ポジショニングもよく、技術的にはさらに優秀といえる選手たちだ。

ウィンガーをバックに変えることは、アヤックスの哲学に由来する。たとえば8歳から18歳まで右ウィンガーとしてプレーしていた場合、つねに前に進むための考え方をしていたと思われる。大概は戻ることとすらしようとしないだろう。なぜなら彼の考えは、つねにゴールに向かっているからだ。これが何を意味するかというと、できることなら後ろに戻りたがらないため、ピッチも狭くなってしまうこともないということだ。

それに加え、一般的にウィンガーのほうがバックの選手より技術的にすぐれている。それもメリットだろう。

たまに私たちがドイツで披露したサッカーが偶然の産物だった、と読んだり聞いたりすることがある。まったく馬鹿げている。当時のグループには、ほんとうにすぐれた選手たちがそろっていた。信じられないほど素晴らしい選手たちだ。左の中盤にはゲリー・ミューレンだけでなく、ウィム・ファン・ハーネヘム。この二人だけでも世界トップクラスの中盤の選手がいたのだ。それにウィム・ヤンセンとヨハン・ニースケンスが右にいるのだ、それ以上何を望むという状況だ。どっちがうまいか選べるか？　ピート・カイゼル、それともロブ・レンセンブリンクのどちらか？　つねに選択肢があり、そのうえで自分たちのやりたいことができたのだ。

ワールドクラスの才能にプロフェッショナリズムが組み合わさっていた。たとえば私がつねに感心していたルート・クロルとかだ。彼はトップになるためにつねに自分の宿題はきっちりやってくるような選手だ。毎日練習後ピッチサイドを走りクロスを上げる練習を続けていた。来る日も来る日もだ。ほんとうに素晴らしい。

中盤を見ても、守備陣を見ても、フォワード陣を見てもほんとうに才能があふれていた。しかも十一人だけでなく、複数のポジションをこなせる選手を簡単に十五人選べたぐらいだ。右サイドバックが右サイドハーフもこなせた。ジョニー・レップかレネー・ファン・デル・ケルクホフを右ウィンガーに。どっちを選んだとしても問題はなかったし、誰もがチームに何か特別なプラスアルファをもたらしてくれていた。

１９７４年のＷ杯は、オランダサッカーの五年目の成功だった。始まりは１９７０年にフェイエノールトが、ヨーロッパカップ決勝で、スコットランドのセルティックに勝利したときからだ。その後はアヤックスが三年連続でヨーロッパ最強チームとなった。その集大成が、１９３４年の初出場以来初となる、１９７４年のオランダ代表Ｗ杯決勝進出だろう。アヤックスとフェイエノールトの選手たちでほとんど構成されたチームは、この二つのトップチームのベストプレーヤーたちで、理想的なミックスだった。

最後の一歩が一番大きかった。夏にドイツへ入って、初めてＷ杯がどれだけ大きな大会か、ということを認識できた。フェイエノールトとアヤックスで、私たちは四年間クラブサッカーを牽引してきたと言っても過言ではなかったが、それでもたった一度のＷ杯のオーラの輝きには及ばなかった。その影響はすべてに及んだ。私たちの国歌である「ウィルヘルムス」一つとっても、すごいインパクトだった。スタジアム全体が、あれほど激情に溢れる国歌斉唱を聞いたことがなかった。それもサポーター全員がオレンジ一色に身を包んでいた。それも初めての経験だった。

国を代表しているという意識は、日に日に強くなっていった。国のために戦えるという誇り。ほんとうのオランダ魂。毎年4月30日のクイーンズデー（訳注：２０１４年からは現国王の4月27日が国王の日となっている）で呼び戻されるオランダ魂は、このW杯から始まったものだと思う。選手からサポーターまで、誰もが参加し、この場所にいられることを誇りに思っていた。

試合内容も日に日に良くなっていって、最終的には世界中が私たちのサッカーに魅了された。当時は携帯やインターネットがなかった時代だ。そのため一気に拡散されるのではなく、徐々に徐々に広まっていった。進むにつれて、ほんとうに特別な体験の一部になっていった。

とはいえ、W杯に向けての準備は完璧とは程遠い内容だった。金銭的な問題やスポンサー関連での問題が続発したが、そんなに不思議ではないだろう。すべてが今まで経験したことのない新しい出来事だったのだ。さまざまな方向からいろいろなことが起こったので、アヤックスとフェイエノールトのOBから選手委員会が立ち上げられた。ピッチ上ではつねにライバルだった選手たちも、これをきっかけに全員で解決策を模索するようになった。

私は義父のおかげでこういったことに関しては、他の選手たちより知識を多く持っていた。コルと私が牽引した選手委員会は、私たちの知識を他の選手たちと共有する良い機会を設けた。あっという間に、誰がこのなかで一番高い給料をもらうのかということから、チーム全体として考えなくてはいけないことという認識に変わった。だから全員平等だ。全員一律のベースと出場数に応じての特別ボーナス。一番多くプレーした選手が一番多くもらう。若干ごたごたはあったが、最終的にはチームとして結論を出すことができた。

私たちが下した決断では、広告に関しても、私が他の選手より多く使われることを良しとしなかった。しかも唯一私だけが、スポンサー契約に縛られていた。プーマとの契約があったため、ライバルのアディダスは、W杯中私を使用することができなかった。それまでの代表のユニフォームは、スポンサーがついてないニュートラルなオレンジシャツだった。しかしW杯では、急にアディダスを象徴する三本線の入ったユニフォームが用意された。オランダサッカー協会が、選手たちに伝えることなく、いつの間にかスポンサー契約を結んでいたのだ。ユニフォームは協会が用意するものなので、伝える必要がないと思っていたが、「いやいやそこから出ている顔は、私の顔だ」というのが私の言い分だった。最終的にはそれも私のために線を一本消し、ニュートラルなユニフォームにすることで解決できた。

すべてが初めてのことだったので、起きるべくして起きたことだった。それでもほんとうに素晴らしいときだった。しかも最終的には、すべてが解決されたからかもしれない。このおかげで私たちはチームとしてどんどん強くなっていった。日に日にチームの一体感が、強固になっていることを実感できた。さまざまなクラブから選ばれた代表選手たちだが、ほんとうに一つのチームだった。すべての分野や部分においてだ。

それはウルグアイとの初戦で証明された。チームはいきなり存在感を示していた。もちろん私たちもそれなりに良い試合ができるとは思っていた。とはいえ、私たちのなかで強い南米のチームが手も足も出ないとは思わないだろう。どちらかと言うと、私たちが自分たちの能力に驚いたぐらいだ。なぜならこれはW杯で、対戦相手はアヤックスのプレースタイルを熟知しているフェイエノールトとかではないのだ。それでも私たちの対戦相手は、まるで知性のない選手たちのようだった。私たちが五、六年前にやめたようなことを続けていたのだ。

私が言いたいのは、すべてが自動的に回りはじめたということだ。私たちのサッカースタイルは私たちにとっては普通のことだったが、世界的には私たちのサッカーは、ほんとうにワクワクするものだったようだ。力強くてダイナミックなプレーで、すべてが対戦相手を効率的に圧倒することに集約されていた。守備陣が攻撃もでき、攻撃陣が守備もできる。それもできるかぎり全員で、しかも相手側のピッチだけでだ。誰もが魅了された。そして試合をこなすたびに調子が上向きになっていき、私たちも世界一になれるという気持ちになっていった。

スウェーデンとのグループリーグ戦以外は圧勝した。ウルグアイ、ブルガリア、東ドイツとアルゼンチン、一方的で彼らが勝つ可能性は微塵《みじん》もなかっただろう。スウェーデン戦は0-0だったが、試合後には誰もが私が披露したフェイントのことを話していた。いわゆる「クライフ・ターン」だ。前向きの動きのなかで、ボールを軸足の後ろで切り返し、その瞬間、体も反転して抜き去るフェイント。

これはとくに練習したわけではない。そのシチュエーションにおいては、最適な方法だったため、瞬間的に思いついた。技術的・戦術的能力が高くなり、頭で考えたことを足で実現できるようになったため起こる閃きだ。

私のフェイントに対する姿勢はつねに変わらない。対戦相手を弄ぶためではなく、それがその場における最適の方法だからだ。股抜きをするときは、それが唯一の突破方法だった場合だけである。これは馬鹿にするために股抜きをする場合とは、まったく意味合いが違う。私はそれを良しと思っていなかったし、他の人がそんなことをした場合には苛ついた。

ブラジルとの準決勝は、W杯のハイライトだと思っている。この試合のほうが、決勝戦より記憶に残っている。とくに私たちが、当時の世界王者をすべての面において圧倒したからだ。技術的にも、スピード的にも、想像力的においても。すべてにおいて私たちのほうが上回っていた。2-0という最高の結果だった。私の得点で2-0となっただけでなく、W杯のベストゴールに選ばれたことも、トータルフットボールを象徴していた。左ウィンガーのロブ・レンセンブリンクが下がり、その空いたスペースに左サイドバックのルート・クロルをオーバーラップさせ、エンドラインからのクロスを私がニアポストで決める。組み立ててからゴールまで何度見ても素晴らしかった。

多くの人々が、この試合をW杯史上でもベストマッチと言ってくれるが、試合序盤は正直言ってあまり良くなかった。もちろん対戦相手は、ブラジルなのだ。世界王者で数多くの有名選手たちがそろい、技術的にも、そしてその輝きも含めたすべてにおいて、サッカー界の最高峰だった。試合開始直後はやはりその雰囲気に呑まれたが、限界を突破し、彼らのスペシャリティーにおいても圧倒するようになる。技術的には両者とも互角だったが、私たちはその技術をベースにテンポを上げることができた。そしてそれが明確な差となる。私たちの反応速度が圧倒的に速かった。

それ以外にも、芝も重要な要素だった。ブラジルの芝は、ヨーロッパの芝とまったく違った。それを私たちは把握していた。パスを出したときに、とくにわかる。ドイツの芝は短く、細くて乾いていたが、ブラジルの芝は長く、太くてベタベタしていた。これはボールの速度に影響を及ぼし、明確な違いとなる。私たちが幸運だったのは、この大会が南米ではなくドイツでおこなわれていたため、芝も私たちのメリットになっていたことだ。私たちのほうが明らかに彼らよりこの芝に慣れていた。

さらにブラジルは、ちょうど転換期に入っていた。彼らは純粋な技術だけに頼るのではなく、技術とフィジカルの統合へ移行しようとしていた。逆に私たちの土台は技術で、それ以外は距離感とその補完でしかなかった。短い距離しか走らなくてよいためのポジショニングをすることで、より技術を際だたせることができる。

試合序盤は、ほんとうに運良く切り抜けられた。先述したように、やはりブラジル相手ということで気後れしていたのだろう。何度か運にも助けられ、三回ほど心底驚かされた後は、私たちのチームも開き直り、やっと自分たちが得意とするサッカーをするようになった。

残念ながら、西ドイツとの決勝戦では正反対だった。ブラジル戦の半分でいいから慎重に試合に入っていたら、まったく違う結果になっていただろう。しかしブラジルに2-0で勝利したことで全員が浮かれてしまっていて、次の試合のことなんか考えられなくなっていた。

とくにあっという間に先制点を奪えたことで、有頂天になってしまっていたのだろう。そんななかで空回りし一度落ちてしまうと、そこから回復するのはとてつもなく難しいことだ。私たちがどれだけ多くのチャンスを作っていたか、思い返すととくにそう思う。何をしても入らなかった。

試合を通してずっと誰もが少しだけ早すぎたり、遅すぎたりと、いるべきタイミングにその場にいられなかった。単純に100パーセントではなかった。もちろん95パーセントの力でも、高いレベルでプレーはできるかもしれないが、対戦相手が110パーセントの力を出しているとリスクは高くなってしまう。攻撃面でも守備面でもだ。相手のゴールシーンが象徴的だろう。ゲルト・ミュラーが2−1としたときの得点などは、今までに失点したことないようなシチュエーションだった。全員がつねに一歩遅れていたか早すぎた。思考と行動がまったくリンクしていなかった。

ウィム・ヤンセンは、ペナルティーエリア内で余計な一歩を出してしまい、ゲルト・ミュラーの2点目のときには、ルート・クロルが足を閉じていなかった。多くの人々は、守備をするということはボールを奪わなくてはいけないことだと思っている。だが守備の真髄は、キーパーにボールを止めさせるチャンスを作ることだ。

一番してはいけないことは、シュートのときに股を抜かれてしまうことだ。キーパーは絶対間に合わなくなってしまう。それでもそんなシーンは、毎週のように見られる。全員が守備において認識しなくてはいけないこととして、キーパーは7メートル中5メートルほどしか守れないということだ。ディフェンダーとしてはその残りの2メートルを防御すればキーパーを助けることになる。しかしその2メートルをあっさり明け渡してしまったらキーパーにはどうすることもできない。

何度も言うようだが、同じ間違いは毎週数多く見られる。フォワードの選手たちはディフェンダーがそのミスを犯すのを待ち構えていて、股を抜いてゴールを狙っている。五回中四回は、キーパーもその動きにつられてしまうので得点となってしまう。だからこそ、そのスペースは絶対に明け渡してはいけないのだ。それは、あまり良くない守備の方法だ。

決勝ではつねにあと少し足りなかったため、2－1で負けてしまった。試合終了の合図が鳴り響いた瞬間は、もちろん失望感しかなかった。世界で一番強いチームだと自負しているのに、結果として世界一になれなかった。それでも私はすぐに立ち直った。正直に言うと、あまりというか、ほとんど気にもならなかった。

それは世界中が、私たちのプレーを賞賛してくれていたからかもしれない。ドイツ人を除けば、ほとんどの人たちは私たちが優勝すると思っていた。自分たちは認識していなかったかもしれないが、何億人という人たちにとって良い例となった。身体が大きくなくて、強くない選手たちへの可能性を示すことにもなった。どのようにサッカーをするべきか、という哲学もそれを機に一新された。

現在に至っても、非常にシンプルな哲学だ。ボールがあり、それを味方か相手が持っている。味方が持っていれば、相手は得点することができない。パスがよければ、次のプレーが成功する可能性も高くなる。それまでやる気とハードワークが主流だったが、トレンドは技術と質にシフトしていった。

W杯では酔いしれるような感覚を体験できた。つねにフォーカスされていたので、私が一番責任感を背負っていた。幸運にもこのときは、ちゃんとまわりのサポートもあった。ほんとうのことを言うと、記者会見やインタビューにしても、思っていたより簡単に済ませてもらえた。とくに負担に思うことはなかった。最終的にはチームメイトたちからも「さっさと済ませてきてよ。適当になんか話してくれたら、こっちも対応しなくてすむからさ」と言われたほどだ。

私が重圧に耐え切れないので、このW杯を最後に代表を引退するというようなうわさ話も出たが、そんなふうに感じたことはないので、まったくのデマだった。それはその後に起こったことで、まったく別の理由によるものだった。W杯中はとくにストレスを感じたことはなかった。もちろんほぼ全勝で進み、壁に当たるようなこともなかった。チーム内でもポジティブな感情しかなく、サッカーの楽しさがそれを支えていた。

ただ初めてゴシップを流された。決勝直前に「ビルト紙」は、オランダ代表選手たちと裸のドイツ人女性たちが、ホテルのプールで騒いでいたという記事と写真を掲載した。私もその場にいたことにされ、そのことがダニーの耳にも入ることになった。それに輪をかけるように何名かの補欠選手たちが、私が決勝前に何時間も激怒している妻と電話していたと噂した。

メディアを使って状況を操作することも、サッカーでは初めてのことだった。ただ私には影響はなかった。その後監督になってからも、こういうことに影響されることはなかった。もちろんW杯決勝直前でも関係ない。だから記事が掲載されたせいで、私の集中力が乱されていたというのは馬鹿げたことだった。まったくのデマだ。ダニーは当時、電話もないアンドラ公国（訳注：ピレネー山脈東部のフランスとスペインにはさまれた内陸国）の山のなかにある別荘に滞在していた。そんな場所にいるのだから、コンタクトをとる方法なんてなかったのだ。W杯が終わってからやっと彼女と話し、このようなゴシップがどうやって尾ひれをつけて勝手に広まっていったのか説明した。

こういうゲームには、つきものの真実味のない話。決勝で敗れてしまったほんとうの理由は、至ってシンプルだ。私たちはチャンスをはずしすぎ、残念なことにドイツのキーパーのセップ・マイヤーが最高のパフォーマンスを披露し、不公平なＰＫも取られてしまった。ダニーと私の話はまったくのでたらめだったので、私のＷ杯に対する思い出は美しいままだ。しかも決勝では負けてしまうが、最終的には〝勝者〟として記憶に残るという特殊な経験もできた。世界中どこに行っても、誰もが当時のチームのことを語る。他のどんな世界王者についてよりも多かった。そのことに関しては少なくとも誇りに思っている。

Ｗ杯を通して、私たちは国民的英雄にもなった。私たちの華麗なプレーは国民を魅了した。それは私たちが無理をしていたのではなく、素をさらしていたからだ。それがオランダ人っぽく、さらに言えばアムステルダム人らしかった。

気づけば私の服装や髪型が流行となり、誰もが私を真似するようになった。まあ、これはダニーの影響といえる。彼女のおかげで当時の流行にもついていけていたみたいだ。念のために言っておくが、私は自分で服を買ったことがない。そういうことに関してはまったくわからない人間だ。

私は色の違いすらも識別できない。そういう意味ではまったくファッションはダメだ。とりあえずタンスの一番上にあるものを着る。それが良い組み合わせなのか、という疑問すらもわかない。さっぱりだ。だから私がこの件に口をだすことはまずなかった。

髪型に関しても同様だ。私はダニーが素敵だというから伸ばしていただけだ。服装と同じように、すべてはダニーの一存だ。モード、配色やそういうたぐいのことに一度も興味を持ったことはなかった。今でもまったくない。

アヤックスで獲得した数多くのヨーロッパカップタイトルや世界王者タイトルで、達成できなかったことが、たった一度のＷ杯で達成できた。私が話すことが、急に意味を持ちはじめた。オランダだけでなく、世界中で。そのインパクトの大きさに今でも何度も驚かされる。

だからこそ１９７４年のＷ杯は特別だっただけでなく、一つの時代の終わりだった。１９６５年にアヤックスで始めたことは、オランダ代表で披露した最高のサッカーという形で１９７４年に報われる。残念ながらそれ以降は少し落ちることになるが。


１９７４年の素晴らしい経験と、続くバルセロナでのハイレベルな活躍があったにもかかわらず、私は１９７８年のＷ杯に参加することはなかった。１９７８年に引退すると、いつも思っていたはずだが、その一方でどこかまだ迷っている部分もあった。なぜかと聞かれると、まったくわからない。31歳で引退するということは、若い頃からずっと考えていたことだった。

だからＷ杯が終わり、その後もＷ杯を戦い抜けるだけのメンタルを保てるかどうか、自問自答していた。最終的にはピッチから追い出され、残念な結果に終わってしまった１９７６年の欧州選手権の後は、とくにその戸惑いは大きくなっていった。そんな疑問も１９７７年には、ポジティブな感情に変わった。オランダ代表のイングランド戦とベルギー戦で素晴らしい試合を披露した結果、まじめにこの強いチームでW杯に参加するべきなのではないかと思うようになっていった。

しかし1977年9月17日、忘れられない出来事が起こってしまった。家の呼び鈴が鳴ったとき、私はテレビでバスケットの試合を見ていた。郵便配達人のような人物が来て、私宛ての小包があると言った。私がドアを開けた瞬間、拳銃を突きつけられ、うつぶせになるように命令された。全員がそのとき家にいた。子どもたちは自分たちの部屋にいて、ダニーもそいつに床にうつぶせになるように命令された。

私はなんとか話をしようとした。「金がほしいのか？　何がしたいんだ？」と。私は家具に拘束されてしまった。男は私を縛るために、一瞬拳銃を床に置かなくてはいけない。その隙を逃さずダニーが部屋を飛び出し、外に逃げた。犯人はすぐさま追いかけた。ダニーが大声で叫んだおかげで、その一帯のすべての住人たちが何事かと出てきた。あっという間に犯人は捕まった。私はなんとか抜け出し、そいつがもう一度拳銃を手に取らないように、一目散にそれを奪い取った。

その後、私たちの家の前に絨毯を積んだバンが止まっていたことが判明した。すべての情況証拠が、当時スペインでは頻繁に起こっていた誘拐を示唆していた。驚愕した。そいつが何を思って実行に及んだかなんて興味がなかった。後からもその理由を問い合わせることもなかった。私にとって重要だったのは一つだけだ、そいつが私たちの人生に二度とかかわらないこと。

それからの日々は最悪だった。何カ月間も警察の保護の下で生活した。私が旅行に出かけたときも、子どもを学校に送って行くときも、バルセロナで試合をするときも。いつも私は警備の人たちに囲まれていた。つねにパトカーが近く、もしくは見える範囲、もしくは私の車の後ろについてきた。六カ月間ぐらいは、連日警察が私の家のリビングに寝泊まりしていたほどだ。

耐えがたい雰囲気だ。我慢ならない。とてつもない心労で、そんななかで今までどおり続けることはできなかった。このような状況では家族をおいて、何週間も世界の裏側に行くことはありえない。こんなときに家を空けることは無責任だったし、そんなことを考えることすら許されなかった。警察からも緘口令が敷かれた。彼らはつねに、他に同じような馬鹿な考えを起こす奴が現われないように、なるべくこのことについて口外してはいけないと厳しく言いつづけた。

オランダ代表として、アルゼンチンに行くなんて考えられなかった。W杯に参加するのであれば、全身全霊でそれに集中しなければならない。家族のことや他のことが気になるようであれば、行くべきではない。そんな状態ではどうせうまくいかないからだ。

当時の代表監督のエルネスト・ハッペルがバルセロナにも来たが、私は一瞬たりとも決断を迷ったことはない。警察がほんとうに本件に関して緘口令を敷いたため、私はハッペルにすら自分のメンタルとフィジカルが、このような重要な大会に参加するためには整っていないと言いつづけた。彼がこの言い訳に納得できていないのは、もちろん感じとれた。W杯はなんといっても特別なことだ。ハッペルのようなプロスポーツマンであれば、何かがおかしいと感じとれていただろうが、私はプライベートな状況を彼に打ち明けることはなかった。

それに加え、「クライフを説得しろ」と国を挙げての動きもあった。オランダ代表に参加してほしいと要望する大量の手紙。全部が私の決断をくつがえしてくれるようにと願う手紙だった。しかしこれは家族の安全に関わることだったので、頑なに断わりつづけることに良心の呵責はなかった。一度も一秒たりとも、アルゼンチンにやっぱり行こうかと迷ったりしなかった。それは決定事項だった。このような状況で家族を残していけるような人間は、頭がどうかしていると思う。

残念ながら、誘拐未遂事件の影響は長く続いた。脅迫が止まることがなかったからだ。しかもその頃、バレンシア地方でも女の子が誘拐された。大変な事件だったし、しかも彼らが私たちに子どもがいることを把握していて、次のターゲットに狙っているということも私やダニーの耳にも入ってきた。安全のためにドーベルマンを二匹買ったぐらいだ。家族全員がこの犬たちの扱い方のトレーニングを受けた。だが、すぐに警察から犬は置かないほうがよいとのアドバイスがあった。侵入者を襲ってしまうと、彼らにどんな目にあうかわからないというのだ。まさに、それこそが目的だったのに。

結局は、とんでもない理由でW杯に参加できなくなった。後日振り返ってみると、私の絶頂期に引退する可能性が奪われてしまったのだ。オランダ代表が決勝に駒を進めたとき、ＢＢＣからアルゼンチン戦のコメンテーターの依頼があった。ロンドンのスタジオではほんとうに複雑な気分だった。

試合を見ながら、私が参加していたら自分のサッカーキャリアを世界一の称号とともに幕を閉じられたのではないか、という思いが頭をよぎった。あのときこうしていれば、それともこうであれば――そういうことはめったに思わないが、このときばかりはそんな思いに悩まされた。私が得られたかもしれない何か、しかし現実的にはどう考えても不可能だったこと。なぜならそれを達成するためにはその現場にいなくてはいけなかった。そのためには家族を残していかざるをえず、それはできないことだった。

オランダはW杯決勝でアルゼンチンに敗れ、二回連続敗者となってしまった。私がいれば優勝できていたのか、という質問は当然だろう。正直なところ優勝できていたと思う。私の能力は間違いなくチームにプラスになっていたはずだ。そしてそれは少し前に証明したことでもある。ウェンブリースタジアムでイングランドを2-0で破っているのだ。翌日の新聞に「完全なるサッカーが歓喜をもたらす」と素晴らしい表現が掲載されていたことは一生忘れない。

チームとして、1974年よりさらに洗練されているとすら思っていた。しかし私はその場に参加することができなかった。BBCではほんとうに「この瞬間あの場にいたかった」と思った。こんな結末になってしまったことがほんとうに残念だった。

真実を世に出せなかったため、また私の妻が批判された。1974年のときに決勝戦前に長電話をすることになったため、ドイツとの試合で集中力を乱されたというデタラメ話と同じだ。

1978年にはまた同じことが繰り返された。今回はダニーが私を引き止め、アルゼンチンW杯に行かせなかったことになっていた。ほんとうに信じられない。彼女は選手の妻としてメディアの前に立つことはなかった。それなのにすべての責任が彼女に押しつけられた。

私の60歳の誕生日前後には、とうとう限界が来た。さまざまなメディアで私の人生が振り返られ、そのなかの一つにやはりアルゼンチン戦のことも含まれていた。ダニーが私をW杯に行かせたくなかったために、オランダが世界一のタイトルを取り損なったなどと言われた。家族としてほんとうのことを知っているからこそ、こんな経験をしなくてはいけないことがほんとうに辛かった。三十年間沈黙を貫いていたが、子どもたちも家を出ていたので真実を伝えることを決めた。これでこの話は終わりだ。ほんとうに終わりだ。

とはいえ、私は何年たっても注意を怠らなかった。自分の家の門を開けるときに必ず恐怖をおぼえたものだ。残念なことに、こういうことに対応することを学ばなくてはいけなかった。

私はバルセロナで五年間プレーをした。それで私はクラブとのつながりができ、カタルーニャ人たちとも友好関係を築けた。それは十年後バルセロナの監督になり、カタルーニャに永住を決めたときにはさらに強固な関係となった。

最初のシーズンはもちろん劇的だった。私の移籍での熱狂、レアル・マドリードとの5-0の勝利、優勝、そしてその後の西ドイツW杯。バルセロナでの期待はつねに高かったが、1974年以降、残念ながら優勝することはできなかった。唯一1978年にスペインのカップ戦覇者となった。

長くスペインでプレーをするにつれて、政治がリーグ戦の重要な要素に関わっていたことがわかるようになった。私だけかもしれないが、当時選手として、そんなことはまったく考えていなかった。私はアムステルダム人で、思ったことをそのまま発言する。フランコ将軍政権時のスペインでは、異色な存在だったかもしれない。バルセロナ首脳陣のなかの一人、アルマンド・カラベンなどはそれを好んでいた。後でわかったことだが、私のようなキャラクターをあえてクラブとしても、マドリードの政治支配からのカタルーニャ独立運動に利用していたようだ。国際的に有名な選手として、私はアンタッチャブルだったので、このことを利用してたまにフランコを苛立たせていた。

何度も言うようだが、最初の頃私はほんとうにそういう認識はなかった。私はサッカー選手であって、政治家ではない。それでもそのうち何かおかしいと感じるようになる。五年間でたった一度しか優勝できないなんて、おかしいだろう。とくに1977年は、優勝を奪われてしまった。私のコンディションは最高で、すべてがこのシーズンのタイトルを獲るだろうと示していた。マラガ戦で前触れもなくいきなり退場処分を食らうまでは。審判曰く、私が彼に "hija de puta"「娼婦の息子」という意味の言葉を叫んだと言うのだ。だが私は今日までそんな罵言を吐いたことはなかった。当時もないし、それ以降もない。

私はよくピッチ上でもしゃべっている。でもそれは、チームメイトをコーチングしているだけだ。もちろん試合のなかでは、その場にそぐわないことを叫んだりもするが、私たちがやっていたのはトップレベルのサッカーで、そういう場ではときには厳しく、そして明確でなくてはいけないこともある。ただそんなときでも、「娼婦の息子」などと罵るようなことは絶対しない。私が思うにこの馬鹿どもを相手に目立ちすぎたのかもしれない。

でもマラガ戦では、そんなことですらなかった。私はマークするべき相手を何度かフリーにさせたチームメイトに何か叫んだ。たぶん「マークをはずすな」とかそんな感じの言葉だ。そうしたら審判が私のところに寄ってきて、退場処分を言いわたした。私は唖然とした。これは普通ではない。しかし、それが普通に起こってしまい、その後にマドリードでおこなわれた懲罰委員会での尋問では、私の弁明は彼らの前では意味がなかった。私は無力感に打ちのめされ、三試合の出場停止処分が下された。その三試合の結果は、一分二敗だった。私の処分が解けた頃には、優勝の可能性はなくなっていた。

この出来事が当時の政治力が、どれだけリーグ戦の結果に影響を及ぼしていたかの証明だ。このせいで私たちは数多くのタイトルを逃した。幸いにもその後スペインはいろいろ変わったので、バルセロナもタイトルを数多く獲得することができた。

バルセロナの選手としての人生は、素晴らしいものだった。バルセロナは生活の場として最高の街だ。ほんとうに素晴らしい。それにリヌス・ミケルスと私の後にアヤックスから移籍してきたヨハン・ニースケンスの存在により、オランダの雰囲気は失われなかった。ただサッカーが私を完全に飲み込んでしまっていたので、私は家族とあまり楽しむことができなかった。とくにアウェーへの移動がきつかった。バスか電車が多く、しかも夜の移動もあったため、電車のなかで寝なくてはいけないこともあった。長距離移動で、家にもあまりいられないことに身を削られた。

バルセロナ時代は、リヌス・ミケルスが監督だった。しかし私をこのクラブに引きぬいたのは、彼ではなかった。何年も後にカラベンが教えてくれたのだが、ミケルスの第一候補はドイツ人のゲルト・ミュラーだった。そのことについて彼とその後話したことはなかった。私が第二候補だったとは、微塵にも思わなかった。アヤックスのときと同様に、事前に私とすべてを共有し、バルセロナでもピッチ上の支配権は与えられていた。

最後の年にミケルスの後釜に坐った、ヘネス・バイスバイラーのときはまったく違った。私は選手として一度も監督と喧嘩をしたことがなかったが、まったくそりが合わなかったのは彼だけだった。

バイスバイラーの問題は、大人の選手たちに向かって、つねに何をしなくてはいけないか細かく言ったことだ。ある程度のレベルまではそれでもよいが、彼はやりすぎた。何名かの選手は完全に嫌気が差していた。

耐え切れず彼に「いったい何がしたいんだ？　選手ができないことまで要求してどうなる？」と伝えると、私の態度が信じられなかったのか、バイスバイラーは激怒した。これはカルチャーの違いの典型的な例だろう。当時のドイツでは監督がすべてを決め、選手たちはそれに従うだけだった。私たちオランダ人は、一緒に考えようというメンタルだ。私たちが合意できればそうするし、合意できなければやらない。

シーズン終了を待たずにバイスバイラーは解雇されたが、その原因は私にあると決めつけていた。だが彼がちゃんと鏡の前に立って、自分を見つめなおすことができていれば、彼の方法は私に受け入れられなかっただけでなく、チームのほぼ全員に受け入れられなかったことがわかっただろう。バイスバイラーとバルセロナの組み合わせは必然的に失敗に終わった。たんにクラブに合わない監督だったというだけだ。別段不思議なことではない。というより、ありがちと言える出来事だ。

１９７８年、私は引退した。なぜやめたのかはいまだにわからない。31歳で引退するということはつねに思っていた。いつの間にかそんなことが頭の片隅にあり、そのことを忘れることもなかった。

実は二試合の引退試合が、間違った選択の兆しだったのかもしれない。バルセロナでの試合はアヤックスに3-1で敗れ、その後アムステルダムで企画してくれた試合はボロボロになった。アヤックスでの試合はバイエルンに8-0で惨敗した。夢にまで見ていた引退試合とは思えなかった。

引退後、私は経営者になった。この決断は私の人生において大事な教訓となった。もしかしたら一番重要だったかもしれない。

これは、私へのサポートが少なくなっていた時期に起こった。私は義父に年に三回か四回ほどしか会っていなかった。私がまだ現役の頃は、代理人をそれほど必要としてなかった。長期契約を結んでいたし、すべてのことが整えられていて、八割から九割はサッカーしかしてなかった。しかし引退してからは、仕事の80パーセントがサッカー以外のことに注がれた。そのうえ、私の頑固な性格も完全に間違ったところで発揮された。

そのうち自分の知り合いの輪を作るようになる。そのなかの誰かが何かを言うと、その後をついていった。自分に知識がないようなことにもだ。さらに、これが一番馬鹿なことだったのだが、自分とはまったく関係ないことにもだ。同様にほかの人にもうまく使われた。金の臭いがするところには、いろいろな奴らが群がってくる。今ではそれがわかるが、当時の私は知らなかった。

私は養豚場に投資をした。どうしてそんなことを思いついたのだろう。さらに私の名義でイビサ島の土地を購入した。自分でも楽しんでいるか、何か意味があることであれば説明のしようがある。だがこれは説明のしようがなかった。それでも私は彼らについていった。

誰かが私が盲目になっていると伝えるまで。「一体何をやっているんだ？　これが君の未来か？　これが残りの人生続けたいことなのか？」と聞いてくるまで。それを聞いて初めて、そんなことはしたくないと認めるしかなかった。正直言ってまったく興味がなかった。最終的に大きな壁にぶち当たった。言い訳もできないぐらい激しくだ。

一瞬だけ、私の義父がバルセロナに来るまでは、うまくいっている気がしていた。来た瞬間「一体何をしたんだ？」と聞いてきた。私は農業ができる土地を三カ所購入したと伝えた。コルはすぐさまその登記書を要求した。ほんとうに激しい口調で詰め寄ってきた。金は支払ったが、登記書を確認したことはなかった。そんなことには慣れていなかった。

長い話をまとめると、それは登記書ではなかった。コルは私が騙《だま》されたんだと言った。「お前が金を払ったが、すべてはそいつの名義になっているぞ」と。義父は冷静に「すべて忘れろ。今回の取引きすべてだ。自分の負けを受け入れ、自分が得意なことをやれ」と言った。

それにヌニェスの件が加わる。まさに銀行強盗のようだ。ヌニェスは1978年にバルセロナの会長に就任し、その後何度も私を嵌めたように、就任直後にも私を陥れた。長年、スペインではクラブが選手の税金を支払っていた。そして法改正があり、追徴課税が課された。私がバルセロナをやめた直後だったため、ヌニェスは私の税金の支払いを拒否した。それも私が選手時代に稼いだ給料に対しての追徴課税だったにもかかわらずだ。現役の選手たちはクラブとして必要だったので、彼らの分は支払ったというのに、私の分に関しては放置された。

私がこの件でどれだけお金を失ったか、まったくわからない。だが、全財産の80パーセントはなくなったと思う。私が住んでいたマンションからも追い出された。マンションを差し押さえられ、荷物をまとめて出て行かなくてはいけなくなった。新聞に記事が掲載され、その金額は600万ドルとも言われたが、正確な金額は把握していない。とてつもない金額だったことだけは間違いない。

すべての悲惨な出来事は忘れることにした。あまりお金に執着していなかったので、それほど難しいことではなかった。私の義父が金銭に関することは、すべてやってくれていた。2008年に彼が死んだとき、私は三十年ぶりに自ら銀行に行かなくてはいけなくなった。私はどの銀行に口座があるのかすら知らなかった。私はビジネスとはほんとうに無縁だった。

今でも私がどれだけの財産があるのかと聞かれてもわからない。想像すらもできない。問題があったら誰かが知らせてくれると思っていた。私はその世界の住民ではない。私が関与することでもない。あの一度の失敗以来、投資をしたこともなかった。マンションも土地もそれ以外のものにもだ。私の財産は銀行に預けていて、利子がどれくらいあるのか、もしくはそもそも利子が付いているのかすら知らない。信じられないかもしれないが、ほんとうに興味がないのだ。私の甥が現在私の資産関連を管理してくれていて、必要に応じて前もって連絡をくれる。

当時の失敗は、私の頭のなかからきれいさっぱり消去された。私は誰もが'destino'(運命)を持っていて、宿命に従っていると思っている。私の宿命は若いときに選手をやめ、とてつもない大きな間違いを犯し、その後サッカー選手として元の道に戻ることだったようだ。これが私のすべてだった。

同じ間違いを36歳で犯していたとしよう。そうしたらまたサッカーの世界に戻ることはなかっただろう。しかし私は必要に迫られてだが、アメリカに行くことができた。そこで起きたこと、そしてその後起こったすべてのことも、32歳以降に起こったことだった。あの間違いを起こしていなかったら、数多くの素晴らしいことを経験していなかっただろう。

だからこそ、こういう結果になったことは必然だったのだと思っている。私が気づいたときにはどうしようもなかったが、遅すぎたわけではなかった。そういう意味で私は現実的だ。元に戻せないのであれば、その件に関しては断ち切れる。その物語は閉じられ、新しいページが始まる。そうする場合は、しっかりとしなくてはいけない。そしてそれを私はつねに心がけていた。

不幸なことや挫折は、すぐに忘れることにしている。負けたW杯決勝だろうが、ビジネスでの大失敗だろうが、私はすぐさまポジティブなことを探すようにしていた。これが自己防衛的なことなのかどうかはわからないが、私はそういう人間なのだ。一部の人は短絡的と言い、一方では生存術だと言われた。私にとってはどうでもよい。誰も失敗しようと思って、何か始めることはないだろう。後からこうしていれば、もしくはこんなことをしていればというのは簡単だが、その結果は変えることができない。そうであれば、失敗から学ぶことは非常に重要なことだ。私の短かったビジネスマン人生のように。一度きりのことだったし、私のなかでは「よし、これは終わったことだ。さあ次に進もう」と切り替えられた。

これが引退を撤回して、再びサッカーを始めた理由だった。他に私に何ができた？　それに私は、与えられた才能を埋もれさせてしまってよいのだろうかと自問していた。31歳での引退は早すぎた。ということで、この間違いも正すことにした。それ以降、私は自分の居場所を把握した。それはサッカーで、それ以外はどこにもなかった。

サッカーをやめて半年もたたないうちに、私は自分の財産の80パーセントを失ってしまった。危機的状況だったと言ってもよいだろう。マンションが差し押さえられてしまった後、私たちは1979年3月にアメリカ行きを決めた。引退してからの半年間、いろいろなことを考えさせられた。私がサッカーをしていた原動力が急になくなってしまった。

だからと言って家のなかが、緊張した空気になることはなかった。ダニーが問題を解決するためにつねに寄り添ってくれていたからだ。私が彼女の知らないところでいろいろな投資をしていたときも、見放すことはなかった。子どもも三人いて、誘拐の脅迫に悩まされ、いろいろ大変な時期だったのにもかかわらず。

それに彼女のほうが、義父ときっちり話ができた。もちろん私がとてつもない間違いを犯したのだが、コルも少し大げさだった。この件で義父と議論したときは、いつものように、ダニーがバランスを取ってくれた。彼女が大概のことを整理してくれて、私は正直、訳もわからず適当にやっていただけだった。問題があった場合、さっさとクローズして、その後は振り返らないという点に関してだけは、お互い同じ感覚だった。

完全に一から出直すために私はアメリカを選んだ。過去から遠い場所で、すべてを失ってしまった状態から、また素晴らしいものを築き上げるためには最適の選択で、私の人生で最高の決断だったかもしれない。お金を失ったが、自分の居場所を取り戻した私は、アメリカで新たな希望を見つけ出すことができた。

私はロサンゼルス・アズテックスと契約した。ニューヨーク・コスモスと話し合いをしていたなどの記事が出たが、それは事実無根だった。少なくとも私との話し合いなどはなかった。私は絶対人工芝でプレーしたくなかった。人工芝は野球やアメフトのように手を使うスポーツには適している。アメリカの人工芝は走るためので、サッカーをするためにはできていなかった。

一度コスモスで、デモンストレーションマッチをおこなったことはある。当時、そのチームに在籍していたベッケンバウアーと一緒だった。試合後にはアトランティック・レコードの経営者で、クラブのオーナーだったエルテグン兄妹と話もしたが、コスモスとの契約交渉には至らなかった。ジャイアンツスタジアムはきれいで印象的だったが、アストロターフ（人工芝）でプレーした後ではそんな気持ちは湧き上がらなかった。

当時の人工芝は、現在の人工芝と比べものにならないくらいひどかった。絨毯のようで、足の裏に水ぶくれができたほどだ。ボールの弾み方も私が慣れ親しんだものとはまったく違った。アメリカ人たちは絶賛していたが、私にとっては、こんな球場でプレーをしていたクラブと交渉の余地はなかった。私はアメリカのプロリーグでプレーをすることに抵抗はなかったが、あくまでも芝の上でプレーするのが最低条件だった。

そうして私はロサンゼルス・アズテックスにたどり着き、そしてローズ・ボールには完璧な芝が植えられていた。それは私がアメリカプロリーグでプレーをした、もう一つのクラブのワシントン・ディプロマッツでも同様だった。私がアズテックスを選んだ理由の一つには、リヌス・ミケルスがそこの監督だったこともある。そうして七カ月間の何もしない生活から本来の道に復帰することができた。

契約交渉は、まさにアメリカ的だった。目まぐるしいスピードで進んだ。一日以内にすべてが整えられ、その日の夜の試合に出場するために五時間後のフライトに乗れというのだ。信じられないような話に聞こえるが、事実だった。十二時間かけて移動し、着陸の四時間後にはピッチに立っていた。そして更衣室でその姿を見るまで、実はミケルスともコンタクトを取っていなかった。

最終的に四十五分間参加し、二得点決め、それだけで私の実力は証明された。うれしかったことは、試合後にミケルスがホテルの部屋を訪れ、自ら私にマッサージを施してくれたことだろう。私はふらふらで歩くこともできず、それを彼は見抜いていた。監督になるための教育課程で習ったのか、彼のマッサージは最高だった。私とミケルスの関係の不思議な点だ。彼はつねに厳しかったが、同時にいつも最高のサポートをしてくれていた。

アメリカはほんとうに新鮮だった。誰もが私を嘲笑っていたヨーロッパから離れ、まったくの別世界にたどり着いた気分だ。ただ私に対する期待値だけは変わらなかった。それにいろいろなことが起こったので私は退屈することがなかった。そしてハワイでのバケーション。ロサンゼルスからたった五時間でたどり着けたので最高だった。ただ良くないこともあった。メキシコの投資家にアズテックスが売却されてしまったことだ。急転直下の出来事だった。メキシコ人たちは南米出身者のチームを作ろうとしていて、ちょうどワシントン・ディプロマッツのオーナーが私を望んでいたため、あっという間に私の移籍も決められてしまった。

これが可能だった背景には、クラブとの契約ではなく、北米サッカーリーグと契約を結んでいたからだ。協会がクラブと合意さえすれば、選手は前触れもなく他のチームに売却され、四十八時間以内にアメリカの反対側にいなければいけないと伝えられた。飛行機に乗るしか選択肢はなかった。どんな選手も同じだ。当時はフリーの代理人はサッカー界にはいなかった。

リーグ半ばにはカット&トレードもあった。この時期に怪我をしていた場合、解雇されてしまうリスクすらある。ヨーロッパの社交的な雰囲気は、ここには存在しなかった。リーグ戦中盤まで良い結果を残していたのでチームに残すか、ダメなら解雇し、新しい選手を雇えばよいという認識だ。

私のサッカー界における紳士的合意や提案は、アメリカでの経験にもとづいている。たとえば各チームの外国人選手枠の設定や育成選手に関する合意。目的はリーグにバランスをもたらすことだ。お互い助け合い、リーグのレベルを保つこと。アメリカのスポーツを見ていると、お互い力を合わせて高みを目指そうとしている姿勢がよくわかった。それがアメリカのフランチャイズとヨーロッパの多くのクラブとの大きな差だろう。ヨーロッパのクラブでは、全員がトップスポーツのメンタリティーを持っているわけではないが、アメリカではそれが最低条件だ。

アズテックスがメキシコ人に買収され、私はアメリカの反対側に飛ばされた。正直なところ全然乗り気ではなかった。3月のLAでは半ズボンでうろついていたのに、ワシントンにはまだ50センチ以上の雪が残っていた。だが最初の訪問で気持ちは完全に変わった。素晴らしいものをこれでもかと見せられ、最終的に引っ越すことにも合意した。振り返ってみると最高の二年間だった。

ワシントンは特別だ。ここを訪れる全員が通りすがりだった。ワシントンで生まれた人間は誰もいないのではないかと思うぐらいだ。そしてすべてが政治に結びついていた。

たとえばディプロマッツの会長が民主党支持者だったので、私はまず先にその党に抱え込まれた。ケネディー家の夫人たちが、私の家を探してくれた。最初は認識していなかったが、この世界でも私は有名人だったようだ。

私の隣人は当時の世界銀行の頭取で、ジョン・F・ケネディー政権時代には、国防長官を務めていたロバート・マクナマラだった。世界政治に関して、非常に深い知識を持っている人物だ。早朝五時に庭を短パン姿で歩いていると思ったら、七時にはアメリカの星条旗をはためかせたリムジンが迎えに来ていた。一方で隣人としては非常に良い人で、この地区の有用な助言をしてくれた。たとえば、どの学校が子どもの教育に良いのか、どこで美味しいパンや野菜が買えるかなどだ。この頃私は自転車で練習に行っていた。美しい地区だったし、ここでのサイクリングが爽快だったからだ。

ワシントンは特殊な世界だったが、非常に楽しかった。そして学ぶことも多かった。ワシントン・ディプロマッツは、ニューヨークのマジソン・スクエア・ガーデンを保有している会社の傘下に入っていた。ゼネラルマネージャーのアンディー・ドリッチは、マジソン・スクエア・ガーデンで教育を受けていて、彼の指導方法は素晴らしく、私に新たな可能性を見せてくれた。だからアンディーが後に、オークランド・アスレチックスでワールドシリーズ制覇を成しとげ、ゴールデン・ステート・ウォーリアーズ、メンフィス・グリスリーズやサンフランシスコ・フォーティーナイナーズなどで素晴らしい結果を残したことは驚くべきことではなかった。

メジャーリーグ、NBA、NFLの最高峰で働いていた人が、ワシントン・ディプロマッツでは私のメンターだった。ドリッチのような人たちとの経験のおかげで、私はよりサッカーの真髄を理解できた。私は選手がどういう考え方をするかわかっている、私は監督の考え方もわかっている、私はスポンサーの考え方もわかっている、そしてこの三つの要素が組み合わさったときに、どのようなメリットとデメリットが発生するかも熟知していた。

ワシントンでは、今までとは別の視点からプロスポーツを見ることをおぼえた。アメリカはスポーツ大国だ。プロスポーツとしての考え方が遺伝子に入っているのだろう。アメリカとヨーロッパの大きな違いは、アメリカでは学校でスポーツを学び、ヨーロッパでは各クラブが主導していることだ。ヨーロッパではまずクラブの会員にならなくてはいけないが、アメリカでは全員が学校に行っているし、スポーツをもっと重要視しているため、授業の一環に組み込まれている。ヨーロッパの学校とスポーツが完全に分離している状況と対照的だ。

ヨーロッパでは教育も一つであり、スポーツはまた別の要素だ。間違った考え方だ。この二つは実は同じで、ただ階層が違うだけだ。アメリカではそのことをよく理解していた。これは切り離せるものではなく、一緒に学ぶものだった。アメリカで教育とスポーツは混合さえする。私たちは分離し、彼らは統合していた。だからあっちではアインシュタインのような人もスポーツを理解していたし、逆にスポーツ選手もアインシュタインを理解していた。

ヨーロッパでは、どちらかと言うとスポーツ選手は頭の悪い奴らだった。だが、本来はそうあるべきではない。頭が悪ければトップスポーツ選手にはなれない。不可能だ。私が友人に最近聞いた話が面白かった。彼が元ヒューストン・ロケッツの中国人スタープレーヤのヤオ・ミンと話したときの内容だ。ヤオ・ミンに話の流れで、過去に対戦した選手では誰がベストプレーヤーだったかと聞くと、彼の回答はシャキール・オニールだった。

ヤオ・ミンの説明が特別面白かった。オニールはヤオ・ミンと対戦し、初めて彼と同じような体型の選手と相対することになった。同じぐらい大きく、同じぐらい強い選手だ。最初の二本ぐらいはヤオ・ミンに軍配が上がったが、それ以降彼はまったく歯が立たなかった。ヤオ・ミンが言うには、どんなバスケット選手でも100個は攻撃のパターンを持っている。そのためどんな場所でも、瞬間的に最適の動きを取れる。

ただオニールはたった数分間で、ヤオ・ミンとの新しいシチュエーションを分析し検討した。そして五分も立たないうちにバリエーション101と102を考えつき、ヤオ・ミンを圧倒した。これができる時点で頭が悪い選手ではない、逆に素晴らしく頭の回転の速い選手だ。私もつねにサッカーは頭でプレーし、走るために足を使うスポーツだと言いつづけている。

このようにスポーツと知性について考えてみると、他のことに関してもいろいろ見えてくるものがある。そして、よりヨーロッパの偏った考え方から離れていくようになる。もちろんアメリカではいろいろな可能性がある。しかし、そのため私たちより厳しいものにもなる。私たちのところで同じポジションに五人の候補者がいたとしたら、アメリカではそれが五百人になる。そのためこのなかでの争いもより激しくなるので、メンタリティーも変わってくる。当然のことだろう。

それにアメリカ人たちはデータと統計を駆使している。確率が結果と連動している。そのためバスケットボール選手でシュートの成功率が80パーセントの選手は、成功率が90パーセントの選手より悪いと判断されてしまう。だがこのことに関しては、議論の余地があると私は思っている。私が出す結論は、ただ数字を見て判断しているだけの結論とは違うと断言できる。たとえばメッシがシュートを十本中三本決めたとすると、確率的には30パーセントだ。それでもすごく高いレベルだと思うが、統計的にはたった30パーセントしかない。私の言い分としては、これをこのレベルで同じようにやってみろということだ。それはほぼ不可能だろう。

ビリー・ビーンはそれに最初に気づいた。メジャーリーグのオークランド・アスレチックスのGMは、他の視点から数字を見るようにし、それで驚くべき成功を収めた。彼はディテールに重要な事実が含まれていると理解していたが、同時に何が見るべき細部なのかも把握していた。そのため事実は70パーセントではなく、たった1パーセントや2パーセントのなかにあるかもしれないことを見出した。このわずか数パーセントの違いが、大きな差を生み出すこともある。どのようにこれを見るかによって変わるだろう。大きなミスが決定的になることは少ない、逆に小さなミスにこそ、その原因があり、それを減らすことが重要なのだ。

だから私のなかでは、データや統計が主となることはない。それは補足するためのもので、自分の視点で物事を見つめなくてはいけない。ビーンはこのことに最初に気づき、しかもそのインスピレーションは、１９７４年のW杯のオランダのトータルフットボールから得たことが面白かった。左サイドバックが、右サイドハーフもできたことに魅了されたらしい。他のポジションもこなせるスペシャリスト。そのため彼は、野球選手たちも別の視点から分析するようになった。

アメリカでは、トップスポーツは観客を楽しませるためだということを改めて確認できた。それは私のなかでつねにあった考え方で、世界最大のスポーツ大国でも、同じように考えられていたことが喜ばしかった。みんな一週間頑張って働いている。その人たちがスタジアムに足を運んでくれたのだから、彼らが帰るときには満足し、観戦した内容が称賛に値するものでなくてはいけない。

これはいろいろな方法で達成できる。勝つことや、努力を見せることでだが、つねに成功するとは限らない。他の言い方をすれば、関連づけることをおぼえろ。勝つことがすべてではない。それを私は信じて疑わなかった。もちろんつねに勝利しようと試みるが、それより重要なことは、どのようにプレーするかだ。その場合、サポーターが何を望んでいるかしっかりと認識しなくてはいけなく、それに合わせなくてはいけない。アメリカでは、そのことを誰よりも理解している。彼らはサポーターがピッチ上で何を見たいかわかっているし、何を買いたいか、そして何を食べたいかなどすべてを把握している。

　サッカーでも同じだった。ただ私の時代、サッカーはマイナーなスポーツだった。プロフェッショナルな集団によって運営された組織のなかでつねにトップレベルの結果を残すことが求められる一方で、私のテレビ番組が作られ、ピッチがどれだけ大きくて、緑で、それぞれの線が何のために引いてあるのかを説明しなくてはいけなかった。サッカーはまだ新しいスポーツで、アメリカ人たちには一から教えなくてはいけなかった。私の番組ではどうやってボールを蹴り、試合中はどういうところを見るべきか伝えた。実のところすごく可笑しかった。私はトップレベルでプレーしていたが、同時に公園で遊んでいるような気分だった。

　アメリカでは有名になれば、いろいろな可能性が発生する。それで私は自分の番組を用意された。イタリア人やイギリス人の監督たちにとっては、最高の出来事だっただろう。急にサッカーがテレビで放映されるようになり、重要になったのだ。練習風景すらテレビに流れた。いろいろな人が順番に加わっていき、効果はどんどん大きくなっていった。それに携われたことは楽しかった。

　ワシントンでは、後に私が財団を設立する原動力となることを経験できた。すでにクラブのオーナーが民主党支持者で、彼を通してケネディー家と交友関係を持つことになったことは前述した。ふとしたときに、ジョン・F・ケネディーの妹のユーニス・ケネディー・シュライバーに、スペシャルオリンピックスの大使を務めないかと誘われた。彼女は、現在では理解を得られている、知的発達障害者のスポーツ選手たちのための組織を設立していた。何年か前にポーランドでおこなわれたスペシャルオリンピックスの開会式に招かれたことは、特別なことだった。

私の財団の種はワシントン・ディプロマッツの一年目に植えられた。よくわからずそういう流れになってしまったが、でもこれは、最終的に私がやると決めたことの一つとなった。正直に言って、自分では思いつかなかっただろう。

ワシントン・ディプロマッツでは、最初から各アウェーゲームでハンディーキャップをもった子どもたちへのセッションを開催しなくてはいけなかった。とくに最初の頃はそれをやることに抵抗があった。数カ月たった頃には、もうやりたくないと要求したぐらいだ。意味がないように思えた。毎回こうやってボールを蹴るんだよと教えても、見当違いの方向に蹴ってしまうのだ。

私が組織委員にそのことを伝えると、私が対応していたときに撮ったビデオを見るように言われた。そして一度でいいからボールの行き先を見るのではなくて、子どもたちの目、母親の目、そして父親の目を見てほしいと言われた。彼らがボールを蹴ったとき、もしくは今までできなかったことが成功したときに、私がうれしそうにしている顔を見てほしいと。もちろん彼らの成長は時間がかかるが、それが目的ではない。重要なのはボールを使って、彼らの運動神経を良くすることだった。

そしてさらにこう付け加えた。「次に戻ってきたときには、まったく違う子どもとまったく違う人間に見えるでしょう。きっと彼らが、ボールを足でしっかり蹴れるようになっていることに喜びを感じるはずです」

この説明は私にすんなり入っていった。私が見ようとしなかった笑顔を発見できた。私はこのセッションを楽しむようになっていき、今までとは違う見方をするようになり、このことについて考えるようにもなった。こういう振る舞いに、びっくりするほどの満足感を得られるようになった。私がおこなったことは、ほんのわずかなことだったが、それでも確実に何か変わっていった。

近所にダウン症の子がいた。その子がいきなりボールを持って、私のところに来た。私はボールの蹴り方やヘディングの仕方などいろいろ少しずつ教え、それが二カ月ほど続いた。一度私が旅から帰ってきたとき、彼が道端でサッカーをやっていた。私を見つけると走ってきてお互いキスをした。それぐらいこの子は、サッカーができるようになってうれしかったのだ。いや、言うならば他の子たちが参加させてくれたことがだ。単純にいろいろな子と一緒に参加させてもらえたことが、彼に自信を与えていた。

このことはすべてに影響した。彼の家族は、暑い日にはとくに気をつけなくてはいけなかった。彼らの家にはプールがあり、息子が落ちて溺れてしまわないか心配でしょうがなかった。一度私がプールの側に行くと、私に気づいたみたいで、助走をつけて勢いよく飛び込んでいった。彼は恐怖心がなくなっていた。サッカーを通して自信を持てたことで、恐怖心がなくなり、泳ぐこともおぼえることができるようになった。

ほんの少し手を差し伸べて助けることで、子どもが変わるのだということを身近に経験した。自分のなかではほとんど何もしていないぐらいの気持ちなのだが、得られる喜びはこのうえない。スペシャルオリンピックスとサッカーをつなげることで得た人生勉強だった。

私は結果がすべてだという人間を好きになれない。彼らは何をしているかわかっていないだけで、言い訳としても弱すぎる。もちろん結果は重要だ。だがそれより重要なのはクラブを心から愛してくれている人たちだ。そういう人たちを良い気分にしなくてはいけない。

これは矛盾しているかもしれないが、私は理想主義のプロフェッショナルで、自分が何を言っているかはわかっている。子どもの頃から私はアヤックスで育ってきた。その後、三回喧嘩別れをしているが、それでもクラブが勝利するとうれしかった。この気持ちは自分の血のなかに入っている。定義するのは難しいが、それが一番素晴らしいことだ。

あれから三十五年ほど経ち、アメリカは世界のトップ25に入り、国内のプロリーグのスタジアムも観客が数多く入るようになってきた。私にとっては驚くべきことではない。アメリカ人たちは成功に向かって進むことができる。彼らは自分たちが不足していることを認めることができ、それに対して努力し、成功につなげることができる。

もちろんまだ道は平坦ではない。たとえば代表監督のユルゲン・クリンスマンは、各クラブから選手を選ばなくてはいけなかったために、ベストメンバーをそろえることができなかった。同じチームから四人も選出することは許されなかった。他のチームも資金を援助しているので、彼らも自分たちのサポーターに代表選手を披露したかった。

正直なところ、この問題が解決するかはわからない。私がこのことで伝えたかったのは、監督として制限があるということ。そして一番重要なのはこの問題を解決しなくてはいけないということ。目標は進歩することだ。一歩ずつ先に進むことで、実際アメリカ人たちは毎年進歩していた。そしてそれは過去からずっと続いている。

もう一つ重要な点は育成だ。学校外でサッカーをしている子どもたちが、システムに組み込まれていないという問題を解決しなくてはいけない。そうすればさらに多くの子どもたちが、サッカーをするようになり、結果的にプロのクラブが選手をピックアップできる範囲が広がることになる。ヨーロッパでは、アマチュアとプロという境界線がある。アメリカではそういう呼び方はしないし、取り組み方も違うが根本的な部分では同じだ。だからこそ、この分かれてしまっている世界を統合することが、解決になると思う。学校で見出された才能と近所や街に埋もれている才能を一緒にするのだ。

現在ではほとんどのアメリカのチームは強い。アメリカ代表だろうが、メジャーリーグサッカーのトップクラブだろうが、世界中どこのクラブも対戦相手として不足はない。良い選手は山ほどいるが、飛び抜けてはいない。一人で違いを見せつけられるような特異の存在はまだいない。

これは上に進むための過程の問題だ。育成、練習そして試合戦術。特異な才能のある子は間違いなくいるだろうが、そういった選手たちもサポートしてあげなくてはいけない。これがアメリカのシステムに一番不足している部分だと思っている。特異な存在をルールに合わせられないということ。

これはサッカーに限ったことではない。ゴルフだろうが乗馬だろうが、誰もが同じことをする。数多くのルールに縛られていることが見え隠れする。多くのルールと基準。でも誰がアインシュタインなのだ？　アメリカのサッカーももう少し柔軟な思考を持つことができれば、また一つ大きな障害が取り払われることになるだろう。

すでに述べたように、私はアメリカで多くのことを学んだ。その後の人生に適応できる数多くの教訓と言っていい。ワシントンに移住したての頃のことをよくおぼえている。引っ越してきてすぐ、クラブの人間が来て保険をどうしているかと聞いてきた。ん？　保険？　と思ったが、聞いてみると縁石に対しても保険をかけなくてはいけないというのだ。たとえばそこで誰かが転んで訴えたりしたらそれだけで大問題とのことだった。

信じられない話だった。さらにはいきなりそこにバナナの皮があった、と言いがかりを付けられることすらあるというのだ。それまでにバナナの皮なんてなかったとしてもだ。本人が自分で置いた後に写真を撮る可能性もある。そんなことまで、すべて考慮しなくてはいけないらしい。

そこでは別の考え方ができる。馬鹿らしいと切り捨て、アドバイスを真剣に聞かないのではなく、対応策を考えることにする。最終的にはその人に「わかった、私たちのためにそういった法的なことも含めて対処してくれないだろうか」とお願いした。何が言いたいかというと、クラブは問題が起きないように、ここまでサポートしてくれるということだ。笑いごとではなく、尊敬すべきことだ。

そういう面では、ヨーロッパは遅れている。ここでは問題を前もって防ごうとする感覚がほとんどない。そのため、貧乏な家庭で育ったが、サッカーの才能があり金持ちになれたサッカー選手たちが、多くのトラブルに巻き込まれる。その状況に立ってみてほしい。自分で解決できるだろうか。こういう面の指導が多くのクラブに欠けている。住んでいる世界が違いすぎるためだ。指導者、上層部、監督などがそういう面もケアしなくてはいけないのに、選手たちのそういう背景と文化を理解できていない。彼らはたくさん勉強し、社会的には地位を築いたのかもしれないが、このような若い選手や子どもたちの目線で考えることができない。誰が指導し、誰が彼らを正せるのだろう？　ヨーロッパではこの面でまだまだ成長の余地がある。

アメリカでの数年間は素晴らしい日々だった。ロサンゼルス・アズテックスとワシントン・ディプロマッツでの三シーズンはすごく勉強になったし、とくにまわりをよく見るようになった。逆に私への評価もすごかった。私はトム・ムラッドリー市長にロサンゼルスの名誉市民に命じられ、ＵＳＡスペシャルオリンピックスの名誉理事にも選ばれた。

プロ組織を導く方法も学んだ。スペシャリストたちと働き、チームの結果を達成するためにすべてを捧げること。チケット販売員から用具係まで全員だ。

さらにアメリカでは、後に私が財団や学校を設立するための土台が築かれた。この頃に私が十五年後になってやることの萌芽を見つけることができた。スペシャルオリンピックスでの経験とアメリカ式の教育とスポーツの融合方法を学べたおかげだ。

私は今でもペレ、フランツ・ベッケンバウアー、ヨハン・ニースケンスやその他大勢の選手たちと、唯一サッカーが浸透していない大陸にサッカーを伝えられたことを誇りに思っている。サッカーの進化の過程を見ていると、アメリカが世界王者になるのもそんな遠い未来ではないと思えるし、サッカーファンとしては素晴らしいことだと思う。

1960年頃のアヤックスのユースチーム。クライフは前列右から2番め

1967年オランダ対ハンガリー戦で退場処分を受ける。審判はクライフが対戦相手から試合中、絶えず蹴られていた事実を無視した

1968年ダニーと結婚。クライフの人生では家族がいつも一番重要だった

1968年ダニーと義理の両親。コル・コスターはクライフの人生の財務を支える

1970年のアヤックス。トータルフットボールが完成する

1973年アヤックスはユベントスに1-0で勝利し、3年連続でヨーロッパカップ王者に輝く。オランダのサッカーの方法が新しいベンチマークとなる

1973年クライフはバルセロナと最高金額で契約する。彼が入ったときは降格する順位だったが、最終的にバルセロナは14年ぶりにラ・リーガを制覇し、クライフはヨーロッパの年間最優秀選手に選ばれた

バルセロナでクライフは、アヤックスの元監督でトータルフットボールの生みの親でもあるリヌス・ミケルスと再会する。クライフは1973-78までバルセロナでプレーした

1974年W杯準決勝でブラジルに2-0で勝利。この試合はトータルフットボールの哲学のすべてを表現した。

ペナルティーエリア内で倒される。1974年W杯決勝でキックオフから1-0のゴールを決めるまで、オランダは16本連続でパスをつなげた。W杯決勝は西ドイツが2-1で試合に勝利した

1978年11月アヤックス最終試合でヨーロッパのサッカーと別れ、32歳でアメリカでの新しい生活に旅立つ。ヨーロッパ最優秀選手賞3回受賞はリオネル・メッシに破られるまで誰も達成できなかった偉業だった

1978年養豚場への投資で彼をほぼ破産に追い込んだ失敗の後、新たなキャリアを求めてロサンゼルス・アズテックスに移籍。写真はペレと。ベッケンバウアーも後ろにいる

ロサンゼルス・アズテックスからワシントン・ディプロマッツに移り、ここでクライフ財団を始める最初のアイディアを得る。写真はクラブのサッカークリニックで子どもにサッカーを教えているところ

それからも私はたびたびアメリカを訪れた。とくにスポーツに関しては退屈しないし、興味が尽きない国だ。三年という期間はすべてを学び、いろいろなことを考えなおし、それなりのレベルでプレーするには充分だった。ただサッカー選手としては満足していなかった。私はもっとやりたかった。その気持ちはアメリカリーグがオフのあいだ、アヤックスの練習に参加させてもらうたびに強くなっていった。私はまだヨーロッパのレベルでプレーできると気づき、その道を選ぶことにした。１９８１年年末にアヤックスに復帰することを決めた。

アヤックスの選手に戻ったことは素晴らしかった。すごく若いチームで、私を尊敬してくれていた。しかし、すぐに問題にぶち当たった。私はアメリカのクラブ経営の方法をちょうど学んできたところだった。三年間、とくにワシントン・ディプロマッツでの影響は大きかった。だからアヤックスでサッカーをするということは、ピッチに立つということだけでなく、ここの人たちがどのようにクラブを運営しているかも観察していた。そしてなぜそのような経営をしていたのかを。ピッチの外に関しては嫌な気分になることが多かった。

しかしピッチ上のアヤックスは、１９７９-８０シーズンにタイトルを獲得し、昔と変わらず若手が多いアヤックスだった。私は34歳で、若手のなかに入っていった。マルコ・ファン・バステンやフランク・ライカールト。私はすぐにすべての面において指導する役割を与えられた。まずはサッカー選手として、私はすぐに証明しなくてはいけなかった。誰もがあのおっさんが戻って来たよ、と言っていた。オランダ人らしく、ネガティブからのスタートだ。幸運なことに、私はハーレムとの初戦で得点を決めることができた。しかも美しいゴールだった。全員の口が開いたままふさがらなかった。評論家たちも、私がまだまだできることが証明されてしまったので、どうすることもできなかった。

それ以降は、どちらかというと昔からやっていたように、なるべく他の選手をサポートしながらプレーしていた。私はほとんどのポジションでプレーしたことがある。ストライカー、ミッドフィールダー、リベロ、すべてをこなした。そういう意味では何も新しいことはなかった。ただ新しい世代のサッカー選手と関わることになった。私たちが十~十二年前には自分でやらなくてはいけなかったようなことは、すべてまわりがやってくれた世代だ。新しい習慣や規範ができたこともわからなくはないが、サッカー選手としてはつねに考えつづけなくてはいけない。進歩しつづけなくてはいけない。ピッチ外から始めたら、試合でも続けなくてはいけない。

私は社会性のことを指摘しているのだ。私の妻は毎回泥だらけの練習着を洗わなくてはいけなかったが、新しい世代の彼らには翌朝洗濯された状態で更衣室に準備されていた。私たちの頃には、毎日クラブハウスにコーヒーや新鮮なオレンジジュースやパスタを用意してくれるような、おばさんはいなかった。当時は何もなかった。まったく何もだ。アヤックスに戻って見たことは、より便利になった生活習慣で、その分各自の責任感が減っていた。自分でスパイクを手入れしていた選手?　そんな子はいなかった。そしてウォーミングアップで滑ったりすると、「あ、スパイクの金具を取り替えるのを忘れてた」と笑いながら言うのだ。これは本来、教育しなくてはいけないことだったので、そういうことを私は彼らに伝えようとした。

リヌス・ミケルスやシュテファン・コバッチではなく、カート・リンデルが監督だった。彼から学ぶことも多かった。1981年12月に初めてデ・ミールに行ったとき、彼が最初に言った言葉は「お前の年齢では激しいトレーニングをしすぎてはいけない。お前のエンジンが急に止まってしまわないようにしろ」だった。

練習中、私は若い子たちのように全速力で走らなくてよかった。リンデン曰く、私にとっては無意味のことだったからだ。彼は私が怪我をしないように、つねに気をつかってくれた。リンデンの後は、アード・デ・モスが二シーズン目の監督だった。彼はまだ若かったので逆に私からいろいろ学びたがっていた。

それは自然と気づいた。彼が何か聞いてきたり、何か言ってきたりして、自然と話すようになった。そうすると、彼に教えなきゃいけないなという感じではなく、何か議題があってそれについて話し合っているという感じになる。デ・モスと私のあいだでは、私が何か知っていて、彼が知らないというような一方的な関係にはならなかった。

更衣室内でもピッチ上でも問題はなかった。すでに述べたが、それ以外の部分のクラブの経営陣に関しては違った。ワシントン・ディプロマッツ時代の経験や、アンディー・ドリッチと一緒に働いたことで、いろいろと間違っていることを認識してしまった。とくに二シーズン目以降はよりエスカレートしていく。

でもまずは、最初に戻ろう。オランダに戻ることで、私はまた70パーセントの税金を払わなくてはいけなくなった。交渉時に代理人が、年金を積み立てるように手配してくれた。私はオランダのプロ選手としては最高の給料をもらった。アヤックスにはそれ以上払えなかった。

どのようにしたかというと、私の義父が考えた素晴らしい仕組みだ。私たちはアヤックスの経営陣に、平均したらどれぐらいの観客が毎回来るか聞いた。だいたい一万人だった。そのとき提案したことは一万人以上観客が入った場合は、その収入を私とクラブで分けるということだった。だから二万人の観客が入った場合は五千枚分のチケットはアヤックスに、残りの五千枚分の収益は私がもらえた。その五千枚分の金額が私の年金に回された。

初年度は優勝し、数多くの観客がスタジアムに足を運んでくれたので、私はすごい金額を稼いだ。だがそれは私の手元に入らず、将来のために残された。この仕組みは素晴らしい成功だった。そして二年目も同じように成功した。デ・ミールの約二倍の五万人の観客が入るオリンピック・スタジアムで試合が多く組まれたこともよかった。

私たちは結果を残しつつ、観客を楽しませることもできていた。そのようにうまくいっているときには、面白いアイディアが浮かんだりもする。ＰＫでパスを出したこともその一つだ。ヘルモンド・スポーツ戦で、私はイェスペル・オルセンとそれをおこなった。クオリティーの違いに差がありすぎて、試合の緊張感はまったくなかった。だからPKで観客に特別なプレゼントを用意することにした。ボールをゴールに蹴らず、オルセンのために横に軽く出すことにした。キーパーは唖然としていたが、イェスペルを止めようとしたとき、彼がまた私にボールを戻した。私はちゃんとボールより後ろにポジショニングしていたので、鼻をほじりながらでも問題ないぐらい簡単にゴールを決めることができ、サポーターたちはみんな楽しんでくれた。

そのシーズンも、すべての面において問題なく経過していた。経営陣が、私が稼ぎすぎていると思うまでは。もちろん私は「いやいやあなたたちも私と同じだけ稼いでいるではないか。なぜ私のことだけ問題にする。自分もその一部をもらっているだろう。今までこんなに観客が来たことはなかったではないか」と反論した。

彼らは私の意見に同意できなかったので、論争になってしまった。

当時、私の義父はフェイエノールトの人たちとも良い交友関係を築いていた。彼らがアヤックスでの問題を知ったとき、即座に「だったらこっちに来れば、同じ仕組みを適応するよ」と言った。それはすごく興味深いことだった。なぜなら四万七千人収容できるフェイエノールトのスタジアムでは、もっと稼げるということだったからだ。

最終的に1982-83シーズンは、フェイエノールトを選ぶことになった。アヤックスは折れなかった。彼らの言い分としては、私は年をとりすぎていて、オーバーウェイトなどなどだ。彼らが考えつくことすべて、私のせいにされた。さらには普通の給料で満足するべきだと要求し、もちろん私は断わった。

フェイエノールト時代も最高だった。ほんとうにスーパーだ。入団当初、私はもちろん敵で、まずはサポーターの信用を勝ちとり、自分の実力を証明しなくてはいけなかった。バルセロナ、ロサンゼルス・アズテックス、ワシントン・ディプロマッツ、そしてアヤックスのときと同様にそれは初戦で成功した。

当時のロッテルダム・トーナメントで、美しいゴールを決めた。全員が喜んだ。ただ喜んだときに嫌いな相手のために喜んでしまったと気づいた。一瞬スタジアムに変な空気が流れたが、他のフェイエノールトの選手たちがピッチ上で喜んでいるのを見て、観客たちのなかの氷も溶けた。さらにそのトーナメントで優勝したことでサポーターとの壁は完全になくなった。

私の最後の三年間は、どうせ私がすべて決めるのだから、監督はショーの飾り物だろうとよく言われた。それはまったくのデタラメだった。トップスポーツでは、そんなことはありえない。カート・リンデルは、私のモーターが止まってしまわないようにしてくれた監督としてつねにおぼえている。アード・デ・モスは私にとって新しい名前だったが、彼とも良い関係が作れた。フェイエノールトでタイス・リブレヘツがとった方針もリンデルと同じだった。クロスカントリーを走るとき、つねに「とりあえずゆっくり走って来い、急がなくていいぞ」と言った。

技術面と戦術面に関しては、私が18歳のときにすでに試合中のことは、リヌス・ミケルスが私に一任してくれていたことを忘れてはいけない。だからピッチ上で誰かを前に、もしくは後ろに動くように指示を出したり、チームに問題があった場合の対応策を考えることなどは、私にとって自然なことで若い頃から教えこまれたことだ。1974年のW杯でやっていたように、私にとっては普通のことで、考えてやっていることではなかった。だから「私が好きなようにやる」ということではなかった。それでは機能しない。とくに高いレベルでプレーをしていて、試合中はチームメイトとチームが機能することに責任をお互い負っているのだ。

だからリンデル、デ・モスやリブレヘツが練習をおこなって、私がサッカーだけやっていたということではない。いつも私と監督は二人で共同作業していた。彼が悪くて私が良い、もしくは私が良くて彼が悪いということではダメだ。そんなことでは、三年間でリーグ優勝三回とカップ戦優勝二回という成績は残せなかっただろう。これはお互い良い協力関係を結べているからこそできたことだ。

だからピッチサイドに立っている監督と、ピッチ上に立っている私との完璧な相互作用があってこそだった。でもそれは至って当たり前のことだ。サッカーにはタイムアウトもない。監督はハーフタイム中には指示を出せるが、スタジアムで五万人のサポーターが大合唱しているなか、左サイドウィンガーに指示を出そうとしても、声は届かないだろう。そのためにはピッチ上にも、その役目を果たす存在が必要だ。

私は試合中、三回か四回ほど監督の近くでスローインをするようにしていた。そのときに「こういうことを気にしてくれ」「こんなことに気をつけたほうがよい」などのようなことが伝えられたし、私が彼に聞くこともできた。これは威信とかの問題ではなく、プロフェッショナルな考えに必要なことだ。監督にも、そしてそれを体現する側にも。そしてそのためにはお互い尊敬することが非常に重要だ。だから私は監督と喧嘩をしたことがない。バルセロナ時代のヘネス・バイスバイラーだけが例外だった。だが、他の監督たちとは問題を起こしたことはない。

何度も言うが、選手としてフェイエノールトで過ごした最後の一年は最高だった。リブレヘツと一緒に働くことはうまくいっていたし、ルート・フリットやアンドレー・フックストラなどのタイプもいて面白いチームだった。ヨープ・ヒーレ、ベン・ワインステーケルス、スタンリー・ブラットや他の選手たちも、その年は完璧だった。

私自身はそのシーズンは、「素晴らしいものを見せてあげようじゃないか」という気持ちでスタートした。そしてそれは最高の形で達成できた。振り返ってみても、いまだに信じられないぐらいだ。一体どうすればこんなことができたのだろう？　とくに最初、アヤックスにオリンピック・スタジアムで8-2の大敗を突きつけられたことを考えると余計にそう思う。あのときのひどい罵倒。でも人々はこういうことが、復活の狼煙《のろし》となることを忘れてしまう。実際そうだったのだ。

8-2で負けてから、私たちは全勝した。ほんとうにすべて勝ちとった。カップ戦、リーグ戦、そして私自身は得点王とリーグ最優秀選手賞。イースターの時期には、フェイエノールトは私と契約を延長したがっていた。だがその前に、たぶん土曜日と月曜日だったと思うが、ダブルヘッダーが残っていた。その二試合の翌日の朝に問題が発生した。私はよろめきながら階段を降りてきたが、その後階上に上がることはできなかった。そしてダニーに「もう耐えられない。やめなくてはいけない。もう終わりだ」と伝えた。

１９７８年の失敗に終わった引退試合は、私の去るタイミングが間違っているという強いシグナルだった。そして五年後、私の物語はあるべき姿で閉じた。トップとして。アヤックスとフェイエノールトのサポーターがいまだに語りつぐようなサッカーで。そして数多くのタイトルを得た。三年間で三度のリーグ制覇と二度のカップ戦王者。これ以上のことは考えられない。だからこれでよかったのだ。最高の終わり方だった。

ただ一つだけ世間の誤解を解きたいと思う。私のモチベーションは恨みではなかった。１９８３年にアヤックスから放り出されて、フェイエノールトに助けられたときですら、そういう気持ちはなかった。よく憶測されるように、復讐心と私の壊れたエゴは関係ない。そんな簡単に私はできていない。

１９８３年に、私の二人目の父ヘンクが亡くなった。その喪失感はすさまじく、私のアヤックスでのパフォーマンスに影響したほどだ。経営陣たちはそれをわかっていたのに、さまざまなデタラメを世に出し、私をめちゃくちゃに傷つけフェイエノールトに送りつけた。

ロッテルダムでは気力を振り絞って、父のために最高の形でキャリアを終えることを考えた。これは私にすさまじい力を与えてくれて、37歳なのに獲得できるタイトルをすべて勝ちとった。リーグ戦、カップ戦、得点王。私から放たれた力はいまだに信じられない。これは恨みだけが原動力だったら、到底出なかっただろう。

フェイエノールトを辞めてから、私は一年ほどサッカーと距離を置くことにした。それはすごく新鮮なことだった。そのとき、なぜオランダ代表が１９８４年のヨーロッパ選手権のみならず、１９８２年と１９８６年のW杯にも参加できず、監督の資質とユースの育成が問題視されていたのか理解できた。サバティカルのあいだ、クラブに職人が足りていないこと、ほんとうのスペシャリストが欠けていることを認識した。完全にトップを見据えて、プロサッカー選手の技術をさらに上のレベルに押し上げられる人たちだ。一般的なことを言う人は充分すぎるほどいたが、細かなディテールまでどうすればよいかわかっている人は少なかった。

私がサッカーを始めた頃は、アヤックスにヤニー・ファン・デル・フェーンがいた。彼自身も素晴らしい選手で、現役時代に当時の監督たちから学んだことを練習に取り入れていた。自分の見識と彼が他の人たちから学んだことをミックスし、さらに次の世代のサッカー選手たちに継承した。天気が悪かったときは、室内で練習させられたことをおぼえている。それは楽しいことではなかった。ほんとうのことを言うと、まったく嫌でしかたがなかった。ファン・デル・フェーンは、ヘディングのゲームをやらせた。室内で他にできることなんてなかった。ネットが張られ、二つのチームに分かれヘディングでバレーボールのように反対のコートに入れるゲームだ。このようにして、どうしようもない状況でも楽しめるようにしていた。

１９７２年のヨーロッパカップ決勝のインテル戦で、私は決定的なゴールを二度ヘディングで決めた。私は身長的にそれほどヘディングが得意ではなかったが、技術的には完璧だった。ユース監督が当時その場で思いついた練習方法のおかげだった。

そしてオランダサッカー協会にも変化があった。監督になるためには資格が必要となった。だがサッカー選手が勉強すると思うか？　そのため、今まで慣れ親しんだストリートサッカー上がりとは違う種類の監督が出てくるようになった。そしてこのプロセスは続けられ、しまいには監督になるためには四年間も勉強しなくてはいけなくなった。

私自身を例にあげても、サッカーをしながら勉強もすることは不可能だった。私がフリーになったときには学校は閉まっていて、特例は作ってくれなかった。後に私はクライフ学院を通して、スポーツ選手たちに可能性を与えようと頑張ったが、その時代にそういう考え方はなかった。スポーツ選手として、勉強もしたかったが、それは不可能だった。

この状況のせいで、二流の選手たちが監督になった。彼らは純粋なサッカー選手ではなかったので、勉強することにしたのだ。一つ何かあると他のことにも影響する。クラブのトップチームや代表チームに選出されていない選手たちは、毎日練習する必要がなく、学校に行くことができた。必然的な結果として、サッカーの質が下がった。オランダサッカー協会は元代表選手たちのために短縮した監督育成教育課程を導入しているが、それでもやはり机上の教育になってしまっていて、実践的ではない。

それは現代のサッカーでもわかる。私が三十年前に懸念したことはほとんど修正されていなかった。オランダサッカーの長所だった高い技術は、今では短所となってしまった。

1985年に、ローダJCからアドバイザーをやってほしいと頼まれた頃には、またうずうずしはじめた。同時にレオン・メルヒオットも、マーストリヒトのサッカークラブMVVに新しいユース育成の組織を作る手伝いをしてほしいと頼んできた。メルヒオットは国際的に活躍する経営者だった。わずかな時間で、トップレベルの馬を数多く所有する世界的にも有名な乗馬クラブを立ち上げたりした。MVVはクラブ再編のアドバイザーを彼に頼み、さらに彼が私にユース育成組織の立ち上げを手伝ってくれないか依頼してきた。

このうずうずした感覚は、私がまたサッカーに戻る気持ちになりはじめていたサインだった。その直後には、フェイエノールトとアヤックスからもオファーが届いた。とくにアヤックスが興味を示してくれたことは、うれしかった。これはクラブが過去のことを水に流そうとしてくれていることだった。フェイエノールトで充分リベンジを果たし、アヤックスの前に立ちはだかったので、私は過去の喧嘩のことは忘れることにした。

そこからはあっという間で、アヤックスは6月に私をテクニカル・ディレクターに任命した。オランダサッカーの歴史で初めてテクニカル・ディレクターという役職が作られた。まあ、監督資格なしでピッチに立つための法的なトリックだ。監督協会が私を総監督に任命するのであれば、法的措置を取ると脅してきたからだ。テクニカル・ディレクターという役割は、アヤックスと私が抜け穴としてうまく考えた役職だった。

ちなみに私たちがとった姿勢は、オランダサッカー協会に後ろ盾になってもらうことだった。19

85年初旬に、私はすでにオランダサッカー協会に、どうすればプロサッカーリーグの監督になれるかという質問書を送っていた。この手紙は、当時オランダサッカー協会のテクニカルアドバイザーに就任していた、リヌス・ミケルスと一緒に考えて作成した。この行動の理由は、ノウハウと経験を持っていて、実際プロサッカーリーグに貢献できる人たちに、それを実現できるようにチャンスを与えられるようルールを変えさせるためだった。当時は教育課程に五年から六年ほどかかっていたが、それでは長すぎた。元プロ選手の経験を五年以上もプロサッカーリーグに還元できないことは、もったいなかった。

傍観していても何も進まないと思ったので、私のほうから代案を出した。私が出した提案は、元プロ選手と元代表選手には先にテストを受けさせることで、落第点をとった科目だけ後から授業を受けるということだ。こうすることで教育課程のテンポを圧倒的に早めることができ、有能な人たちが本来いるべき場所に早く就けることになる。彼らを必要としている場所にだ。

オランダサッカーは、チームや選手個人を分析し成長させることができる人材を待ち望んでいた。当時から私はほんとうのトップになるには、育成の頃からつねに細かい部分まで見なくてはいけないと意見していた。先にテストを受けさせて、それから必要な人間には教育を施すという私の提案は、オランダサッカー協会に、素早くほんとうの職人たちを集めさせるための暫定的な解決方法だった。

これをすることで、私自身としては大きなリスクを背負ってしまうことになる。本来であれば、私は戦術と技術のような科目には目をつぶってでも受かるはずだが、私が他の人たちとサッカーに対してまったく違った考え方をしていたことと、とくにこういう科目を教える教師たちとは違った考え方を持っていたので、テストに受かる可能性は正直なかった。

ただオランダサッカー協会からは、何カ月間も音沙汰がなかった。協会はこの件を検討するとは言ったが、それ以上の動きはなかった。そしてそれがあまりにも長いあいだ進展がなかったため、私がアヤックスで働くためにはテクニカル・ディレクターという言葉を考えださなくてはいけなくなった。私はルールに翻弄されそうになってしまったが、そんなことは願い下げだった。

幸運にもアメリカのサッカーを経験することで、私はどうすればプロスポーツでうまくいくかという見識を得ることができた。アヤックスの状況はまさにこの経験をクラブに適応できる環境だった。そしてそれはほんとうに必要なことだった。最初の一歩は、すべてにおいて責任を背負うことだった。プロからユースチームまですべてにおいてでだ。この経営方針をとるということは、私が全チームの監督や指導者たちと一つのチームにならなくてはいけないということだった。なぜなら彼らがクラブの方針を実行に移さなくてはいけない存在だったからだ。

オランダサッカー協会と監督協会が、私のアヤックスでの役割をよく思わなくなるまで時間はかからなかった。彼らは私を監視しに来て、私が練習にも精力的に口を出しているとの結論を下した。しかしこれに関しては、簡単に論破することができた。私は象牙の塔のなかから他の人たちを働かせるようなタイプではない。サッカーは私の職業で、私の居場所はピッチ上にある。そのため私はサッカー選手としての厳しいキャリアの後、ゆったりと体を慣らさなくてはいけないので、つねに選手たちとともに走っていたのだという言い訳を使っていた。

まあ、嘘はついていない。ほんとうの意味で、私は練習をほとんど指揮していない。私のテクニカルスタッフは経験豊かなコーチたちで、私が不足している経験を補ってくれるコル・ファン・デル・ハルト、スピッツ・コーンとトニー・ブラウン・スロットがいた。選手たちのあいだにいることで、私は細かなディテールについて指導することができた。これは百年間勉強しても、学ぶことができないことだ。それはもともと持っているかどうかだけだ。

さらには1軍のまわりの組織を、アメリカモデルに合わせて再編した。スペシャリストたちで固めたのだ。私はサッカー選手として、ベストプレーヤーになれるとわかっていたが、本職の左サイドバックは、私より優秀なプレーヤーだということも同時に認識していた。それをそのままテクニカルスタッフにも伝えた。

この三人のコーチ陣のほかに、走る練習を担当するコーチを雇った。さらにオランダで初めてキーパーコーチも任命し、1軍のキーパーだけでなく全チームのキーパーを彼の下につけた。その後には内部と外部のスカウトも使うようになった。

私はすべてを委任していた。他の人たちに練習を任せ、また別の人たちにスカウトを任せたりなどだ。彼らのほうが、私よりその分野では秀でていたというシンプルな理由からだ。私は自分ができないことは一度もやらなかった。私は一人の監督と、一人か二人のアシスタントに育てられたが、私の時代には60年代サブカルチャーの影響も受けた。たとえば、そのおかげでオペラ歌手のレン・デル・

フェッロに、一度アヤックスに来てもらったことがある。デル・フェッロは呼吸法に精通していて、呼吸から最大の効率を引き出すことができた。トップスポーツでは、それは非常に重要だ。そのためデル・フェッロに選手たちを指導してもらった。

その後のバルセロナ時代には、リフレクソロジー（足裏マッサージ）も導入した。体のすべての力は必ず足にたどり着くからだ。このようなことも、何かプラスをもたらしてくれるかもしれないので採用した。

このように私はいろいろなスペシャリストたちと、細かい部分をもっと良くするように努めていた。これは私の仕事の重要な部分だった。オランダではこのようなことに慣れていなかったので、とくに最初の頃はあまり効果が出なかった。スペシャリストたちは私からこう言われた。「あなたがコンディショントレーニングをおこなっているのだから、責任者はあなたで私ではない。だから私に何をするべきか聞かないでくれ。私にとって重要なことは二つある。選手たちは百二十分戦えなくてはいけないし、笑顔がなくてはいけない。私は警察ではないし、何者でもない。もしあなたがそれをできないというのであれば辞めてもらい、私は他の人を採用するだけだ」

自分の分野では、自分が全責任を背負う。このように決めると有能な人たちは自ら責任を背負い、機能するようになる。彼らは「クライフはどう思うだろう？」なんて考える必要がなかった。だから彼らの初トレーニングは見ないことにしていた。それは彼らの方法に任せていた。

監督とアシスタント監督に代わって、アヤックスは急に七名のテクニカルスタッフによって支えられた。だが専門分野に特化した練習方法になっても、技術がベースになっていることは変わらなかった。その技術とは、つねにボールが絡んでいる技術である必要はなかった。走る練習を例にあげてみよう。誰かが10キロメートル継続して走れるかどうかではなく、技術を身につけることで走り方も良くなることだ。そして走り方が良くなると、もしかしたら怪我も防げるかもしれない。もしくは小さなスペースでの瞬発力がつくかもしれない。

これはボールを扱うこととまったく関係ないことだが、それでも〝技術〟に含まれる。どのような形でもだ。たとえばヘディングのときには、走力以外にも跳躍力も必要だ。ボールを頭で当てられるかもしれないが、その後の動きは間違っていないだろうか？　これも一つのことに関係するいろいろな細かいディテールだ。

サッカー技術に関しては、私がすべて見た。左で蹴ったときの右腕はどうするべきか？　どうすれば一番いいバランスが取れるのか？　どこに問題があってどうすれば解決できるのか？　もしくは他のスペシャリストたちと話し合い、技術的な練習を同時にコンディションテストとして使えないだろうかなど。これは何を良くしたいかということだけではなく、どれだけの負荷をかけて練習するかが関わってくる。

このようにしてアヤックスでは、自分たちが最高のものを提供できるように学ぶ環境ができ上がっただけでなく、お互い共有するようにもなった。

それにオランダサッカーが、どんどん１９７４年に世界中を震撼させたサッカーから遠ざかってしまっていることに気づいた。そのため最初からアヤックスでは、トータルフットボールの基本に忠実なサッカーをすることにした。ステンリー・メンゾーはプレーに参加するキーパーとなり、とくにゴールから離れた場所で活動することを求められた。三十年前は斬新なものに思えたが、今やありふれたものになった。バルセロナやバイエルンに至っては、完全にクラブ哲学として根づいていて、それを見ることは非常に喜ばしい。

私の目的は、アヤックス・スクールに自らの特徴を取り戻すことだった。攻撃的サッカー。3トップで守備にはフリーマンがいないため、守備の選手たちはポジショニングとマンマークを徹底しておぼえなくてはいけなかった。

当時のオランダリーグは、すべてのチームが2トップでプレーしていたので、私は四人ではなく三人のディフェンダーしか必要としなかった。この方法を取ることで中盤は四人になった。大概はその分減らしたディフェンダーの代わりに入ったのが現在の10番、シャドーストライカー（トップ下）だ。キーパーのメンゾーをボール保持時には、最低でもペナルティーエリア境界近辺でプレーさせることで、他の選手たちも必然的にゴールから離れた位置でプレーすることを余儀なくされた。

さらにメンゾーを選んだことで、私がどのようなチーム構成を考えているか明確に伝えていた。私はただ単純に十一人のベストプレーヤーを選んでいたのではなく、お互いに合う選手たちの組み合わせを考えていた。だからディフェンダーには大前提として、メンゾーと合う選手たちを選んでいた。この選手Aは選手Bと合うというようなパズルの組み合わせは、つねに楽しませてくれた。

私たちの試合は、観戦して楽しめるものだった。それについては多くの議論が生じたが、プロサッカーとは観客を楽しませるためにあると思っていた。私たちのサッカーが面白いと言ってくれる人もいれば、このようなサッカーでは、ほんとうの意味での結果がついてこないと批判する人もいた。攻撃的なサッカーでは、時に試合に負けてしまうこともあるだろうと全員に伝えていた。しかし私たちの育成の過程で、それは重要なことではなかった。私たちは1軍のチームに投資をしていたのだ。私たちのチームはつねにトップ3に入るぐらいの実力はあったが、私はもっと上を望んでいたし、楽しいやり方で達成できると考えていた。

その信念から私はブレることはなかった。何度か続けて負けたときですら、悩んだりすることはなかった。後のバルセロナでもだ。それに私はつねにタイトルを獲得していた。アヤックスの一シーズン目はカップ戦で優勝し、翌年のカップ戦覇者たちによるヨーロッパカップに参戦できることになった。そして1987年には、アテネでの決勝でロコモティブ・ライプツィヒと対戦し、マルコ・ファン・バステンのヘディングシュートで1-0の勝利を獲得することができた。このときのアヤックスは、国際的なタイトルを取ったチームのなかでも、一番平均年齢が低かった。これは非常に特別なことだった。とくに何年もオランダは、大金を注ぎこんでいるイタリアやスペインのクラブを相手にタイトルをもう取れないだろう、と言われつづけてきたからだ。

ヨーロッパカップを制覇したことで、もう一つメリットが生まれた。実はオランダサッカー協会から、非常に好意的な反応があったのだ。

私が１９８５年に手紙を書いた半年後、監督講習を短縮する案は否決されたと連絡があった。アヤックスの会長で、協会の理事も兼任していたトン・ハルムセンが、よりによってミケルスがこの案を止めたことを教えてくれた。ただそれは、とてもおかしな話に思えた。逆にミケルスがこの手紙を書くことを提案し、それが巡りに巡って彼のところに回って、テクニカルアドバイザーという役職を承認するという流れのはずだった。こうすることですべてがうまくいくはずだったが、ハルムセンが言うには、ミケルスがやったのは正反対のことだったとのことだ。私は今でもそのことが信じられない。そんなことを考えもしなかったので、ミケルスに問いただしたことはなかった。そしてその気持ちは今でも変わっていない。

しかしハルムセンが言うには、理事たちによってこのアドバイスは無視され、１９８６年初旬に今さらだが特別免許が与えられた。サッカー協会は六つの条件を私に当てはめた。１．オランダサッカーへの貢献。２．サッカーの普及全体への貢献。３．教育レベルと社会的キャリア。４．指導資質と理論的、実践的な教育資質。５．テクニカルスタッフとチームに対する知識。６．特別な教育課程に必要に応じて参加する姿勢。

ともかくヨーロッパカップを制覇したことで、オランダサッカー協会は私のテクニカル・ディレクターの役職に関しての異議をすべて撤回した。１９８７年６月１日にはサッカー協会からアヤックスの国際的活躍に関して表彰されただけでなく、さらにオランダサッカー協会は私にプロコーチライセンスの資格を贈呈した。

これは特別なことだった。もし今、短縮した監督講習を私が受けることになっていたとしたら、意味があったと思えるかと聞かれたら、そうは思わないと確信をもって答える。アヤックスでもバルセロナでも、私は自分ができないことはやらなかった。私はつねに自分の不足している部分を埋めてくれるテクニカルスタッフを探していた。だが運が良かったのは、組織的にそれを許容できるビッグクラブで働けたことだ。

私は監督よりコーチっぽかったし、どちらかと言うとコーチというよりは選手に近かった。できることであれば、選手たちと一緒に練習に参加していた。それからスタメン構成のパズルを考えたり、試合での戦術を練ることは最高だった。

もちろんコーチとして、私はいろいろな人たちの影響を受けた。なんといっても私は選手時代、数多くの監督やコーチとともに働いてきたのだ。ヤニー・ファン・デル・フェーン、リヌス・ミケルス、ジョージ・ケスラー、シュテファン・コバッチ、フランティセック・ファドロンク、ヘネス・バイスバイラー、ゴードン・ブラッドリー、カート・リンデル、アード・デ・モスとタイス・リブレヘッツと一緒に戦ったいろいろなことが私の糧になっている。将来的にも役に立つことを学んだり、一方では反面教師となるようなこともあった。

私は彼らの影響を受けたが、最終的にはそれをまとめて自分自身の方法を確立した。ファン・デル・フェーンとミケルスが、私に一番影響を及ぼしていたことは明らかだろう。ファン・デル・フェーンからはコーチ面で、技術的に良い方法を選手に教えることを学んだ。ミケルスからは監督やマネージャとして多くを学んだ。彼はほんとうに厳しかったし、それが当たり前と思っていた。

そのことは、私が初めて教える立場になったときに、早くも判明した。私が本格的に監督として始める五年前のことだ。まだワシントン・ディプロマッツでプレーしていた頃だったが、1980年末のアメリカのシーズンオフに、アヤックスから技術アドバイザーをしてほしいと要請を受けた。当時はレオ・ベーンハッカーが監督で、1軍はまだ本来の力を発揮できていなかった。FCトゥエンテとの初戦をピッチ全体で見たかったので、ベンチからではなく観客席から見ることにした。

アヤックスが2-3で負けていたが、試合をひっくり返す可能性を何回か見出せた。私は観客席から降りて、ピッチサイドでいくつか指示を出してからベンチに入り、ベーンハッカーの横に坐った。アヤックスは最終的に5-3で勝利したが、試合後メディアは私がレオ・ベーンハッカーを無能ものにしたやり方について騒ぎ立てた。

正直なところ、同じ状況がもう一度あったとしても同じことをすると思う。ベーンハッカーは私が何のために招集されたかわかっていたし、アドバイザーとしては状況的に必要なことをしただけだ。そしてFCトゥエンテ戦は、そのケースだった。アヤックスはこの試合を落としそうになっていて、私はその問題の解決方法を見つけてしまった。だからアドバイスもするし、手助けもする。

ただそれは成功しなくてはいけない。失敗していたのであれば、誰もが私に非難を浴びせてくれてよかった。だがそんなことにはならなかったし、逆にすごくうまくいったぐらいだ。いくつかのポジションを動かすことでチームが機能し、監督としてはこんなアドバイザーがいてくれたことを喜ばしく思うべきだ。それにこれはその瞬間の出来事でしかない。終わるとすぐ次の試合の準備にとりかかる。だからこのことを私は問題にしたことはなかった。

それでもアヤックス－FCトゥエンテ戦では、私の力を示せた。選手としても監督としても全体を見る視野を持っていた。

五年後、私は本格的に監督として就任することにした。自分でプレーすることが一番楽しかったので、監督になることは第二選択肢だった。引退して、それでもサッカー界に関わっていきたいと思ったからやることだった。そのときでさえも、私にとって練習は、試合の代わりでしかなかった。だからアヤックスでもバルセロナでもシーズン初めの準備期間中は、なるべく毎日試合をすることにしていた。

これは他の監督たちが、通常7月と8月におこなう方法から逸脱している。これも監督によって違いがあることの良い例になる。時代が進むにつれ、監督たちも二つのグループに分かれていった。監督になりたくてなった人たちと、フィジカル的に現役ができなくなったので監督になったグループだ。私が後者のグループに属していたことは言うまでもないだろう。さらに私は指示をして、練習は他の人たちに任せるタイプの監督だった。

クラブとして私のようなタイプを選ぶのであれば、〝本物〟のコーチを横につけることを真剣に考えなくてはいけない。トニーブラウン・スロットは、アヤックスでもその後のバルセロナでも、私を完璧に補佐しくれた。

唯一アヤックスでは、私と当時の会長のアーリー・ファン・アイデンとの関係だけが良くなかった。もし経営陣たちに知識があれば、私たち二人を絶対一緒に働かせなかっただろう。少なくとも当時のような関係性では。会長は経営陣に対して私をサポートする存在であるべきだと指導されなくてはいけなかった。チームの一員として、というより全員がチームの一員であるべきなのだ。ウェイターから会長まで全員だ。トップクラブはそうあるべきだった。

ただアヤックスでは、そのようには考えられていなかった。アメリカで最先端のプロクラブを経験したばかりの私は、時代から取り残された古い体制の組織に直面した。

それから三十年たっても、ほとんど変わっていないことは心苦しい。トップクラブでは当時に比べて、もっと大きな金が動くようになったが、同じ間違いを何度も繰り返している。彼らの下した結論が何をもたらすかわかっていない経営陣たちが、決定権を持っている。役員室や監督室での個人的な会話やロビー活動によって、ベースが作られ選択される。巻き込まれた監督には悲惨な結果がもたらされ放り出されてしまうが、決定権を持った人間たちは射程圏外に隠れたままだ。

私が言いたいことは、適材を適所に配置でき、成功するためにはとんでもない管理能力が必要とされるということだ。だからこそ、どのクラブでも選手の移籍決定権を持っている人物を見ると、いつも違和感をおぼえてしまう。その後の何年間にも、影響を及ぼすような被害を引き起こしてしまう選択。これにより何百万もの金が無駄に使われ、監督や選手たちも不要に傷つけられてしまう。

私が監督をしていたときも、アヤックスでもバルセロナでも実際に経験した。どちらも始まりはうまくいっていた。私や選手たちにスポットライトが当てられ、経営陣は裏でおとなしくしていた。だがそれは長く続かず、最終的に経営陣は邪魔するようになっていた。自分たちで問題を作っておきながら、その責任は私に後から押しつけようとするのだ。

正直なところ、アヤックスでは一日目から緊張感が漂っていた。アメリカの経験を経たことで、私は財務諸表に関しても見解を持っていた。ワシントンのアンディー・ドリッチからは、たとえば財務的要素が、どのように更衣室内の雰囲気に影響し結果にもつながるかを教わった。

だから私は、つねに全選手の給料やボーナスに関しても口を出した。ほんとうのことを言えば、まったく興味がなかったにもかかわらず。だがチームを育成し成長させるために、チームのかたちを整えることが必要だった。たとえばチーム内の実力として、九番目の順位の選手が三番目の選手より代理人の交渉術が良かったから、高額な給料をもらえるなんて許されないことだった。

こういうことは必ず外に漏れて、不要な軋轢《あつれき》と緊張感が生まれてしまう。だからこそ私は、誰がどれだけ稼いでいるか正確に把握することで、更衣室内の騒動を未然に防ごうとしていた。

アヤックスはこれ以外にも問題があった。クラブは移籍金に限界額を決めていた。短期的には有効で良い方策だと思われたが、すぐに問題に発展した。それが顕著に現われたのは、ACミランが大富豪のシルビオ・ベルルスコーニに買収され、限度のない金額で移籍市場に乗り込んできたときだった。限界額を設定するポリシーをとっていたアヤックスは、そのためメリットを得ることができなかったが、ライバルのPSVは多大な利益を得ることができた。彼らはACミランからルート・フリットに対して、マルコ・ファン・バステンに支払った金額の十倍以上の移籍金をもらうことができた。オランダではアヤックス以外は、この政策を取っていなかった。そのため私たちのベストプレーヤーが安い金額で出て行ったにもかかわらず、代理の選手を獲得するためにはファン・バステンで得たのと同額の金額を積まなくては、他のクラブから選手を獲得できなかった。

こういうとき、私の口が大きな災いのもとになってしまう。私は経営陣に直接どう思っているか伝え、選手たちが続々と出て行ってしまった責任は、お前らにあると言ってしまった。こんなことをしても敵を増やすばかりだ。

そうしてヨーロッパカップを制覇してから、信じられないような状況に追い込まれてしまった。アヤックスにはまだまだ成長できる可能性を秘めていたのだが、経営陣がそれに待ったをかけた。私は何度も経営陣たちをドリッチの下で経験を積ませるべきだと訴えつづけたし、それはアヤックスのためでも彼らのためでもあった。しかし誰も私の話に真剣に耳を傾けず、私の提案は無視された。

そして移籍市場で完全に失敗する。ファン・バステンはわずかな金額でACミランに移籍し、その代わりとして私は、何カ月も前からコベントリー・シティーのシリル・レギスを狙っていた。フィジカル的に強いストライカーで、オーラもあったしサッカーもうまかった。それに彼のクラブはFAカップで良い結果を残していたので、まわりに気づかれる前に手を打ちたかった。だが一カ月たってもアヤックスは真剣に彼と交渉せず、コベントリーがFAカップを制覇し、レギスがその原動力となっていたので私たちには手が届かない存在となってしまった。

その夏、時間をかけすぎてしまったため選手獲得を三度も失敗した。最終的に私は選手のアーノルド・ミューレンから、フランク・ステープルトンがフリートランスファー（訳注：契約終了した選手が移籍金なしに他チームに移ることができる）だと教えられた。マンチェスター・ユナイテッドと対戦したことがあったので、ステープルトンのことは良いフォワードとしておぼえていた。しかもこの頃彼はよく怪我に悩まされていたので、移籍金は一切かからなかった。こうやって私はなんとか選手をそろえた。

ラバー・マジェールは、私が誰よりも獲得したかった選手だった。彼はリーグ覇者たちのヨーロッパリーグ決勝で、バイエルン・ミュンヘン相手に素晴らしいヒールキックで試合を決め、私にとって非常に魅力的な選手だった。しかもマジェールは私のファンで、いつか私の指揮下でプレーすることを夢見ていることを知った。それに彼の移籍金の上限は、FCポルトによって80万ドルに設定されていた。すでに三度も選手獲得に失敗していたので、最初の交渉は私自身でおこなった。もしかしたらそれは利口なことではなかったかもしれないが、私はもう誰も信用していなかった。すべてが決まってから、経営陣たちやオーナーを関与させた。

その翌週に予定されていたアヤックスとFCポルトのスーパーカップまでは、絶対にこの移籍に関して外に漏らしてはいけない、という約束が取りつけられていた。ポルトガル人たちは、その点に関しては真面目だった。スーパーカップは彼らにとって最高のタイトルで、移籍が関与しているために負けたというような印象は絶対に与えたくなかった。

約束事は明確だったし、この移籍は失敗するはずがなかった。それでも失敗した。しかもどれだけアヤックスの内部が最低だったか、わかる原因で。二人の経営陣とオーナーしかFCポルトとの約束は知らされていなかったのに、そのうちの一人がメディアに漏らしてしまった。しかも試合前日に。

FCポルトの会長は激怒し、移籍話は破談だと私に伝えた。その後バイエルンがマジェールに手を出し、また私は後手に回された。

こうして一つの問題から、私は別の問題に直面していた。アヤックス内ではファン・バステンが、つねに誰の目にも明白なナンバーワンだった。彼がACミランに去ってしまってから、彼の能力や威信の穴埋めをしなくてはならなかった。獲得したかった選手を得られなかったので、私は現状のチームでやりくりするしかなかった。

ファン・バステンの後には、自然なリーダーをチームに添えたかった。その候補がフランク・ライカールトだった。彼はチーム内のベストプレーヤーだったが、いろいろな要素が絡み、うまくいかなかった。フランクの本質はすごく謙虚で、私はそれを変えようとした。残念ながらそれが悪い方向に肥大していき、いきなりアヤックスを辞めてしまった。彼はチームリーダーを望んでいなくて、嫌気が差してしまった。私はほんとうにショック受けた。だが、クラブの経営陣が移籍市場でしっかりと仕事をしてくれていたら、こんな問題は起こらなかったはずだ。

残念なことに、私がフランクをサッカー選手として、もうひとつ上のレベルに育てようとしていた気持ちは伝わらなかった。私は言ってもできない選手を修正しようとは思わない。そんなことに私の時間を費やすのは無駄なことだ。とくにトップレベルのスポーツの場合は、間違いを正すときには厳しく、明確に何を意味しているか伝えなくてはいけない。

それはシーズン終盤に脱落してしまう選手たちにとっても同じだ。私は毎回、どれだけ自分にも厳しくしなくてはいけないか経験した。だがそのことだけに構っていられないので、状況によってはその選手を放置してしまう場合もあった。一番難しいことだが、それ以外の選択がなかった。一人に集中していると、他の選手にまで手が回らず、最終的にはチーム全体が自分の手のなかからこぼれ落ちてしまう。

これがトップチームの働き方で、正直私はこれ以外の考え方はできない。これは私が不足している部分だろう。私はできない人の状況に自分を投影することができない。選手たちは私から何か学ばなくてはいけない。何も学ばないようであれば、放出するしかない。私はつねに上を目指しているので、やる気のない選手に時間を使っている暇はない。

面倒なことに、上を目指せない選手にかぎって、人が良いことが多い。そんな選手を放出しなくてはいけない。それはつねに嫌な気分になってしまう。しかもいくつかの場合は良き友にすらなっていたからだ。

だがライカールトとの決裂は、まったく別物だった。チーム内バランスが商業的な失敗により崩れてしまったため、その重圧にまだ耐えられない選手を強制的にその状況に追い込んでしまった。

監督として私は、つねに自分たちで育成した選手、若くスカウトしてきた選手と数名のチームを補強してくれる選手のミックスを望んでいた。アヤックスではそういう意味では、良い方向に向かっていた。サポーターたちは私たちの試合を楽しんでくれていたし、アーロン・ウィンターがいて、さらに17歳のデニス・ベルフカンプをデビューさせられた。さらに何名かのアムステルダムの投資家を説得することができ、アヤックスのユース育成のために、１００万ギルダーを投資してもらえることになった。この時代にとってはとてつもない大金だ。とくにユースの施設に投資する金額としては、破格だ。

スタジアムは満員で、アヤックスがまたタイトルを獲得していたにもかかわらず、経営陣がどんどん前に出てくるようになった。移籍市場のときもそれを感じたが、その後もどんどん技術的な分野にまで口を出すようになってきた。１９８８年初旬には完全に嫌気が差してしまい、私は辞任した。ウィンターブレイク中、トン・ハルムセン会長が、私と経営陣との問題を解決したと電話してきた。あとは私が全員と一度話をすれば、すべてうまくいくと言っていた。私はバカンスを早く切り上げたのに、行ってみると騙されていた。歩み寄るのではなく、ほかのメンバーも完全に攻撃的で、ハルムセンも同席していたのに何もしてくれなかった。

これで私の限界を超えてしまい、翌日辞任を申し出た。私がどれだけオランダに残りたかったか、とくにアヤックスはなおさらだった。何日も眠れない日々が続いた。とくに家族が、アムステルダムでの生活を気に入っていたからだ。でもどうしようもなかった。アヤックスは、私を排除しようとしていた。そのためにはメディアも利用した。残念ながらそれを見抜いた記者は、ほんのわずかな人数しかいなかった。私が築いたすべてを彼らは壊そうとした。私はそれを良しとせず、自分のアイディアを貫いて死にたかった。

その後メディアは、自分の首を絞めることになる。罰を受けずに、事実無根のデマを流しつづけることは許されない。むやみに人を傷つけてはいけない。ハルムセンは私が選手の頃に一度やり、監督になってからもまた私を傷つけた。そんなことを罰も受けずに、やりつづけて良いわけがない。私たちの関係はその後、修復されることはなかった。

アヤックスではすべてがうまくいっていたのに、突拍子もなくそれは終わった。不思議な期間だった。私はその資格がなかったのに、監督になった。誰もが予想していなかったのに、インターナショナルなタイトルも獲得した。そして私がクラブをもっと良くする計画を練っていたのに、強制的に去らなくてはいけなくなった。でも結果は裏切らない。私は三回、気持ちを切り替えてアヤックスに戻った。そして三度目の別れでは、もう修復しようがないほどの気持ちになった。

幸運にも良い思い出のほうが、たくさんあった。とくに選手たちのおかげで。チームは素晴らしかった。誰もがお互い素晴らしい人たちだった。彼らとの楽しい時間が、私をこれだけ長く我慢させてくれていた。とはいえ、手がつけられない状況になってしまった。ライカールトのような選手との喧嘩にまで発展してしまった。フランクと私の関係は後に修復することができたが、あんな状況まで追い込まれてしまうとは思いもしなかった。

家族でずっとオランダに住むという願いは叶わず、バルセロナに移住することになった。二度目だったが、今回もアヤックスから強制的に出なくてはいけなくなったためだった。

すでに前述したが、私は第一に観客を楽しませるためにサッカーをやっている。私にとって勝利することがすべてではない。私はいつもどうやって勝利し、それをどのような方法でしたかと自問してきた。この場合、つねにファンのことを考慮しなくてはいけない。スタジアムに来ているサポーターたち、もしくはそのクラブが人生の一部になっている人たちだ。

選手として、監督として彼らの心情を理解しなくてはいけない。オランダではドイツと違う考え方をするし、それはイングランドとも違い、スペインやイタリアとも違う。人間性が違うのだ。だからイタリア人たちのようなプレーは、オランダに住んでいるかぎりやってはいけない。それが誰であり、出身地がどこであろうとも。

私のメリットはすでに選手として、一度バルセロナでプレーしたことがあることだ。そこでのやり方を把握していて、何かを足すにしてもどこまで許されるのかよく知っていた。それを実現するためには、カタルーニャ流の生活様式、政治、人間性を知っていなくてはいけない。

バルセロナで何かを始めるには、まず伝統を受け入れなければならなかった。ビッグネームでお金もあるが、タイトルには縁がない。そしてアヤックスと比べると、技術面ではわずかに劣っていた。それにアムステルダムでは、全選手が攻撃のことしか考えていなかったが、ここでは全員が守備のことしか考えていなかった。そのため私は、まず根本的な思考から変えなくてはいけなかった。

これは私のためでもあった。私はちゃんとしたサッカーができるクラブ以外で、働く気はなかった。本来あるべき姿のサッカー。技術的にすぐれ、魅力のあるサッカーだ。その雰囲気を感じとれなくてはいけないし、更衣室の空気感も感じたかった。

陸上競技場のトラックが回りにあるようなスタジアムでサッカーをするようなクラブは、私にふさわしくない。練習場と更衣室も、遠く離れていてはいけない。選手たちは、自分たちが慣れ親しんだ場所からピッチに行けなくてはいけない。アヤックスやバルセロナのように、ユースの子どもたちがスタジアムを見ながら練習できる環境は素晴らしい。そこはまさに、この子たちが将来プレーしたい場所だ。

サッカーは私にとって感情だ。私は相手の攻撃を止めるだけのサッカーなんて、考えたくもない。私はベンチで退屈したくない。監督として楽しみたいし、完璧なサッカーを目指したい。そうすれば、自然と結果もついてくる。

どこで働こうとも、人々がサッカーについて話し、考えてくれることを望んでいた。できることなら一日中でも。バルセロナには、このようなサッカー特有の雰囲気が欠けていた。語るべきストーリーを誰も持っていなかった。私はとくにそれをクラブとサポーターに与えたかった。サッカーについて話すこと、どのような戦術で戦うべきか議論すること。一番大きなゴシップですら、サッカーに関係するべきだ。

それを実現するためには、自由な発想と、あきらめない継続力が必要だ。それは、まるでパズルを解くようなものだ。問題を見つけては、すぐに解決する。それも次のパズルのピースが、はまるように。それを繰り返すことで効率が良くなる。私たちは最終的にゲームをやっているのだ。それも素晴らしく楽しいゲームを。

もちろん私は監督として、アヤックスで起こってしまったことが念頭にあったので、慎重になっていた。ただバルセロナの状況は、アヤックスのときよりもっとひどかった。すべての方面が危機的状況で、暴動が勃発していた。観客席には四万人以下の観客しかいなくなっていた。

だからクラブ会長のホセ・ルイス・ヌニェスが、なぜ私をあれだけ熱望したのがよくわかった。彼はとくに自分の役職を守ろうとしていた。私が選手を辞めた1978年から会長を続けるヌニェスは、私の復帰を後押しした。しかしヌニェスは、私の信念に賛同したから獲得しようとしたのではなく、たんにトロフィーでキャビネットを満たしたかったからだ。結局、私を政治の道具として利用したかったのだ。それは前もってわかっていたし、アヤックスでの経験があったので、自分の要求はしっかりと突きつけておいた。

たとえば更衣室内では、私が唯一の決定者であることなどだ。選手でも経営陣でもなく、私だ。もし経営陣が何か話したいことがあれば、私がそっちに出向く。彼らには更衣室に入ってほしくなかった。それをヌニェスがよく思わないことをわかっていながら、前もって明確に伝えた。ヌニェスのような会長には誰もが歯向かうことはできないが、私は意志を曲げることはなかった。そのため私たちは、一度も友好的な関係を築けなかった。

シーズンお披露目のときに、最初のカードが切られた。観客はヌニェスを賞賛し、私がキャプテンに任命したアレキサンコにブーイングした。私は即座にマイクを取り、サポーターに、こういうことをこのまま続けるのであれば、即座に辞めると伝えた。クラブ経営陣との衝突時に、アレキサンコはキャプテンとしてチームを守った。それが彼の人柄だ。バルセロナをトップに戻すためには、彼のような選手が私には必要だった。だから私はサポーターたちに、バルセロナの過去に起こったことは関係ないと伝えた。クラブ内が憎しみと妬みで染まっていた過去だった。それは私とは無縁のことだ。そんななかで私は監督を務めたくなかったし、サポーターにも支えてくれるように頼んだ。

その後、メディアにもすべてをオープンにした。新聞もふたたびバルサの記事で埋められなくてはいけなかった。そうすることで協力したり非協力的になったりできる。ただ私は一言付け加えた。「私はあなたたちを手伝う。自分たちの好きなように分析して自由に記事を書いてよい。ただ私たちと話した場合は、選手や私の言葉は正確に書いてほしい」と。

練習もいつも開放していた。雰囲気も良くなるし、観客との関係を強固にするには良い方法だ。ときには、選手を懲らしめるために利用したこともあった。右利きの選手がうぬぼれた態度になると、左足でのシュート練習をやらせた。そうするとボールがとんでもない方向に飛んでいき、サポーターたちに大爆笑される。それに懲りて、問題も解決できるのだ。

本格的に仕事を始めることにした。まずは小さなミスを少なくするようにした。大きなミスが問題となることは稀《まれ》だ、大概は小さなミスのほうが問題となる。まずはそこから直す必要がある。だから私は選手たちのあいだに入って、間近で練習を見ていた。そうすることで、多くのことに気づき、即座に対応できる。

私はよくピッチサイドでボールの上に坐っていた。人々は私が怠けていると言っていた。そうかもしれないし、そう思ってくれても構わない。ただ静かに坐っているときのほうが、動いているときより物事がよく見えることもある。坐って見ることでより良く分析でき、細部まで見られる。99パーセントの人が見逃してしまうようなディテールまでも。

最初から私は、バルセロナのすべてをひっくり返した。そこで見たのは、ディフェンダーのほうが攻撃陣より動いていなかったことだ。まずはそれを変えることから始めた。もちろん頭の片隅にサッカーは距離の足し算で、論理的思考にもとづくことだと認識させて。

そして、考え方を一新させた。ストライカーには、お前が最初のディフェンダーだと伝え、キーパーには最初の攻撃陣であることをわからせ、ディフェンダーには彼らがピッチの広さを決めていることを理解させた。そして各ラインとの距離は、10メートルから15メートル以上離れてはいけないということを意識づけた。さらにはボールを持っているときは、できるだけスペースを作りだし、ボールを失った場合には、スペースを小さくすることを徹底した。これはお互いをよく見ることで、効率的にできる。だから一人が動きはじめると、他もついていかなくてはいけなかった。

このプロセスを連日連夜続けた。そして彼らが飽きてきたのを感じとると、私は新しい練習方法を考えだし、楽しんでおこなえるように工夫した。私が重要視していたのは、スペースを利用することと、距離を測ることだ。私はそのことにすごく集中していたので、まわりの人たちは、私が数学に取り憑かれているのではないかと思ったぐらいだ。もしかしたらそうかもしれない。私はつねに数字と距離の虜になっていた。そしてそれをできるだけ効率よく選手たちに伝えようとしていた。

たとえば、バルセロナのセンターバックのペップ・グアルディオラとロナルド・クーマンのセンターバックコンビだ。彼らはとくに速いわけでもなく、生粋の守備の選手でもなかった。それでも私たちは、つねに相手の陣地でプレーしていた。その場合、相手が出せる三つのパスの確率を計算していた。まずは私たちの最終ラインの裏に出すロングボール。キーパーがちゃんとゴールから離れた位置にしっかりとポジションを取っていれば、そのボールはつねに彼のものだった。二つ目はクロスボール。それに対しては、もともとウィンガーとして育成された速いサイドバックを配置していた。彼らのスピードなら必ず間に合い、カットできていた。そして三つ目のオプションは、真ん中を通すスルーパスだ。グアルディオラとクーマンのポジショニングは完璧で、これはほぼ確実に彼らにカットされた。ぱっと見には理想的なセンターバックとは程遠かったが機能していた。それもキーパーが良いポジションを取り、サイドバックもきっちりと仕事をこなしていたからだ。

私たちは、選手たちとこのような問題の解決方法をつねに模索していた。プレスをかけることに関してもそうだった。30メートルもダッシュするのではなく、必要なタイミングに数メートル動くことでそれを実現させていた。そして5メートルもスペースを与えられた選手は、すごく良い選手に見えることを説明した。そこから3メートルを奪ってみよう。まったく違う状況が生まれてしまう。そのようなサッカーを体現するためには、高い行動速度が必要で、つねに切り替えが必要だ。一万時間以上の練習時間が、ドリームチームのレベルを達成するために必要だった。

だから私は、戦術が重要とされる野球やバスケットなどのスポーツがとくに好きだ。私は子どもの頃は野球選手として、つねに100パーセント、次のプレーを考えてやっていた。だがサッカーではそれでは足りない。110パーセントが必要だ。サッカーにはタイムアウトもないので、練習でそれを補わなくてはいけない。

アヤックスのときのように、バルセロナのプレーもすぐ目立つようになった。観客も見るのを楽しんでいて、シーズン開始からまたスタジアムは九万人の観客で満席になっていた。他のチームが、どんどん守備的になっていったことも追い風となった。私たちはとにかく攻撃し、なるべく多く得点を取ることを考えていた。すべてがその点に集約されていた。ほとんどの場合はうまくいったが、ときには失敗もした。それでもつねに何か起こっていた。試合はダイナミックで、ゴール前ではいろいろなことが起こった。

私たちのベースになっていたのは、3トップのシステムだ。ウィンガーを二人有して、相手を敵の陣地に押し込めるという意図を持っていた。そうすることで全員の走る距離も抑えられ、行動を起こすときには余裕ができた。メンタル面でもだ。だから私たちは何度も集中して、練習をおこなわなければいけなかった。オートマティズムが早くなれば、それだけメンタル面でかかる疲労も軽減される。このように無自覚のうちに、自然と集中力の練習がおこなわれている。100パーセント集中してやっているのだが、あまりにも自然に動くので自分ではそれを認識できない。

でもポジションプレーをおこなうためには、その100パーセントの集中力が必要だ。つねに三角形を形成し、ボールを持っている選手に二つの選択肢を与えなくてはいけない。三人目の選手が、何が可能かを決めるという信条のうえで、だ。ここで私が強調したいのは、ボールを持っている選手が次の行き先を決めるのではなく、ボールを持っていない選手がそれを決めるということだ。彼らの動きが次のパスの行き先を決める。

だから私は、選手が止まっていると激怒する。そんなことはありえない。ボールを持っているときは、十一人全員が動いていなくてはいけない。つねに距離のファインチューニングをしていなくてはいけない。どれだけ走るかということではなく、どういう動きをするかということだ。そうすることでつねに三角形を作りつづけ、ボール回しが止まらないようにしなくてはいけない。

バルセロナではゼロから始めなくてはいけなかったので、1992年にリーグ戦覇者のヨーロッパカップを制覇するのに、四年もかかってしまった。それまではほんとうに目的を持って練習し、良い教育をして、うまい選手獲得をすることが大事だった。とくに最後の点は気をつけなくてはいけなかった。当時はまだ、最大三名の外国人選手しかプレーさせられなかった。チームに外国人選手を無制限で入れられる現在と当時の状況では、スカウティングの方法も変わってくる。だから私たちは、フリスト・ストイチコフ、マイケル・ラウドルップとロナルド・クーマンを選んだことに文句を言ってはいけないだろう。ストイチコフとラウドルップは、バルセロナにとってほとんどお金がかからなかった。

最初のシーズンはリーグ優勝できなかったが、アヤックスのときのように、カップ戦覇者のヨーロッパカップを制覇した。サリナスとロペス・レカルテの得点でサンプドリアに2‐0で勝利した。2シーズン目もカップ戦のタイトルを獲得し、ここから本格的な収穫が始まった。プレースタイルの変更は、ほぼ終わっていて、あとは各ポジションを良くするために頑張らなくてはいけなかった。たとえばそれは、フリスト・ストイチコフを獲得することなどだった。無名のブルガリア人、しかも安かった。サッカー能力だけでなく、彼のキャラクターも私は必要としていた。フリストはファイターで、いい意味で反抗的だった。おとなしくて真面目な選手たちが多かったチームには、彼のようなタイプによって、更衣室内だけでなくピッチ上でも、さまざまな化学反応が呼び起こされた。

その頃、私は胃痛に悩まされていた。急に汗をかいたり、前触れもなく吐いたりした。すでにタバコを吸う量を減らしていたが、1991年2月末に、妻が先に手を回していた。無理やり病院に連れていかれ、そのまま入院することになった。心臓のまわりの動脈が詰まっていた。三時間かかった手術では二つのバイパスが取り付けられた。幸運にも心筋梗塞ではなく、動脈硬化だった。

そんな状況に陥っていても、一度も心配したことはなかった。これだけの人が私を良くしようと動いてくれているのだから、まさか私がこんな病気に負けるとは一度も思わなかった。それにこういう場合には、有名人ということは便利だ。心臓外科医は、全世界がこの結果を見ていることを充分認識していた。いつも以上に手術を頑張るだろうということは、容易に想像がつき、それは悪くない気分だった。

それからは、人生を諦めないために治療を受け、助けてもらったのであり、これからも先を目指そうという意識が強くなった。その頃から早死にするかもしれない、という迷いから開放された。父のように若くして亡くなるという考えが、ずっとあったのだ。心臓発作以来、その考えは消えた。それも完全に。

ここで得た教訓は、からだに悪いことをやって、罰を与えられないわけがないということだ。つまり喫煙するか、禁煙するかだ。それ以外に関しては、今までどおり慣れ親しんだ暮らしを続けた。なるべく早く普通に暮らすというのが、モチベーションだった。それも新しいルールで。

もちろん当時、喫煙中毒についてはよく知っていた。なぜこんなにも長く、これほど多く喫煙していたのか。医者から私の病気は、90パーセント以上タバコによって引き起こされた、と伝えられてからは余計に自問自答した。どれだけ矛盾した考えで暮らしていたか気づいたのだ。喫煙ががんを引き起こす可能性があることは知っていた。タバコが心臓に悪いことも知っていたが、自分を欺いていたのだ。これはストレスに良いと考えることで。このように私はいつも自分への言い訳を思いついていた。

手術後、完全に変わった。もちろん良い方向に。これを機に私は禁煙した。私の人生からタバコは永久に消えた。同時にこのことを他の人たちにも、伝えるべきだという意識になった。何度も依頼された、アンチ喫煙キャンペーンのサンドイッチマンとしてではなく、私に合っていて効果的な方法で——賛否両論があるかもしれないが、世界中のどこでも誰でも即座に理解できる普遍的なモラルのようなものだ。

このようにしてカタルーニャの厚生労働省の資金援助による、ビデオクリップ制作のアイディアが生まれた。そのなかで私は、ボールではなくタバコの箱でリフティングをしていた。私が頭、肩、膝、足で箱を触るたびに、心音が聞こえるようにした。そして「サッカーはつねに私の人生だった……」と言い、わずかな沈黙の後、箱を蹴り飛ばし、箱は破裂した。そして最後に「喫煙は危うく私の人生を奪うところだった……」と添えた。

このCMはスペイン語、カタルーニャ語、英語、ドイツ語、フランス語とオランダ語で放送され世界中に広まった。これこそが私が伝えたかったメッセージだった。

私の心臓のおかげで、別の発見もあった。手術の三週間後、バルセロナの重要な試合で医者たちは私を試すことにした。緊張感のある試合だったので、私の心臓が重圧のなか、どのように動くか調べるためだ。カップ戦勝者のためのヨーロッパカップ準々決勝のディナモ・キエフ戦だった。サン・ジョルディ病院から特別な機械が持ってこられて、私の胸にいろいろなセンサーが取りつけられた。これで家で試合を見ながら、私の心電図を取ることができた。非常に刺激的な試合で、バルセロナがロスタイムになってやっと決めたのに、私の心拍数は一度も上がることがなかった。

その後、私がベンチに坐っているときにも同じテストをおこなったが、そのときも何も起こらなかった。一度なんか、普通の人が昼寝をしているときと同じぐらいの心拍数しかない試合すらあった。私の心拍数が上がったのは二回だけだった。それはバルセロナ経営陣とのミーティングのときだった。

手術一カ月後、私は監督として復帰し、その数週間後にはチームで初めてリーグ優勝を果たした。

試合中に私の口にあったのは、タバコではなく飴だった。飴が大好きになってストレス対策もできたと思ったが、テストの結果、そもそもストレスなんて感じていなかったのだ。

1991年は特別な年だった。また、いろいろ学んだ年でもあった。スペインリーグを制覇した後、マンチェスター・ユナイテッドとのヨーロッパカップ決勝は、2-1で負けてしまった。負け方を見ると、私たちは大きな一歩を踏みだし成長したが、まだ目的は達成されていないことが明確だった。

それは次のシーズンに達成される。特別で素晴らしく、すべての面で最高の年だった。リシャルト・ウィッツへがアヤックスからバルセロナに移籍したことから始まった。アムステルダムには新しい経営者が、私の幼少期の友だちのマイケル・ファン・プラハ会長のもと任命された。私を追い出した前の経営者は、経済的混乱をもたらし、クラブに多額の借金を作り、解任された。

今だから言うが、実はバルセロナにウィッツへのために必要以上の移籍金を支払わせ、一気にアヤックスをその問題から救っていた。たしか800万ドルの金額が支払われたが、本来であれば600万ドルでも充分獲得できたはずだった。まあ、ここ数年間、ほとんど選手獲得のために金を使っていなかったので、バルセロナも私に借りがあったからいいだろう。

さらにこの一年は忘れられない一年になった。とくに5月。5月14日には私の娘のシャンタルが結婚し、その翌週にバルセロナは初めてリーグ覇者のためのヨーロッパリーグを制覇した。

幸運は充分足りていた。サッカー以外でも。私たちがヨーロッパナンバーワンになった年、ドイツ王者のFCカイザースラウテルンに、危うく予選で敗れるところだった。最後の瞬間になって、やっとバケロが決定的なゴールを決めた。それがなければ、サンプドリアとの決勝戦なんて存在すらしなかった。後にイニエスタがチェルシー戦で最後の瞬間に決め、その後バルセロナがチャンピオンズリーグ決勝で、マンチェスター・ユナイテッドを破ったのと同じような場面だった。

運が成功に結びついた良い例だろう。だがその運は、自分で引き寄せなくてはいけない。だからサッカー選手として、つねにイニシアティブを持っていたかった。試合の主導権を自分たちの手に引き寄せるため。たとえば、1992年5月20日、ウェンブリーのサンプドリア戦。九十分間戦っても0-0で、ロナルド・クーマンが延長戦で歴史的ゴールを決めた。

四年でミッションは達成された。その日の夜のピッチには、私が望んでいたチームが立っていた。観客を魅了し、サポーターを興奮させ、自分たちで育成したカタルーニャ人たちとスカウティングで獲得した選手たちを組み合わせたチーム。もちろん私の感情も溢れ出た。私の足が広告のボードに引っかかった映像は世界中を回り、これは自分でも説明できないことをやらかしてしまう典型的な場面だった。初めての出来事だから、そんなことが起こってしまった。感情的だったせいかもしれないし、そうでないかもしれない。私は最終的にピッチに行かなくてはいけなかったし、これが一番速い方法だった。ということでやっぱり考えたうえでの行動だったのかもしれない。

カタルーニャ中がロンドンでの勝利を喜んだ。さらに二年連続でリーグ戦も優勝したときも、運が尽きなかった。信じられないようだったが事実だった。私たちはこのシーズンたった一度だけ首位に立った。それが最終戦の後だった。私たちはホームでアトレティコ・ビルバオに勝利し、レアル・マドリードはテネリフェに3-2で負けた。感情的にはリーグ戦を制覇したときのほうがウェンブリーの勝利より激しかった。全員でセンターサークルに並びテネリフの試合終了の合図を待っていた。こういうことは二度と忘れない。

残念ながらこの特別な感情を、ロナルド・クーマンは共にすることができなかった。彼はオランダ代表の親善試合に、リヌス・ミケルス代表監督によって招集されていた。このことを聞いたときは、冗談かと思った。誰がこんなチャンスをサッカー選手から奪うのだ。計算したかのようにミケルスだった。意味がわからなかった。一年間タイトルを獲るために頑張ってきたのに、その報いを奪ってはいけない。わけがわからなかった。

これもまた協会が権力を振りかざし、やりすぎた例だ。クラブが選手の給料を払い、リスクを背負っている。一時期は、代表戦をクラブの試合より優先するような選手と契約を結ばないこともあった。

矛盾しているように聞こえるかもしれないが、1991-1992年バルセロナの成功は、後に私とクラブが別れてしまう新たな問題を創りだしてしまった。そういう意味では、1987年にアヤックスでヨーロッパカップを制覇したときと同じだった。成功すると、全員が変なことをするようになる。バルセロナも典型的だった。浮かれた気分のなか、選手たちの契約が更新される。まったく活躍しなかった選手たちの契約も更新された。

そうやってヌニェスと副会長のジョアン・ガスパールが、権力を取り戻した。ガスパールが契約に関しての責任者だったが、彼は会長の言いなりでしかなかった。数多くの成功をもたらしたのに、私とヌニェスは仕事だけの関係だった。彼を信用していなかった。私は彼が自分の椅子を確保するための道具にすぎない、という認識を払拭することができなかった。私は強くならなくてはいけなかったし、そうでなければ苦境に陥っただろう。

この成功が全員にどんな影響をもたらしたかは、新しいシーズンの開幕と同時に判明した。チャンピオンズリーグ一回戦でいきなりCSKAモスクワに4-3で負け、敗退してしまった。そのあとは世界王者をかけて戦ったサンパウロとの試合も2-1で負けた。負けてもしかたがないと思った数少ない試合だった。私はブラジル人監督のテレ・サンタナのビジョンに感心していた。サンタナのサッカーは、つねにサッカーへの愛情にあふれていた。1982年のW杯は、サンタナ指揮下のブラジルが優勝するべきだった。この素晴らしいチームがイタリアに負けてしまったことは、私の1974年のドイツ戦を思い出させた。イタリアの成功より、ブラジルのサッカーや素晴らしい中盤のカルテット、ジーコ、ソクラテス、ファルカオとセレゾのほうが印象に残っている。

その十年後、テレ・サンタナは南米王者のサンパウロの監督で、東京でおこなわれた決勝戦に送り込んだ選手たちは、素晴らしかった。試合に負けたことは悔しかったが、私はベンチで楽しんだ。試合が終わった後はメディアにも、どうせ轢かれるのであればロールスロイスに轢かれたいとコメントした。

またもやスペインリーグでは、最終日に救われることになる。またテネリフェが、レアル・マドリードを1-0で破ってくれた。さらに翌年も三年連続で起こった。1994年にはデポルティボ・ラ・コルーニャが首位で、ロスタイムにPKをはずしてしまい、バレンシアと0-0のままで引き分けたためだ。四年連続優勝を飾るために充分な結果だった。

さらにACミランとのチャンピオンズリーグ決勝にも進めた。私たちの優勝セレモニーの数日後に組まれていた試合だ。これも、一歩速すぎたり、一歩遅すぎたり、とにかくタイミングどおりではなかったときに、どれだけ間違いが起こるかという典型的な試合だった。そうするとACミランのように強い相手への小さなミスの積み重ねが、積もりに積もって4-0で敗戦という結果になる。

それ以降はどんどん問題が、表面化していった。六年間バルセロナは上を目指し、上昇していた。

選手たちもそれに合わせて成長していた。アヤックスのときのように、私たちのチームには才能豊かなだけでなく、人間としても素晴らしい選手たちがそろっていた。私だけでなく、まわりのいろいろな人にポジティブな力を与えられる選手たちだ。

数多くの選手たちとは、プライベートでも良い関係を築いていた。そういう意味で私はプライベートと仕事を完全に分けることはなかった。私は定期的に彼らと食事に行き、誕生日も祝っていた。

そしてプライベートでも、プロとしてもお互いの関係は友好だった。もちろんスタメンからはずされたら、選手は失望するときもある。一方で私は選手が怪我をして入院した場合は、手術室のなかまで心配して見に行くような監督だった。

彼らを安心させるために、私はつねに手術は見学することにしていた。監督が見ているのであれば、大丈夫だろうという考えだ。だから毎回あの特別な衣装を着て、帽子をかぶり、マスクをつけた。それだけで選手は安心したし、それが私の行動の理由だった。

そういうことを何年も続けることで、私は医療にも興味を持った。ほとんどの医者は快く思ってくれ、さまざまな手術に立ち会わせてくれた。一番すごかったのはワシントン・ディプロマッツの医者が、隣接する病院でおこなった脳外科手術だった。頭蓋骨の一部が切り取られ、正確に患部を取り除く様子は素晴らしかった。ほんとうのスペシャリストの仕事だった。

このようにして何十回も手術に立ち会い、とくに足の手術に関しては知識を得られた。最終的にこのおかげで、いかにバルセロナの医療方針が間違っているかを予見できた。怪我をした選手の面倒をみるのに充分ではなかったからだ。

まあいい、六年間積み上げてきたが、94-95シーズンに変換点が訪れた。クラブとして、どのように成功を収めたチームの世代交代をおこなうか。このようなプロセスでは、クラブの経営陣が理解してくれることが重要だ。長期的視野を持って考えなくてはいけない。

このため、マイケル・ラウドルップとキーパーのアンドニ・ズビザレッタが、レアル・マドリードとバレンシアへ売却された。このことに関してはさまざまな議論が起こったが、私はこれだけ素晴らしい選手たちが補欠になるリスクを取りたくなかった。彼らは十二人目の選手になるべき選手ではない。

そのような状況では、トレーナーとクラブの経営陣が一緒にチームを組まなくてはいけなかった。私がここにいるのはヌニェスのためでなく、バルセロナのためだということを私に再保証させるタイミングだった。しかし実際には、長年にわたるヌニェスへの不信感が正しかったことを確認しただけだった。アヤックスでトン・ハルムセンがおこなったように、ヌニェスもメディアにリークするようになった。それも私に関するデタラメを流し、私を傷つけるためだ。オランダのときのようにそれに気づいた記者は少なかった。

このシーズンの唯一の光明は、私の息子のヨルディーがデビューしたことだろう。9月10日のサンタンデール戦で。弱冠20歳で、即座に初ゴールを決め、2-1の重要な勝利に貢献した。残念ながらヨルディーはその後、私の存在が影響し苦労することになる。それもヌニェスのせいだった。

私の最後のシーズンは、アヤックスでの最後の数カ月のコピーだった。何年間も素早く対応して、移籍市場で成功を収めてきたが、1995年に経営陣が口を出すようになってきた。私は才能豊かなボルドーのジネディーヌ・ジダンを獲得したかったが、彼らは興味を示さず、また何もしてくれなかった。

私のポジションが、上から無下にされるようになっていったことに、気づくことが多くなっていった。私たちのクラブドクターのボレルのようなタイプにもだ。ボレルはヌニェスの後ろ盾があると感じとり、わけのわからないことをいろいろやった。そして史上最悪の手術がおこなわれた。この手術のためには、さまざまなスペシャリストのチームが組まれていた。しかし手術室に入った途端、ボレルが振り返り「ここは私の病院で、ここで手術をおこなうのは私だけだ」と言いだした。すでに選手は手術室に入ってしまっていたので、誰も抵抗できなかった。そこにはその分野においては彼より有能な医者が多くいたが、彼のエゴのほうが、選手よりもクラブよりも強かった。

その場でボレルを解雇するのではなく、経営陣は彼に任せた。そして私にとって、もっとも悲しいヨルディーの手術が1995年年末に始まった。半月板の手術で、整形外科医にとっては一番簡単な手術のはずだった。しかしそれすら失敗し、ヨルディーの選手生活に悪い影響を及ぼしてしまった。息子は今でも膝に痛みを抱えている。

1996年4月には、私が1988年に来てから初めてタイトルを取れないシーズンとなった。それでも私は、チームを新しくするためにとったステップに関して満足していた。だが全選手の代表者としては納得のできない、もっと他のネガティブなことが起こっていた。どんどん情報が隠されていき、約束事は反故にされるようになった。ひどい状況で、関係性はますます悪くなる一方だった。そして私は新聞で解雇されることを知り、しかもヌニェスとガスパールが、私の後任としてボビー・ロブソンを選んだと書かれていた。ありえないことだった。数日前にはヌニェスと来シーズンについて話していて、レアル・マドリードからバルセロナに移籍するように、ルイス・エンリケを説得したばかりだった。エンリケは、私のために承知してくれた。それをヌニェスは知っていたが、エンリケ移籍については静観しつづけた。

だが何よりもひどかったのは、私の右腕のカルロス・レシャックが代行を務めたことだ。それも当たり前のように振舞っていたから余計にひどく思った。レシャックこそ、私よりもヌニェスを嫌っていたのに。

最初の練習でいきなり問題が起こった。ヨルディーは彼の下で練習することを拒否した。すぐさま喧嘩となった。それでも最終的には、セルタ・デ・ビーゴとのホーム戦に、観客が暴動を起こすのを防ぐためにも、ヨルディーをスタメンで起用することが決められた。それは幸運にもいい思い出になった。0-2で負けていたが、ヨルディーが奮起し試合は3-2で逆転勝ちすることができた。しかも何よりも最高だったのは、逆転ゴールが決まった後、ヨルディーはレシャックに交代してくれるように求め、こうすることでサポーターたちに、父である私に感謝する時間を作ったと試合後に説明した。

そしてそれが同時にヨルディーにとっても、バルセロナでプレーする最後の試合となった。

アヤックスのときと同様に、バルセロナでもこのような終わり方を迎えなくてはいけないことは残念だった。バルセロナのイメージを変えることは、私の使命だと思っていた。バルセロナは一番金持ちのクラブだったが、良い試合をすることはなかったし、とくに美しいサッカーとは無縁だった。それに成功したことは、単純に目標を達成したということではない。そのために私の監督人生をかけていた。

だがバルセロナの一番の問題は、クラブ自体だ。つねに政治が絡んでいる。経営陣たちの自分勝手な行動と、つねにクラブを壊すことしかしていないことに、私は嫌悪感しか抱かない。だが最終的には、勝手にボロを出す。それはアヤックスのハルムセンのときも起こったし、その後ヌニェスのときも起こった。そのために私がしたことは何もない。

私のキャリアは、家族に大きな影響を及ぼした。私の家族は強い絆で結ばれていて、さまざまな状況においても、まわりから影響されないようにしていた。だが、ダニー、シャンタル、スシラとヨルディーにとっては、簡単なことではなかっただろう。ヨルディーはとくにそう思っていたはずだ。子どもたちのなかでもヨルディーは一番叩かれたが、それは彼を強くし、特別な人間に成長させた。

私のとったほとんどの決定は、ヨルディーの人生に影響した。１９８３年に私が選手としてアヤックスを去ることになったとき、彼はアヤックスに残った。フェイエノールトを通して、私がアヤックスに恨みを晴らしたときも。そしてその後、監督としてデ・ミールを去ることになったときは、一緒にクラブを去り、友だちと別れなくてはいけなかった。その後も私は、ヨルディーの人生に影響しつづけた。アヤックスと同様にバルセロナでも、ヨルディーは、私が監督だからサッカーをさせてもらえていると言われた。

だから彼がオランダ代表にデビューし、その後１９９６年の欧州選手権に参加したことは、私にとって最高に誇らしいことだった。なぜなら選出は、代表監督のフース・ヒディンクに一任されていて、私はそれに影響を及ぼすことはなかった。欧州選手権のスイス戦で、ヨルディーが代表初ゴールをバーミンガムで決めたときは、私の感動は最高点に達した。いろいろなことが一瞬のうちに思い返された。いじめ、噂、悲しみ、それでもピッチ上では、そんなことに負けなかったことを彼が証明した。私はこれ以上誇りに思ったことはなかった。

私がこれほど感動することは、ほとんどなかった。たまに誰かが素晴らしい結果を残したときに、鳥肌が立ったりはする。だがただうまいというだけでは、何も思わない。でもそれ以上に、素晴らしい結果を残した場合は別だ。たとえば陸上競技のエドウィン・モーゼスなどだ。百試合以上連続で勝利する。ほんとうに素晴らしいと思ったし、最高だった。しかも人間としては、これだけ強くてこれだけ勝ちつづけると、無関心になってしまうのが当たり前なのだ。それでも彼は水曜日に世界最高の成績を残し、さらに日曜日にはそれを超えるように自分を鼓舞しつづけた。それを継続できることは、ただすごいというだけではなく、最高のスポーツ選手だった。

これは特別な選手たちに共通する特徴だ。誰もが、スケート選手だろうが何をやっていようが、審判が笛を吹いた瞬間に勝たなくてはいけない。それは一部の選手が持ち合わせている資質で、また別の才能だ。これは頭と体に刷り込まれていることで、最高の状況のときに出てくる。つねに結果を残すことが、どれだけ難しいことかわかっているスポーツ選手たちだ。

私のように同じことを求められていた人間は、こういう人たちを尊敬している。彼らはどの瞬間に結果を残さなくてはいけないか感じとり、そしてその結果を出す。それはとてつもなくすごいことだ。信じられないことで、才能の一言だけでは片づけられない。すべての細かいディテールまで、正確におこなわなくてはいけない。もちろんそのための資質は持ち合わせないと、達成できないことだ。私はトップレベルの選手が、普通に一番を取りつづけているのを見るのを好む。

だからこそ私は、ヨルディーを誇りに思う。人生のなかで必要なときに、つねに結果を残してきた。小さい頃から、サッカーの才能があることを私は見抜いていた。たとえば、ボールの蹴り方を見てなどだ。だが子どもの頃は、毎日彼のことを見ていたわけではない。バルセロナではマンションに住んでいたが、もちろん部屋のなかでもボールで遊んでいた。ボールを扱っているが、ほんとうにサッカーをしていたわけではない。それは彼が10歳ぐらいの頃、私がアヤックスに戻ってからだった。

それまでは彼の好きなようにやらせていた。バルセロナとは違い、アメリカに行ってからは外でもサッカーができるようになった。それにあっちではサマーキャンプがあり、子どもたちが一日中サッカーをやれた。ワシントンはヨーロッパと似ていて、ほとんどの人が子どもたちをこういうキャンプに参加させる。ヨルディーにとっては英語をおぼえたり、スポーツをしたりするいい機会だった。

サッカーキャンプの後に、私たちはオランダに帰り、彼はアヤックスに入団できた。ヨルディーはその頃からかなり上手だった。そしてフィンクフェーンの家の裏に小さなサッカー場があったので、さらに上達していった。ゴールもあり、そこから本格的に楽しくなった。ヨルディーは才能があった。おかしな方法でうまかったからだ。ヨルディーは左利きだったのに、それがわかるのはPKのときだけだった。彼は右でも同じぐらいうまかった。これほど若い年齢の頃には珍しいことだ。

それにヨルディーは、小さい頃から特別な方法で鍛えられた。それは私が有名だったことに関係がある。彼が悪い試合をすると、それは母親の才能と言われ、良い試合をしたら父親の才能だと言われた。

この程度のことであれば、普通にやり過ごせるだろうが、私がフェイエノールトに移籍し、彼がアヤックスに残ったときは、また違う話だった。これは非常に難しい瞬間だった。だから私は彼のチームのヘンク・トウネンブルック監督が、ヨルディーをチームのキャプテンに任命する決断を下してくれたことに感謝している。これは特別なことだった。とくに子どもにとっては。こういうことは忘れられない。彼を地に押し込むのではなく、チームリーダーとして逆に引き上げてくれた。これがこのときヨルディーに、ほかの人がしてあげられる最高のことだった。ファン・トウネンブルックは熟考したはずだ。そのことはほんとうに感謝している。

ちなみに私はアヤックス内で、誰かがヨルディーに対して悪口を言っていた記憶はない。偶然にも私の息子だったから、優遇されているとかいうこともなかった。もしそんなことがあったのであれば、つねに彼と一緒にいたダニーが教えてくれただろう。自分がまだ現役だった頃や、監督をやっていた頃は現実的にはその時間はなかった。

ヨルディーはアヤックスで楽しんでいたが、1988年に一緒にバルセロナに行くことになった。そこでもセレクションを勝ち抜き、私が八年間監督だったとき、クラブに所属していた。14歳から22歳までだ。毎年、少しずつ1軍に近づいていき、1994年に私は充分実力があると判断し、彼をデビューさせた。20歳の年齢は関係なかった。

ただそれには、さまざまな障害が待ち構えていた。14歳でバルセロナに来たとき、いきなり変なシチュエーションになった。外国人として地区の試合には出られたが、スペインリーグには出場できなかった。まったく馬鹿げたことだ。カタルーニャリーグに入っていたBチームではプレーできたが、国内リーグに参戦していたAチームでは出場できなかった。

このようなことは、オランダ人は受け入れない、ということで私は抗議した。私は協会に電話し、「まずヨルディーが日曜日普通に出場することを伝えるよ。ということで、あなたはそのことを前もって知った。もし出場停止処分を下したいのなら好きにすればよい。というわけで、だが私はそれを受け入れないだろう。私はここに住んでいて、私はオランダ人で、私はバルセロナの監督で、そのへんのふらっと現われた通行人ではない。ということは、私の息子は他のスペインやカタルーニャやそれ以外の街に住んでいる子どもと、同じ権利がある。私は一切の抗議を受け入れない。税金を払っているし、普通のことをやっているので、私の子どもも同じ権利を持っている」と言った。

ヨルディーは普通にスタメンに選ばれ、試合に出場し、それ以降何も言われなかった。協会もこのままではいけないと思い直したのだと思う。昔のルールをずっと使っていて、変え忘れていたのだろう。

まあいい、私が示したかったことは、ヨルディーのまわりで、いろいろなことが起こっていたということだ。ヨルディーシンドロームなんて名づけられるぐらいだ。クライフとしてピッチに立つ重圧を除いても、バルセロナで一緒に働くことは難しかった。彼を出場させるか、させないか、という選択はつねに極めて客観的な決断である必要があった。

ただバルセロナで、私はつねに1軍、2軍とA1の3チームをコントロールしていたので、彼の成長をずっと見守ることができた。とくに育成の最後のステージでは、各指導者と直接コンタクトを取れなくてはいけなかった。それに私はつねに状況がそれを受け入れるのであれば、チャンスを与えるべきだと思っていた。A1でプレーしていようが、2軍でプレーしていようが、私にとっては関係ない。重要なことは、充分実力のある選手を出場させることだ。それにわたしの信条は「放り込んでみて何が起こるか見てみよう」だった。

ヨルディーの場合も同じ感じだった。いや正確には、ちょっと違った。彼は他の誰よりも実力がなくてはいけなかった。なぜなら父親として人生で一番嫌なことは、十万人の人間が自分の息子にブーイングすることだ。そこには物事を考えず、ただ私が自分の息子を優遇しようとしていると叫ぶ人たちも含まれている。だが事実はそうではなかった。どれだけ難しい状況でも、自分を擁護できるくらい、彼の実力はしっかりしていなくてはいけない。自分自身を守らなくてはいけない。

そのため私の考えは、そんなことを叫んでいた人たちと正反対だった。私がヨルディーをデビューさせようと決めたときには、さまざまな過程を経た後だった。スタジアムに来ている十万人の前でも、自分のことを守れるぐらいのレベルに達してからだ。言い換えるならば、これだけの人間を納得させられるかだ。サッカーはミスを犯すスポーツだが、そのミスを乗り越えられるぐらいの実力がなくてはいけない。そのためメンタル面でもフィジカル面でも、自分の役割を把握していなくてはいけない。

いろいろな人たちが、私が息子を優遇していると言いつづけた。サッカーの知識を持っていない人たちだ。だから私はそのことを気にしたことはなかった。大事だったのは私の近くにいて、毎日一緒に働き、選手のことを話し合っていた人たちだ。だからトニー・ブラウン・スロット、レシャックと私がたった一つのことの結論を下すために集まった。「ヨルディーの準備は万全か？　ああ、万全だ。よし、それなら出場させよう」

それ以上の議論はなかった。チームにとっても至って普通のことだった。彼らはすでに慣れていた。ヨルディーは練習に参加し、更衣室にもいたので全員が彼のことは知っていた。まあいい、ベースと基準はつねに実力だ。耐えられるだろうか、それとも耐えられないだろうか。彼はそれに耐えられたので、ホームのサンタンデール戦でデビューできた。

一番驚いたのはダニーだ。彼女は何も知らなかった。観客席に坐っていて、いきなりヨルディーが、ピッチに出てきたのを発見した。そしてそれは、クラブではなく家で大きな問題となった。

運良くいい結果になった、完璧と言ってもよかった。たった八分で彼はヘディングを決め、最終的には2-1で勝利し、ヨルディーはこの試合では優秀選手で、観客からはスタンディングオベーションが与えられた。

残念ながら、私が1996年に監督を解任されたときに、ヨルディーもバルセロナを去らなくてはいけなかった。そうなることは目に見えていた。それも私を追い出すゲームの一環に含まれていた。バルセロナでは選手の契約が、残り一年になってはいけないというルールがある。だから全選手が最低でも二年か三年の契約を残していた。そうすることでシーズン途中に、今シーズンで契約が切れるなどの泣き言はなくなる。

ただヨルディーの場合は違った。若手の選手で2軍から1軍に昇格したのに、彼の契約は改められなかった。ひとつ上のレベルでプレーするようになったので、改める約束だった。それにその前年にすでにデビューしていて、定期的に良い印象を残していた。

それに別の要素も加わっていた。1995年末にヨルディーは、膝の手術を受けた。普通の半月板の手術だったのに失敗した。治療を施すべきではない人によって治療された結果だ。現在では関節鏡があるが、当時はまだ新しかった。私たちの頑固なクラブドクターのボレルは、自分でやると決め、台無しにした。完全にだ。

ヨルディーの足は少し曲がっていて、膝の手術を必要としただけでなく、関節のバランスも考える必要があった。それをしなければ、もっと大きな問題に発展した。ボレルはそれをすべておこなわず、ヨルディーに残りの人生、ずっと付き合わなくてはいけない問題を押しつけた。今でもこの手術の影響が残っている。とても可哀想なことだ。これ以降、ヨルディーは100パーセントの状態で練習できなくなり、そのため能力を完全に引き出すこともできなくなった。

プレーする前日、もしくは翌日も休みを取らなくてはいけないことが多くなっていった。すべてを台無しにしただけでなく、その後ヨルディーが新しい契約をしてもらえなかったのも、この医者のせいだった。

なぜなら手術のあとヨルディーには、経営陣からの連絡がなくなった。しかも12月には口頭でお互い合意していたのにかかわらず、連絡はなかった。金額すら決まっていたのだが、そのことが守られることはなかった。毎回、ヨルディーはまだいろいろなディテールを検討している、という言い訳を聞かされた。そうこうするうちに私には暗雲が立ち込めてきたことを感じとれた。

4月に再度問い合わせたときには、彼らが息子を私に対しての政治ゲームの駆け引きに使うことを決めていた。これは信じられないぐらいひどいことだ。私が解雇されたとき、ヨルディーの契約も延長されなかった。そうすると誰がヨルディーの権利を持っているのか、という疑問が出てきて、私たちは完全に対立することにした。

幸運にもヨルディーは、契約が延長されなかったことを証明できたので、移籍金なしで出ることができた。記者会見ではヌニェスが息子に対して、事実無根のデマを流した。身の毛もよだつことだった。私の息子をゴミのように扱ったヌニェスが、公共の場でヨルディーが父のおかげでこのレベルでプレーできていたと言い、さらにはいろいろなトリックを使い移籍金なしにするようにしたと説明した。

善いおこないをしていれば、自然と良い出会いもあることをヨルディーはすぐに実感できることになった。マンチェスター・ユナイテッドのアレックス・ファーガソン監督が、彼に魅了されていたとのことだった。一年前のチャンピオンズリーグで、マンチェスター・ユナイテッドに4－0で勝利したときにヨルディーは良い試合をしたからだった。

こうしてヨルディーは22歳のときに、オールド・トラフォードに行った。蜂の巣のようなバルセロナから出て、やっと人間関係にも恵まれるようになった。エリック・カントナやデビッド・ベッカムたちだ。全員にもろ手を挙げて歓迎された。この数年間で、最高に感動した出来事だった。才能豊かな選手たちほど、良い連中ばかりだった。どんなスポーツでもいいが、飛びぬけてすぐれたスポーツ選手に、おぞましいやつや、嫌なやつを一人も知らない。そんなやつは存在しない。誰もがカントナやベッカムや他の選手でもよいが、彼らは全員若手の選手たちの面倒を見ていた。それはほんとうに気高い感情だった。

よく新聞を読んでいると、おのずとある人物について意見や印象を持つようになる。だが実際会ってみると、そういう人物たちには、それほどネガティブな要素は一切見当たらない。私が何かを頼んで、断わってきたトップスポーツ選手は一人もいなかった。

私たち家族はバルセロナに住みつづけたが、ヨルディーは1996年に私のもとから出ていった。それについては、一度も問題だと思ったことはない。私はあえてすべてのホームの試合には、行かなかった。それに関しては、よく考えた結果だ。ヨルディーは自分の足で歩いていて、私から解放された。私は中立を保とうと思っていた。私がオールド・トラフォードに見にいったら、それだけでは済まないとわかっていたからだ。そこに行くと、必ずメディアに捕まる。それは私にとって、当たり前だった。もしくは監督が、いきなりバックヤードに招待してくれたりもする。だがヨルディーはその選手の一員だった。

すごく不思議な状況だった。ほんとうは観戦に行きたいのだが、それがなかなかできない。

だが私がオールド・トラフォードに行ったときは、もちろんサー・アレックス・ファーガソンにも会った。ときには公式な打ち合わせにしなくてはいけなかったり、お互いに距離をおいた打ち合わせのときもあった。それはチームが良い試合をしたかどうか、ヨルディーがどうだったか、そしてもちろんその日の勝敗が影響していた。ときには隠れなくていけないこともあった。それに私とダニーはチーム状況がうまくいっていないときは、マンチェスターには行かないとも決めていた。そういうときは、その数週間後に行くだけだった。

ヨルディーが、2000年にアラベスに移籍したときも同じだった。監督はたまに私の意見も聞いてきた。ただの興味本位で。会長も同様で、うれしそうに同席するように言ってきた。それは普通でもあり、普通ではないことでもあった。息子へ影響を与えるリスクがあったからだ。正直に認めるが、それは毎回難しいことだった。

　ヨルディーは、とにかく素晴らしい四年間をマンチェスターで過ごした。私にとっても、よかった部分もある。私は監督をやめていたので好きなだけ時間があり、やりたいことができた。たとえば、非常に好きなイングランドのサッカーを定期的に見ることもそうだ。サッカー場に漂っている素晴らしい雰囲気が好きだ。残念ながら私の時代には、外国人選手への規制があったので自分自身ではプレーすることはできなかった。だからこそヨルディーがチャンスをもらえ、しかもビッグクラブからの誘いだったことがうれしかった。私に許可されなかったことが、息子には与えられた。素晴らしいことだと思えた。

　オールド・トラフォードに、足を踏み入れたときから喜びがわいてきた。誰もがお互いを知っていて、過去に一緒にプレーをした人もいた。もちろん、いつもボビー・チャールトンがいた。基本的に私は誰も知らなかったが、同時に全員を知っていた。いつも思うが不思議な感覚だ。どこかに行っても全員が知っている。ほんとうに全員知っているわけではないが、現実的にはそういう感じだった。

　オールド・トラフォードの観客席から、息子がピッチに立っているのを見るのは最高だった。そして私は、サッカー選手を心から尊敬しているイギリス人サポーターたちも楽しんだ。特別な才能だけでなく、つねに100パーセントの力を発揮していた。オランダではそういう感覚はないし、スペインでもなかった。唯一アトレティコ・マドリードだけだ。このクラブのサポーターは、試合で全力を出しきる選手たちを尊敬していた。だがイングランドのサポーターは、クラブに忠実だ。それは彼らのDNAに含まれている。良い試合でも悪い試合でも、彼らはいつも応援した。だから負けも受け入れられる、選手たちが全力でプレーさえしていれば。

イングランドでは、ヨルディーが兄と慕う人も見つけた。私たちも、ロベルト・マルチネスをそういうふうに見るようになった。当時はヨルディーがマンチェスター・ユナイテッドでプレーをしていたが、ロベルトはウィガン・アスレティックの一員だった。彼らは親友となった。彼らがいつかサッカーを一緒にプレーする可能性を否定できなかった。当時は才能のある二人の若者だった。

後に私の孫が二年間、ロベルトのウィガンでプレーしていた。2軍だったが、語学の勉強には最適だった。その頃も私は定期的に観戦に行き、ロベルトが監督として良い成長をしたのを近くで感じた。ウィガンのような小さなクラブで、彼はFA杯を制覇した。ロベルトはすぐ良い人物だというのがわかる。オープンな人間で無邪気な顔をしている。

ヨルディーはイングランドで、問題なく過ごしていた。サッカー選手としてのヨルディーの良い思い出は、この国でのものばかりだった。たとえば1996年の欧州選手権スイス戦で、彼が決めたオランダ代表の決勝ゴールなどだ。こういう良い思い出は、私に平安を与えてくれ、「私の目は間違っていなかった。彼もよくやったし、それも必要なときに」と思わせてくれる。

ヨルディーは積極的にプレーに関与するタイプではなかったが、必要なときに得点を決める存在だった。あるいはバルセロナでの最後の試合で、レシャックにやったときのように、試合が決まったときに「さよなら、俺は辞める」と言ってピッチを去る人間だ。サッカーの才能とは別の人間性だろう。

必要なときに、必要な行動をとれる選手だ。

このことは私を感情的にさせた。それも、内側から溢れ出すような感情だった。いや感情というより、誇りだろう。私にはわかっていた。スイス戦での重要な得点の後、私が立見席にいたのをまわりの人たちは気づいたと思う。サンプドリア戦では、広告板を飛び越えようとしていた。何かをせざるをえなかったのだ。

そうやってヨルディーのキャリアを見返すと、良いときもあれば、そこそこのときも良くなかったときもある。思い返せば、素晴らしい体験ができたと思う。最初は自分自身で、その後はヨルディーで。ヨルディーがマッカビ・テルアビブの監督として自分の道を進み、自分の考え方を押し出しているのを見られたことは良いことだった。

確実なことは絶対ないが、ヨルディーは自分のやり方でよくやっている。それも誠実性の部分では完璧と言っていい。それが、彼のほんとうに難しい状況における力となっている。マッカビには三種類の選手がいる。ユダヤ人、パレスチナ人とアラブ人だ。すべてがそこに住んでいて、すべてがそこで活動している。ヨルディーが考えうる最強のチームを編成したとしたら、いきなり観客の半分がアラブ人やパレスチナ人が出場していると暴れだしたりする。ヨルディーはそういうときには、全員を擁護する人間だ。彼にとっては、ここは最高の学び舎だと思う。

最終的にヨルディーはフィジカル的な問題を抱えながらも、素晴らしいキャリアを全うした。オランダ代表にも選ばれ、アヤックス、バルセロナ、マンチェスター・ユナイテッド、アラベスとエスパニョールという素晴らしいクラブでプレーできた。その後は、オランダ人監督のコー・アドリアーンセのもとで、ウクライナのドネツクで楽しみ、最後は２０１０年にマルタのバレッタＦＣで選手人生を終え監督になった。そしてマルタとキプロスを経て、今はイスラエルにいて、素晴らしい仕事を残している。

すべてを見ても、ヨルディーがとても強いキャラクターを持っていることがわかる。もともと彼の頭はふさふさだったが、今ではその影もない。やはりいろいろ大変だったのだと思う。だからこそ彼が今の場所でしっかりやっていることは、私にとって特別に喜ばしいことだ。

マンチェスター・ユナイテッドでのヨルディーを見逃すことがなかったのは、私が人生で初めてサッカー界で働いていなかったからだ。私は現役を引退していて、監督も辞めていた。それでも一度も退屈だったことはなかった。私はつねに進歩したいという意志を持っていた。それは昔からつねに抱いていた感覚だ。私はサッカー選手としても、監督としても理想主義者だったので、自分の経験をつねに新しい挑戦と結びつけたかった。

その考えは最初から変わらなかった。私が関係してきたかなり多くのことは、私が今までやってきた得意なこととつながりがあった。ヨルディーの試合以外は、テレグラフ紙のスポーツ紙面で毎週コラムの連載を持っていたし、スペインでも連載を持ち、NOS（オランダ国営放送）では試合のコメンテーターを務めていた。さらには病院を支援することも頼まれた。こうして私は活動領域を広げることができた。それ以上は必要なかった。

だから私は監督業を恋い焦がれることはなかった。すでに一度やったことをまたやる気にもなれなかったからだ。私は同じことを繰り返したくなかったし、前に進みたかった。

視野を広げて、さまざまなことを見るようになったので、たまに驚くべきことが私の前に転がってくる。たとえば、クレイグ・ジョンソンとヤープ・デ・フロートと立ち上げた「シックスス（6ix's）」

などだ。クレイグは南アフリカ生まれのオーストラリア人で、リバプールを通してイングランド代表までのぼりつめた。ヤープはアメリカ人の母と、アヤックスでストライカーとしてプレーしたことがある父のあいだに生まれ、幼少期はテキサスで育った。両者とも国際的に育てられたといえる。彼らは6対6の練習をエンターテインメントと組み合わせることを考えついた。これには普段より小さなピッチだが、通常のサッカーと同じ大きさのゴールを使ったゲームだ。こうすることでゴール前の攻防が多くなり、シュートもたくさん放たれ、ゴールもたくさん入った。

それに音楽を加えたことで、アメリカっぽくなった。これは観客を楽しませることが主となっていて、同時に子どもたちに閃きを与えるためだった。私はすぐさま乗り気になった。これはアヤックス時代によく練習でやらされていただけでなく、監督になってからよくおこなっていた。6対6のゲームにはすべてが含まれている。テクニック、反応速度とボール回し。それに三つのラインが作れるので11対11の雰囲気もでる。

それに私の背番号14番をベースとして、クライフ的な要素をルールに加えることにした。試合は14分×2でピッチは縦56メートルと横35・32メートルにした。縦は14×4で、横はゴールが7・32メートルと両サイドに14メートルずつだ。

それ以外にはゲームを素早く、そして魅力的にするために、いろいろなルールを考えた。たとえばスローインだけでなく、キックインも認めた。ただスローインでは、オフサイドは適応されなかったが、キックインのときは適応した。

イエローカードの場合、選手は二分間ピッチ外に出され、その間は交代できなかった。二枚目のイエローカードはレッドカードと同じだ。面白いルールとして、得点時十秒以上喜んでいた場合はボールボーイがハーフラインにボールを投げ込むようにした。その場合は相手が自軍に戻っていなくてもリスタートし攻撃できることにした。

引き分けは存在しなかった。アミューズメント性を重要視していたので、同点の場合はシュートアウトで決めることにした。選手はハーフラインからスタートし五秒以内に決めなくてはいけなかった。勝利の場合は勝点3で、負けた場合は0だ。シュートアウトの勝者は勝点2が与えられ、敗者は勝点1を得られる。

私たちがいかに真剣に「シックスス」について考えたか、わかるだろう。だから1997年に真剣なお遊びとして始めたことが、六年後最初のクライフコートの開設につながったことは偶然ではないだろう。

こういうことはよくあった。昔始めたことが、何年もたってからまったく新しい計画の閃きのもととなったりする。「シックスス」がまさにそうだ。これが現在のクライフ財団の一部の遊び場（クライフコート）のベースとなっている。

「シックスス」は、1997年1月27日に初めて開催された。オープンしたばかりのアムステルダム・アレーナ（訳注：アヤックスのホームスタジアム）でアヤックス、リバプール、ACミランとグラスゴー・レンジャーズが参加した。当時のUEFA会長のレナート・ヨハンソンは、素晴らしいアイディアだと絶賛し、即座に許可を与えてくれた。

各国の最高峰のサッカーが、エンターテインメントと融合された。プラスアルファとしてゴールの裏に大きなスクリーンを設置し、ゴールをリプレイしたときに三次元的な映像になるようにした。選手たちは、自分たちのプレーのなかにいるような感覚になる。

たんなるイベントとしておこなうのではなく、ライブ中継をして世界中に見てもらいたかった。それを実現するためにCNNとMTVが候補にあがり、MTV音楽番組のほうが乗り気になった。条件としてはポール・ガスコイン、パオロ・マルディーニ、スティーブ・マクマナンやパトリック・クライファートなどの有名選手たちが試合中に音楽についても話すことだった。

これは素晴らしい成功だった。四万七千人の観客がスタジアムを訪れ、百カ国以上、何百万人もの人たちがテレビでACミランが優勝するのを観戦し、その横ではガリー・マーシュデン、ユスー・ンドール、マッシモ・ディ・カタルドとルネー・フローガーがライブを披露した。

「シックスス」を通して私は、アムステルダム・アレーナのイベントを任されていたピーター・ブライトマンと交流することになった。ピーターはロンドンに住んでいて、アイルランドにプロサッカーを導入しようと考えていたビジネスマンたちと契約をしていた。調査の結果、毎週十万人ものアイルランド人がサッカー観戦のためにイギリスを訪れていたことがわかった。

このことが投資家たちに、ダブリンに大きなサッカースタジアム建設を思い立たせた。当時はまだプレミアリーグに所属していたロンドン・ウィンブルドンは、ホームスタジアムがなかったので、ライセンスがそのまま保持できるのであれば、アイルランドの首都に移ることを同意した。これでサッカー狂のアイルランドにも、やっと自分たちのプレミアリーグのチームができるはずだった。

私が一番心を打たれたのは、このプロジェクトの裏にあった平和的考えだ。たった一つだけプレミアリーグのクラブが誘致されるので、カトリックの人も、プロテスタントの人も一緒にスタジアムで同じチームを応援することだった。そして得点が決まったら一緒に喜ぶ。暴力が止まない時期にサッカークラブを設立することで平和を目指すということは素晴らしいアイディアだった。

私が無宗教だったため、表に立って中心となってほしいと依頼された。カトリックとプロテスタントはお互い忌み嫌っていたが、私はどちらでもなかったので中心に据えるには適していた。

私は投資家たちと打ち合わせをするために、よくロンドンを訪れていた。これに関係できることは素晴らしいことだと思った。特別な計画に参加でき、同時に私の大好きな街にも行けた。

残念ながらこのプロジェクトは、アイルランドのサッカー協会が協力してくれなかったので立ち消えてしまった。彼らはアイルランドでプレーしているのであれば、アイルランドリーグでプレーするべきだという見地から外へ踏み出そうとはしなかった。私は残念に思ったし、理解できなかった。アンドラとモナコも、スペインリーグとフランスリーグに参加しているではないか。そのため問題は問題のまま未解決に残され、アイルランドには現在でもビッグクラブがない。

しかし私はまた一つ経験できた。それもいつものように。前もって何が起こるかわからないが、必ず何かが起こるというように。

それは私がバルセロナを去って三年後の1999年に、スペインの裁判官が下した判決でも同じだった。私の契約には、慈善試合を二試合おこなう権利があると記載されていた。ただクラブ会長のヌニェスがそれを拒否していた。裁判所を通して私の主張が正しいことが証明されたが、条件は判決の直後に開催しなくてはいけないことだった。正直不可能なことだと思ったが、なんとか開催することができた。最初が3月10日にバルセロナで、次は4月6日にアムステルダムでおこなった。この二夜は忘れられない思い出となった。

カンプノウにはドリームチームを賞賛するために、十万人の観客が集まった。選手たちにとっても喜ばしいことだった。何年ものあいだヌニェスは、この素晴らしい一夜の記憶を消し去ろうとしていたが、最初の慈善試合でサポーターたちが、どのように思っていたかを示してくれた。

あまり経験したことがなかったことだが、最後の笛が鳴り響いたときは鳥肌が立った。とくに選手たちがセンターサークルに集まり、私がそのなかから全員を代表して観客に感謝の意を述べさせてもらえた。私は何も考えることができなかった。気づいたときにはクラブ歌を歌っていて、スタジアム全体が一緒に歌った。素晴らしい瞬間だったが、何よりもよかったのは、やっと私の公正が証明されたことだろう。

一カ月後にも鳥肌が立つ感動に見舞われた。バルセロナではドリームチームとサポーターのお祭りだったが、アムステルダムではアヤックスに関わるすべての人間が巻き込まれていた。選手、サポーター、コーヒーレディー、道具係、ボールボーイ、全員だ。

アヤックスは翌年百周年記念を控えていたので、それの邪魔をしたくなかったため、私たちは〝決勝進出三十年〟をテーマにした。国際的な決勝戦に出場した全選手が招待された。五十名のサッカー選手たち。ピート・カイゼルからブライアン・ロイまで、ヨハン・ニースケンスからアーロン・ウィンターまで、そしてマルコ・ファン・バステンからデニス・ベルフカンプまでだ。その夜は大いなるノスタルジアになる予定だった。それもサッカーだけで、アヤックスの存在意義を示すように。そのため最初は過去の栄光から開始された。そのあとはアヤックス対FCバルセロナを半分おこない、最後の四十五分間はアヤックス・インターナショナル対スペイン王者で締めくくった。アヤックス・インターナショナルは海外でプレーしている元アヤックス選手たちだった。

バルセロナのときと同じように、アムステルダムでも大きなお祭りとなった。さらにマルコ・ファン・バステンの復帰のイベントともなった。ACミランから引退しなくてはいけなくなってから、彼は故障した膝に対しての苛立ちから、サッカーから遠ざかっていた。彼は出場することは拒否したが、キックオフはおこなってくれることになった。ただそれをおこなおうと思ったときには、彼の姿はどこにもなかった。そして試合が進んでいくと、急にマルコがユニフォームを着てサイドラインに立っていた。更衣室の雰囲気が彼にやる気を起こしたのだろう。そして交代の準備ができたというようにそこにいた。

その瞬間は、ほんとうに特別だった。最初アムステルダム・アレーナは静まり返った。観客もほんとうにマルコなのか自信がなかった。だが気づきはじめると順に立ち上がり、五万人のスタンディングオベーションとなった。

その夜遅く、ヒルトンホテルではまた新しいアイディアのベースが浮かび上がった。多くの元アヤックス選手たちがホテルに来て、みんなで話し合っていた。そのなかにソレン・レルビーとシモン・タハマタもいた。ピッチサイドから見ていた元アヤックスの選手たちだ。彼らは他のクラブで決勝戦を経験したことがあったが、アヤックスではその経験はなかったので今回の試合に出場する権利がなかった。

私はこのような選手たちも賞賛されるべきだと思っていたので、出場できなかったことは、あまり良く思っていない。そしてその解決方法を数週間後に手にした。私は何度か義父に自分の財団を作りたいと話していた。これはワシントンでスペシャル・オリンピックスを経験してから、ずっと私の頭のなかに浮かんでいたことだった。私はよくさまざまな慈善事業に呼ばれたが、私が参加することでどれだけ影響があったのか、そして実際どのようなことに使われたのか知らなかった。

だから私は1997年に「ヨハン・クライフ・ウェルフェア・ファウンデーション」を設立し、4月6日の慈善試合の売上げと合わせて、本格的にオランダで財団設立を望んでいた。最初はテレ・デス・ホッムスと一緒におこない、この事業について学ぶことから始め、郵便番号宝くじ協会に経済的支援をしてもらった。

私たちのブレインストーミング・セッションのなかの一つで、プロサッカーを絡めて社会に貢献したいという案が出た。20世紀最後をうまく締めくくるような形としてである。

テレグラフ紙で、今世紀のベストオランダ代表を私が選ぶことになっていて、読者はその半身像を購入することができた。この企画と半身像の売上げを通して、アムステルダム・バイメルの若者プロジェクトに資金援助ができ、オランダ代表サポーターに特別なプレゼントを用意することができた。

一つだけ問題があった。半身像の売上げがどれだけあろうとも、すべての費用は賄えなかった。だからイベントを企画する必要があった。20世紀のオランダサッカーを振り返り、もう一度観客に披露するための名誉試合だった。

これも素晴らしいプロジェクトとなった。1999年12月21日に過去の代表監督たちと代表選手たちが、もう一度だけアムステルダム・アレーナに集まった。同時にオランダリーグでプレーしたことがある最高の外国人たちを集めた。片方のチームはリヌス・ミケルスがフース・ヒディンクをアシスタントに伴い、約四十名の選手たちを率いた。ルーキーのデニス・ベルカンプからネストルのファース・ウィルクスまで。外国人たち側も同じだった。バリー・ヒューグスが指揮を取り、ソレン・レルビーとシモン・タハマタもチームに入っていた。私にこのアイディアをもたらしたデュオだ。

20世紀とお別れするには、素晴らしいイベントだった。オーフェ・キンドファル、ラルフ・エドストルム、ステーファン・ペッテルソン、三人とも自分たちが所属したフェイエノールト、PSVとアヤックスのユニフォームを他の同僚のように着ていた。だから三つのチームが一つのチームに入っていた。

この夜は、20世紀ベストオランダ代表を観客にプレゼントすることで締めくくられた。十二体の銅像、選手十一名と監督一名が披露された。リヌス・ミケルス、エドウィン・ファン・デル・サール、ルート・クロル、ルート・フリット、フランク・ライカールト、ヨハン・ニースケンス、ウィム・ファン・ハーネヘム、アーベ・レンストラ、マルコ・ファン・バステン、ピート・カイゼル、ファース・ウィルクスと私が銅像として作られ、今はオランダサッカー協会のスポーツ施設の入り口の前に飾られている。

世紀の試合の売上げは約100万ギルダーだった。バイメルに多目的スポーツ施設のオランニェホルストを建設するために、充分な資金が集まった。残ったお金は、ヨハン・クライフ・ウェルフェア・ファウンデーションに寄付された。だが一番の成果は代表選手たち全員で、スポーツを通してさまざまな可能性があることを示すことができたことだろう。

このように私たちは、つねに何か新しいことを起こすために特別なことができないか考えていた。良い例がウィンター・ボールだろう。ヤープ・デ・フロートとコメディアンのラウル・ヒールチェと一緒に、サッカーの試合をシアターでおこなえないかと考えていた。突拍子もないが、最高のサッカー選手はアーティストだから、シアターにも適しているという考えだ。最初にこんなことを考えたときは笑ってしまった。だが2003年6月には実現してしまった。アムステルダムのコンセルトヘボウ（コンサートホール）で、私がデビューさせたアーロン・ウィンターの引退のためだ。

フランク・ライカールトは同僚のアーロン・ウィンターに、このような引退セレモニーがおこなわれることを心配していた。だがサッカー選手たちが、お互いを見捨てることはなかった。アーロンがアヤックス、ラツィオ・ローマ、インテル・ミランとオランダ代表で一緒にプレーしたほとんどの選手が、彼の送別のために時間を作ってくれた。マルコ・ファン・バステンからロナルド、そしてポール・インスからロベルト・ディ・マッテオまで。それもスタジアムでサッカーをするためではなく、オランダで一番美しい劇場でやるためにだ。

コーニンクライク・テン・カーテが25メートル×25メートル分の人工芝を用意してくれ、コンセルトヘボウの大きな劇場でプレーができるようになった。四百名のゲストが普段はオーケストラが演奏する舞台に上り、ネーデルランド・オペラが〝サポーター〟として、アーロンのキャリアを象徴する試合の雰囲気を作っていた。

その夜の試合は、私が指揮を取っていた1987年のアヤックスと、ヨーロッパ覇者となったリヌス・ミケルス率いる1988年のオランダ代表の試合から始まった。その後はラツィオ・ローマ対インテル・ミランがあり、最後はルイ・ファン・ハールのアヤックス対ブラック・タイで締めくくられた。ブラック・タイは黒いシャツに蝶ネクタイ姿でプレーした。これも面白いアイディアで、ロナルド、クラレンス・セードルフやパトリック・クライファートなどの特別な選手たちにぴったりだった。

アーロンがどうしてもそのキャリアを社会へのプレゼントで締めくくりたいと言ったので、ウィンター・ボールを私の財団の新しいプロジェクト、クライフコートのキックオフにすることを決めた。そしてコンセルトヘボウで使用した人工芝は、ウィンターの出身地のレイリースタットに設立した最初のクライフコートに使われた。

素晴らしい夜になった。全選手がレッドカーペットの上を歩いてピッチに上がり、審判はタキシードを着ていた。ウィンター・ボールも全世界を駆け巡った。CNNが放映し、国際的な新聞のヘラルド・トリビューン紙が好意的な記事を書いてくれた。

これらは良い思い出だけでなく、このいくつかの素晴らしい夜では真剣なことも立ち上がった。「シックスス」を通してクライフコートのアイディアが生まれ、アヤックスでの名誉試合と20世紀記念試合を通してクライフ財団を立ち上げることができ、ウィンター・ボールのおかげで最初のクライフコートを設置できた。この遊び場は現在では世界各国に建設されている。

サッカーをしなくても、さまざまなことをやり、そのなかからより良いことを達成する。このようにシンプルで楽しむこともできるのだ。

経営陣との経験は、面白いものではなかった。私はつねに良くしようと思っていただけのつもりだった。監督をやめて外から見るようになってからも、それは同じだった。この頃はアヤックスからもバルセロナからも和解があった。少しのあいだはまだ良かったが、長くは続かなかった。

言い換えよう。クラブとはほかのときより、より良い関係のときもあった。それは会長に左右された。アヤックスのミシェル・ファン・プラハとバルセロナのジョアン・ラポルタとは、つねに良い関係だった。アヤックスは１９９９年に私を名誉会員に任命した。それに対して私は二つの選択肢があった。ただバッジを付けているだけの名誉会員か、名誉会員としてクラブに価値のある存在になるかだ。ただクラブ内の他の人たちと価値観が違うことがわかってしまうと、結局ただバッジを付けているだけのような振る舞いをしなくてはいけなくなる。

アヤックスではその期間、二度口を出した。2000年にコー・アドリアーンセの任命と、2003年にルイ・ファン・ハールをテクニカル・ディレクターに任命したときだ。二度私にアドバイスを求めてきたが、その二回ともすでに裏ですべて決まっていて、私はただアリバイ作りの一環として使われたことが判明した。

2000年に候補者を求められたとき、私はフランク・ライカールトを推薦していた。フランクはオランダ代表で監督をきっちり務めていたし、欧州選手権で優勝してもおかしくなかった。準決勝でPKを二度もはずし、さらにPK合戦でもいくつかはずしてしまい、チームは敗退した。だがチームは素晴らしいサッカーを披露していた。だからこそ私はライカールトを選んだ。

そして私との話し合いの数週間前に、すでにコー・アドリアーンセと基本的合意を結んでいたことが判明する。大前提として私は、別にアドリアーンセを悪くは思っていない。ただすでに決めているのであれば、私に話をもってこないでほしい。そのことについて発言したら、メディアを通して経営陣から、アヤックスの利益が何よりも優先されることを伝えられた。だが誰がアヤックスの意思を決定しているのだろう？　こういうふうに決めるのであれば、私にも言いたいことはいくつかある。

三年後も同じことが、テクニカル・ディレクター任命のときに起こった。ロナルド・クーマンは監督として良い仕事をしていたが、急に私がアヤックスのアドバイザーになったと新聞で知ることになった。数日後、経営陣からテクニカル・ディレクターの役職についてどう思い、誰を候補者として考えているか聞かれた。

このときの話し合いでは、経営者のアーリー・ファン・アイデンとヨン・ヤーケ会長が、三回もルイ・ファン・ハールを任命することは反対かと聞いてきた。三回とも私はファン・ハールの任命に賛成とか反対ではなく、どのようなタイプのテクニカル・ディレクターをアヤックスは必要としているか説明した。それをさまざまな例を使って明確にしようとした。まあ、すでに彼らのなかで選択は決まっていたので、私の話は彼らには届かなかった。

ルイ・ファン・ハールが正式に任命されたとき、彼自身の口から私との話し合いの何カ月も前にこの役職を打診されていたと聞いて、私の心は折れた。さらには私との話し合いの前に、すでに合意していたらしい。このときもやはりすでに決まっていたことだった。となるとなぜ私を巻き込む必要があったのかということになる。なぜ私は急にアドバイザーにされ、なぜ私も急にテクニカル・ディレクターの任命に関して考えなくてはいけなくて、しかもその内容が翌日表に出ているのか。

私との話し合いの前に、クラブ内で綿密に新しいテクニカル・ディレクター選択の打ち合わせがおこなわれていたと聞いたときには、完全に嫌気が差した。一体誰と打ち合わせたのだ？　絶対反対意見など出ない人たちとか？　そしてそれをやった後に、しれっと他の人を私が巻き込まれたようにその選択に巻き込むのか？

だが何よりもひどかったのは、技術的な決定事項がそのための能力を一切持ち合わせてない人たちによって決められたことだ。それでもすべては、アヤックスのためにおこなわれたというのだ。そしてアヤックスのために、私とファン・ハールが和解すること求められた。それもまずアヤックスのためにと対立させられた後にだ。なぜ？　私を巻き込まないでくれていれば、別に何も思わなかったのに。

それにわざわざクーマンの仕事環境を変える必要は一切なかった。なぜなら彼は、完璧に機能していたからだ。だが経営陣たちは、クーマンとアシスタントのルート・クロルとトニー・ブラウン・スロットが孤立していて、そのためチームで何が起こっているか伝わらないと思っていた。これはバルセロナのときに私がヌニェスとのあいだで経験したことと同じことだった。そのときも、更衣室内のことにまで口を出したがる経営陣だった。

ファン・ハールを任命することで、経営陣はクーマンに対してもっとコントロールできると思っていた。リーグ優勝し、２００２年カップ戦のタイトルも取り、２００３年チャンピオンズリーグ準々決勝に進出するという結果を残したばかりなのに。１９８７年に私がヨーロッパカップを制覇したときと同様に、うまくいっていたものが、上の意思によって壊されてしまった。たった一年でそれは起こった。ファン・ハールは不満を爆発させ辞任し、クーマンも同じように辞めた。両者とも経営陣の被害者だ。今でもアヤックスに残っている人間たちによって、考えられたゲームだった。

だが私のなかでは、経営陣はアヤックスではない。私は自分とともに成長したアヤックスを愛している。それが私のアヤックスだ。さまざまな問題やイライラは、クラブハウスに入った瞬間に忘れられる。そこに行くと、前もって楽しいことになることがわかっている。そのことは私にとって何よりもかけがえのないものだ。それ以外のことは正直どうでもよい。

バルセロナについても、同じことが言える。経営陣は今でも、カタルーニャの政治の一部だ。私はそれに参加したことはない。とくに私がいたフランコ政権時代には、バルセロナをマドリードより優先する発言が望まれていた。私にとっての問題は、無意識のうちにいろいろと問題を起こしていたことだった。私は若すぎて、政治に無関心で、不勉強だったことなど、もろもろの原因がある。

1974年の終わり頃になって、やっと少しずつわかるようになってきた。それはアルマンド・カラベンのおかげだった。聡明な頭脳を持ち、私になぜさまざまな問題が起きて、なぜ齟齬《そご》が生じていたのかを詳しく説明してくれた。マドリード政府によって禁止されていたカタルーニャ語から、すでに始まっていた。言語だけではなく、カタルーニャの名前も禁止されていた。それは息子のヨルディーの出生届けのときに、名づけてはいけない名前だと知らされわかった。私たちには受け入れることができなかった。そのような考え方は私たちのなかにはなかった。

だがバルセロナでも、誰かに強要されないようにしていた。アムステルダムで育てられたように振る舞った。戦後の子どもとして。私たちの世代は誰もが、普通の人たちとは異なり、自分たちがやりたいようにやっていたビートルズに影響されていた。スポーツとサッカーに関して、私は同じように振る舞っていた。それはカタルーニャ内で軋轢を生み出した。私は理解しようとしていたが、悩めば悩むほど理解できなかった。

カラベンは私に否定的になってはいけない、と言った初めての存在だった。そして私は「でも、そんなのは馬鹿げている」と言い、カラベンが「それも間違っていない。だが私たちはこのように育てられたのだ」と答えた。

元大臣のピーター・ウィンセミウスも、後に同じことを言っていた。「あなたが同意できていないように、私も同意できない。だがその人間は二十年間そこにいて、そのように育てられた。彼は育てられたように行動しているだけだ。それを私たちが間違っていると思ったとしても、それは私たちが思っているだけで、それについて彼らを責めてはいけない。ただ変える努力はしてもよい」

カラベンやウィンセミウスのような人たちが、私にニュアンスを伝えてくれて、やっと問題を理解できるようになった。

現在のカタルーニャ問題も同様だ。四十年前と同じようにスペインから独立するべきか残るべきか、議論されている。意見は二分されている。他の言い方をすれば、独立すると国民は分断されてしまう。それが果たして望むことなのだろうか？

オランダ人は、言うまでもなく干拓で培《つちか》われた精神にあふれている。みんなで話し合って最終的には歩み寄る。それがスペインでは無縁だった。誰も和解しようとしなかった。誰もがだ。だが過半数を超えていないのであれば、協力しなくてはいけない。そして協力するのであれば、他の人の問題にも深く考えなくてはいけない。だから今は、政治的なレポートが興味深い。最終的にどうなるのか確認するために。

　現在では数多くの人が、総理大臣になろうと手をあげている。そうすると一部の政治団体は、「私たちがいなくては統治できないだろう、だから私たちは全権力を狙っている」というような思考が読み取れる。ただ全権力を望んではいけない。そんなことを考えてはいけない。一歩下がり、全国民の視点で考えるようにしなくてはいけない。考え方を変えるべきだ。そうすればお互いそんなに違わないという結論に至れると思う。まあいい、私はチェックしているが、それに関して知識はない。

　それでもいくつかのことは馬鹿々々しく思える。たとえばなるべく多くの言語を子どもに習得させることは、親としてできる最大限のことだと思っている。そうすることで、子どもたちはいろいろな人たちとコミュニケーションが取れるようになる。そしてそれが一般的な素養の教育にもつながる。だがそうならば、なぜ学校で一時間だけのカタルーニャ語の授業で充分だと決められたのだろう。なぜ二時間や三時間ではなかったのだろうか。言語を一つ多くおぼえることは財産になるのでは？　少なくとも私はそう思う。私の教育方針はつねに「旅行して、誰とでもコミュニケーションを取れるように言語をおぼえなさい。なぜなら誰とでも話せるようになれば、理解するかしないかを決められるようになる」だった。

　２００９年11月にカタルーニャの代表監督に就任したことに、もちろん政治的な意味合いは含まれていなかった。だが結局はそうなってしまった。これは複数の出来事のミックスだった。まず、これは正式な役職ではないということ。単純にA対Bの試合で、私は片方のチームの監督だった。だがそこから、いろいろなことのミックスが始まる。最終的には政治家たちが、私たちのチームにどんどん口を出すようになり、政治的な意味合いを持つようになってしまった。私はそれはやってはいけないことだと思っていた。もっとどうしたいのか、先に熟考しなくてはいけない。もちろんカタルーニャの誇りを強めることは良いことだ。それに関しては何も問題はない。だがスポーツの部分を忘れてはいけない。スタジアムはカタルーニャ人で満員になっていても、その国旗のためにそこにいるのではなく、サッカーのためにその場に来ていなくてはいけない。

カタルーニャ代表は、良いサッカー選手が集まらないと勝つことはできない。それがなくなってしまうと影響力も半減してしまうだろう。政治はスポーツの結果が伴って、初めて意味がある。それが私の言うさまざまなことのミックスだ。

サッカー選手のことだけを考えてみよう。彼らは所属クラブではシーズンの最中で、選手たちにとって、一番重要なことは政治ではない。もちろん政治のことも考えているかもしれないが、その夜の試合で彼らにとって一番重要なことは、怪我をしないことだ。まわりで起こっていることに興味があるかもしれないが、唯一考えることは「この試合でどういうプレーをしよう、どうやって勝とう、そしてどうすれば怪我をしないか」だ。代表監督として私も、選手たちと一緒に考えていた。国家の威信などいろいろなことがつきまとっていたが、誰かが骨折したり、筋肉断裂を起こしたり、それが選手にとってほんとうの問題なのだ。

私はカタルーニャ人の心情に同意できる。私は彼らのことを理解しているが、私はオランダ人だ。

それは変わらない。私は口を噤《つぐ》むことはなく、自分がやりたいようにやる。すべての制約と一緒に。だから私が何かに流されて、追従するようなことはない。私はそれなりに考えられるし、何かが起ったときには、カタルーニャ人としてやオランダ人としてではなく、私自身の意見を言う。オランダで培った思考の自由にもとづいてだ。それは非常に重要なことで、頭のなかではどんなことを考えても良いということだ。私は自分の発言で、こんなことやあんなことが起こってしまうかもしれないという恐怖をおぼえる必要はない。

この姿勢は、多くの経営者たちにとって受け入れがたいことだった。アヤックスとバルセロナでは自分の仕事をなくしてしまった。だがどちらの会長も、後に彼ら自身も私と同じ運命となった。それに両者とも、クラブに問題をもたらしてしまった。

そういう意味では、バルセロナは２００３年に会長に就任した、ジョアン・ラポルタに感謝するべきだ。私をアドバイサーにして騙した当時のアヤックスの経営陣とは違い、ラポルタは、私と腹を割って付き合ってくれた。ラポルタが私に誰を監督とテクニカル・ディレクターにつけるべきか、アドバイスを求めてきたときのことだ。フランク・ライカールトとチキ・ベギリスタインにその役職を任せたとき、彼らはクラブに光明を与えた。多くの元選手たちが、アドバイザーとして機能した。そこに委員会は介入しなかったので、効率的に素早く機能した。私たちはこの結論に至るまで時間を要しなかった。

バルセロナは今でも、このときの恩恵を受けている。

私はアヤックスの子である。やがて、バルセロナのことも好きになった。だから私はこの十年間、両クラブの組織再編に関わった。バルセロナには依頼され、アヤックスの場合はたまたまそうなってしまった。バルセロナでは三年間で成功したが、アヤックスでは組織再編に100パーセント力が注がれていなかったので失敗した。それでは機能しない。ここも数字の足し算なのだ。

大きな違いはアヤックスが上場している会社で、バルセロナはいまだにクラブだということだ。アムステルダムでは、経営者たちや委員会が関係したのに対して、バルセロナは会長一人だけだ。アヤックスでは多くの手続きを踏まなくてはいけなかったため、時間も多く必要だった。

素晴らしいことに、バルセロナでのビジネスで最終的にドリームチームⅡが発足した。しかも私が最初にぶつかった選手と一緒に。1987年にアヤックスと嫌な別れ方をしてしまった、フランク・ライカールトと私は時間がたつにつれ歩み寄るようになっていた。私はこういうことは、時間が解決すると思っている。そのうちある一定の平安が訪れ、人生の次のステージに向けて他の考え方をするようになる。

こう言うべきかもしれない。「私たちはお互いこのことから学んだ」と。私たちは新しいことを始めたところだった。フランクは選手として、私は監督として。だが私たちは、それから変わった。とくにフランクは、選手としても監督としても成長した。だから私がバルセロナのジョアン・ラポルタ会長に、フランクを監督に迎え入れることを推薦できたことは、喜ばしいことだった。私がフランクを評価しているからだけでなく、彼の能力を把握していたからだ。

誤解のないように言うが、バルセロナのようなレベルでは与えられるものは何もない。そんなことは許されない。クラブに対しても、それをこれから達成しなくてはいけない本人に対しても。だから私はバルセロナの状況についてよく考えた。クラブが何を必要としていて、監督が何をしなくてはいけないかを。

フランクはすべての前提を満たしていた。イメージ、複数の言語を操れ、どこでもトップレベルでプレーしてきた。彼のサッカー面での能力に関しては、文句のつけようがなかった。そして彼はオーラを持っていたし、アシスタントにはヘンク・テン・カーテがいた。テン・カーテも私がつねに興味を持っていた監督だ。彼が働いた全クラブで何かが起こった。そういうことを私は好む。だからフランクとテン・カーテは良いバランスだった。

だが一番の利点は、もちろんラポルタが会長として、つねにサッカー選手たちを前面に出し、つねに選手たちに、サッカーに関する決断をさせたことだった。2003年から2010年まで会長を務めたラポルタは、ほんとうに例外的存在だった。「俺は会長だ。だから俺がすべてを決める」と言うような人物ではなかった。彼は私たちに対しても、非常に明確な態度をとった。「問題はこれです。まあ、坐って、一緒に考えよう」とラポルタは、私たちと同じように考えていた。その点でラポルタは傑出した人物で、ドリームチームⅡのプロセスをスタートさせた名誉は、彼にも与えられる。ここからバルセロナの数々の成功が始まったのだ。

私がフランク・ライカールトとチキ・ベギリスタインを監督とテクニカル・ディレクターに推奨したら、彼はすぐにアクションを起こし、すべてが即座に整えられた。いつも、こうあるべきだ。私は毎回どのように監督が評価され、それも誰が評価しているかということに驚かされる。だからこのような選択をするときには、いつも大きな間違いが犯される。どういったことを最初に考えなくてはいけないか、まったくわかっていない経営陣やオーナーたちが下す決断。それも密室での面談やロビー活動をベースとした決断だ。これにより悲惨な結果がもたらされることもあり、その場合責任を取らされるのは監督たちで、この決断を下した人たちは自分たちが被弾しないように射程外に逃げる。

こういうことがあるので、素晴らしいユース監督が最悪の1軍監督だったりする。もしくは中堅では完璧に働けても、ほんとうのトップクラブに移ると滑り落ちてしまうこともある。もちろん逆もありうる。小さなクラブではまったく結果が残せない監督でも、ビッグクラブでは結果が残せることもある。同じようにすべての監督が、テクニカル・ディレクターにも適しているわけではない。

私が示したいのは、適切な人間を適切な場所に配置するためには、監督の分野に関して膨大な知識が必要だということだ。だからクラブでどのような人が、この決断を下しているか見ると、毎回驚かされる。大きな影響を伴う選択で、その損害はその後何年間も影響を及ぼす。何百万という金が無駄にされ、不要に監督や選手たちも傷つけられてしまう。

ユース監督は、まず育成できる監督でなくてはいけない。〝育成〟での危険は、監督が選手に物事を新しく教えるのではなく、やめさせてしまうことだ。たとえば、次のような例だ。ドリブルばかりする選手に、ドリブルを禁止してはいけない。その代わりに、大きくてフィジカルが強い相手と対戦させればよい。そこで何度かガツンとやられると、選手は自ら適したタイミングでパスを出すようになる。

それに子どもたちの年齢も、気にしなくてはいけない。成長期初めの子どもは、Aチームにもう少しで手が届きそうな16歳や17歳の子たちとは違う対応をしなくてはいけない。だから適当なユース監督を配置してはいけないのだ。

同様に1軍監督を適当に任命してはいけない。トップクラブの監督、中堅チームの監督、下位の監督、これらは完全に異なる三つのタイプの監督だ。選手の実力が違うだけでなく、まったく違う緊張感のなかで戦うことにもなる。

テクニカル・ディレクターは、クラブの歴史と伝統の系譜を調べ、失われないようにする存在だ。フロントの人間としっかりコミュニケーションを取り、きちんと監督とのパイプ役を果たすことで達成できる。テクニカル・ディレクターがこの筋を踏襲せず、自分の思うように計画を優先してしまうと組織にとっては致命的となり、クラブも崩壊してしまう。

バルセロナでは、このようなことにはならなかった。フランク・ライカールトは難しいスタートを切ったが、それは不思議なことではなかったし、私もそのことについては驚かなかった。完全に違うことを始めた場合、わずか数週間で成果が現われると期待してはいけない。もちろんこの時期は、フランクとコンタクトを取っていた。それは至って普通のことだ。友人として必要に感じたら、つねに助け合う。間違いのないように言っておくが、技術的な方針に関して私が首を突っ込むということはなかった。あまり芳しくないスタートだったが、フランクはしっかりまとめていた。彼はアヤックスで、私たちのシステムで育っていたし、その後のACミランでの経験を加えることで、自らの見識を付け足すことができていた。フランクの知識は豊富だった。私が見たなかではナンバーワンのオールラウンドプレーヤーだ。完璧に守備がこなせ、中盤を組織でき、得点力もあった。それをすべて一人の人間が持ち合わせていたうえに、適切なメンタリティーと聡明な頭脳までも有していた。フランクが報告のために私にたまに電話してきたことは、彼のプロ意識の現われだった。

これは、ラポルタのバルセロナを象徴していた。クラブ内外での政治のせいで、バルセロナはつねに活火山状態だった。そのためラポルタは、政治的なすべての要素をしっかりとコントロールし、監督や選手たちから遠ざけることで素晴らしい仕事をしていた。そのおかげで監督や選手たちは、チーム建設に集中することができた。

結果を見れば、わかるだろう。ものの数カ月でチームは機能しはじめ、観客も信じはじめ、結果もついてきた。決定的だったのは、またサッカーの土台ができ、バルセロナが良い見本となったことだ。

一番重要だったのは、厳しい状況のときにお互いそばから離れなかったことだ。ほんとうに必要なときこそ、忠義が試される。アヤックスやバルセロナのようなクラブでは、必要不可欠だ。悪いときだけでなく、うまくいっているときもだ。

2003-2004シーズンのスタートから四カ月ほどして、ライカールトのもとでチームがうまく回りはじめたら、いきなり私がすべてに口を出しているというような記事が出た。それも私がときどき更衣室にまで入り込み、クラブに対してアドバイス攻めにしているというのだ。私は二回しかクラブに顔を出していないし、更衣室には絶対入っていない。試合のときなんて論外だ。それにたった一度だけテクニカル・ディレクターと話しただけだった。それもそのときは、選手たちのことを話したのではないので、移籍に関して口を出したことは一度もない。

だがメディアには、さまざまなことが書かれた。それだけではない。まず彼らはまったくのデタラメを掲載し、それが今度はラジオやテレビ番組の議論となる。そうやって同じ話を何度も繰り返した。ライカールトのチームのサッカーがどんどん良くなり、結果も残すようになったという事実があるにもかかわらずだ。

事実はシンプルだった。監督も会長も私の良き友人だ。彼らが問題を抱えていた場合には、私に連絡し意見を聞くこともあるだろう。

だが一部のカタルーニャメディアが、それはダメだと言った。クラブにとって悪影響を与えるというのだ。批判はサッカーに関してではなく、影響力に関してだった。そのため私たちを対立させようとしていた。

まあ、こういうこともバルセロナではついてまわることだ。重要なことはクラブ内部の人たちが冷静を保つこと。その点に関してもラポルタは良い見本となり、クラブを安定させた。

印象的だったのは、この難しい時期に、ラポルタの後継者が弱みとなっていたことだ。サンドロ・ロセイは、ラポルタに副会長に任命されたが、数カ月後にはライカールトを解任したがっていたため彼と対立した。ナイキの経営者としてロセイは、ブラジル代表のスコラーリ監督と良い関係を築いていて、スコラーリをバルセロナに引っ張ってきたがっていた。

ロセイは、バルセロナを新しい方向に進めたいと考えた小グループに属し、そのためには別のタイプの1軍監督、ユース監督とテクニカル・ディレクターが必要だった。ライカールトは奮闘したが、チームを違う方向へ進めるという選択は非常に明確になされたため、それに従わなければならなかった。

ロセイはわずか数カ月で路線変換をしたがり、まったく違うタイプの監督のもとで、違うサッカーを選ぼうとしていた。チームが開幕スタートに成功したことがはっきりしたとき、当然ながらロセイは孤立した。ライカールトも上層部からの支援が必要だったときに、ロセイが取った行動を忘れていなかった。ロセイは、すべてのプロセスにおける邪魔者で、本人もそれを察し二年で辞任した。

五年間でフランク、ヘンク・テン・カーテ、そしてあとからヨハン・ニースケンスは、素晴らしい結果を残した。ドリームチームIから十四年後の2006年に、チャンピオンズリーグを制覇しただけでなく、サッカーのスタイルも洗練された。そしてその路線は、後任者のペップ・グアルディオラによって2008年に引き継がれた。ペップは2007年に必要な監督ライセンスを取り、即座にバルセロナBの監督に任命された。

ふたたびバルセロナは美しいサッカー、魅力的なサッカーでも、結果を残せることを証明した。だからこそ、素晴らしい成功がますます大きなインパクトを与えることになる。何百万人ものサポーターたちは、このサッカーを楽しみたいと思っているし、このスポーツが与える美しさを楽しみにしている。フランク・ライカールトとペップ・グアルディオラはそれを実現し、バルセロナに考えうる最高の遺産を残してくれた。

２０１０年3月には、私もその遺産を目の当たりにした。バルセロナから急に連絡があり、私が満場一致で名誉会長に任命されたと伝えられた。そうなると、その理由を知りたくなる。それは私が選手として、それにとくに監督として、バルセロナとスペインのサッカーに影響を与え、変えたからだということのようだ。

スペイン代表にまで継承されたサッカーのスタイルを導入したと聞くと、素晴らしいことだと思うだけでなく、誇らしく思えた。だがラポルタのもとでバルセロナを率いた指導者たちにも、この栄誉は値する。彼らは私のアイディアを真剣に考えてくれていると感じさせてくれた。それこそが私が望んでいたことだ。

私たちは、嘘をつかない大人な関係を築いていた。だから彼らが話したいと言ってきたときには、必ず時間を作っていた。新しい監督の選任のことや、ユニフォームの胸スポンサー権をユニセフに無償で提供することに関してなどだ。とくに後者に関しては反対意見も多かったが、私は素晴らしいイニシアティブだと思った。輝かしい行動で、バルセロナのようなクラブにこそふさわしい。

フランクとペップを任命するときも同じだった。私がアヤックスとバルセロナの監督だったときの選手たちだ。ラポルタがなぜこの人選なのか私に聞いてきたとき、私は彼らがどういうタイプのサッカーがこのクラブに合うかわかっているだけでなく、どちらも落ち着いていて聡明な知性を持っているからだと説明した。

私が意図していたことは、今では誰もがわかる。グアルディオラは監督として、勝利するだけではなかった。勝つ方法を見せ、さらにそれをどれだけスタイリッシュに見せるかを知っていた。ライカールトのように、グアルディオラは若い選手たちの見本だった。彼が指揮するクラブにも、光を当て影響を与えるポジティブな存在だ。

ラポルタ会長の時代、バルセロナはまるでわが家のようだった。監督もテクニカル・ディレクターも私のもとでプレーしたことがあり、会長とは彼が就任する前から固い絆で結ばれていた。全員が、バルセロナとともに成長してきた人たちだ。それは契約交渉のときにも判明した。たとえばグアルディオラは少ない俸給でも受け、結果が残してから高額な年俸を稼ぐようになった。それを受け入れたことは、グアルディオラがまずはこのクラブの人間で、その次に監督だったことを証明している。

このようなシステムは、ちなみにアヤックスで学んだことだった。私はアムステルダムで基本的には低い基本給と特別な収入があった場合には、高いボーナスをつけるというふうに育てられた。そうすることでクラブは、これから稼がなくてはいけないお金を先に払わなく済み、経済的にも健全でいられる。

バルセロナでも同じことができたことは良いことだった。クラブは自分たちで方針を決めていたが、私の意見も少しは助けになっていることを感じさせてくれた。そのため私はクラブに関わっていられただけでなく、責任感も感じていられた。それはグアルディオラの態度にも現われている。まずはクラブが重要で、それがうまくいけば残りのことも必然的についてくるということ。だからこそ、そのようなクラブの名誉会長になれたことは、すごく気分のいいことだった。

しかし、やはりそれも長くは続かなかった。数カ月後、ジョアン・ラポルタは会長としての任期を全うし、経営陣は後任にサンドロ・ロセイを選んだ。これでまたクラブ内に政治が戻ってしまった。その数週間後の２０１０年７月に、私は名誉会長職の返還を余儀なくされた。新しい経営陣の最初の会議の議題のなかに、私の名誉職のことが含まれている、と新聞で読んだときには激怒した。その後さらに、新会長が弁護士を使って、この肩書の任命がルールどおりおこなわれたか調べることを検討している、と聞いたときには、私はこの名誉会長職を返還することを即座に決めた。

これは前経営陣への報復行為で、ふたたび政治ゲームがバルセロナのクラブ内で盛んにおこなわれた。グアルディオラのような人間ですら、このことに耐えられず、あれだけの成功を残しながらも、二年後にバルセロナをやめると決意したときも驚かなかった。

幸運にもグアルディオラの哲学は、クラブに根づいていたので、これから何年も引き継がれるだろう。彼のプレースタイルは、クラブ哲学の一部になっていた。１９８８年に私がこのクラブで始めたときに、計画したことだった。ビッグクラブでお金はあるが、タイトルとは無縁で特徴のないサッカーに対して。私のバトンがちゃんと引き継がれていたことは、うれしいかぎりだった。最初は私からフランク・ライカールトへ、そしてフランクからペップへ。素晴らしい方法で、しかも自分のやり方でそのプロセスを継承した。そのおかげでバルセロナは学校となった。ユニークなサッカー哲学をシンボルとして掲げたクラブとして。

もちろんアヤックスが、バルセロナとともに成長することができていれば最高だった。とくにアヤックスのほうが、サッカー哲学に関しては何年もリードしていたからだ。それは私の監督だったヤニー・ファン・デル・フェーンやリヌス・ミケルスが、技術進歩とプロ意識の組み合わせを完璧に融合していたおかげだった。

何度か私はアドバイザーとしてアヤックスに騙されたが、2008年にもう一度ユース育成の組織を再編しようと試みた。マルコ・ファン・バステンが監督に打診されたが、このビジョンを遂行することにあまり乗り気ではなかった。彼がとくに気にしていたことは、最初に複数のコーチ陣を入れ替えなくてはいけないことだった。その後、育成の取り組みに関して意見に食い違いがあるため、私とマルコの関係が危機に晒されていると言われた。

当時、そんな事実はなかった。契約は2月に交わされたが、マルコはその年の夏まで動きたくなかった。だが実務的・社会的な理由で、私は4月1日より前に決断を下したかった。コーチ候補たちには、余裕を持って本人たちの将来について知らせるべきだったからだ。そうすれば彼らも次の就職先を探す時間が充分あり、アヤックスにも新しいスタッフを獲得する時間ができる。もしそれを4月1日の期限までにできなければ、次のシーズンも現状と変わらないままやらなくてはいけなく、その一年の時間のロスはもったいなかった。

マルコはあまりにも急展開に事が運びすぎると思い、私の意見に同意してくれなかった。私が彼を説得できなかった時点で、私も諦めるしかなかった。もちろん私は失望したが、こんなことで私たちの友情が壊れてしまうほど、精神的に貧弱なものではなかった。

私がアヤックスに関わることは減ってしまったが、当たり前の結果だと思う。年に五回ほどだけ私はユース施設の「デ・トゥーコムスト」を訪れた。たいがいは2軍かA1の試合や練習を見に行くためだった。その前後には、クラブハウスの奥にあるメインテーブルで少しおしゃべりをした。昔はいつも「裏に行く」というと、フォールランドに行ってくるという意味だった。それは低年齢の子どもたちが、練習や試合をするサッカー場とクラブハウスがある施設のことで、スタジアム・デ・ミールの後ろにあった。当時の名称の「裏」は現在、アムステルダム・アレーナの言ってみれば後ろにある「デ・トゥーコムスト」にも使われている。そこには今でもアヤックスで私とともに成長してきた人たちがいるし、私より前からこのクラブにいる人たちもいる。

メインテーブルでは、デ・ミール時代の頃のように、つねにサッカーの話題が中心だった。ときにはどうすればアヤックスの現状をよくできるか、という激しい議論にもなった。そこでもクラブは良い方向に進んでいないと話題にのぼり、かつての〝アヤックス哲学〟がどんどん失われていっていると言われた。アヤックスは十年以上にわたり、ヨーロッパのトップチームでありつづけ、五万人の観客動員数を誇っている。それにもかかわらず、クラブ内部の人間たちにとって、こんなに簡単に本来不変であるべきいくつかの価値観を手放してしまったのが、信じられなかった。

２００８年には、オランダのボール回しと技術が素晴らしいという、代表チームの監督の発言に、私はますます苛ついていた。実際には、とてもひどいプレーで、想像力のかけらすらなかった。トップ選手ですら基礎技術に欠けているのを見ると、涙が出た。選手たちだけの問題ではなく、コーチも同罪だった。ポジショニングに関しても問題は大きくなる一方だ。シンプルなことだというのに。ボールを持っているときは、なるべくピッチを広く使い、ボールを失ったときはなるべくピッチを狭くする。これは小さいときから教えることができるＡＢＣだ。選手たちは小さい頃から、それに慣れるように育てられた。

ただいろいろな所から選手を引き抜いてくると、それを育成で教えられていない選手が選ばれてしまうので問題となる。その結果、ボールを失ったときにディフェンダーが前に行って、ボールにプレスをかけるのではなく、下がっていくのをよく見るようになる。それが失敗すると、チーム全体が危機にさらされる。ディフェンダーが早く下がりすぎると、中盤に広大なスペースができてしまい、フォワードも結果的に孤立してしまう。たったひとつの間違った行動でバランスがなくなってしまい、チーム全体が崩壊してしまう。

問題の根柢は練習の方法にあった。クラブが掲げるビジョンをベースに、個人でなくチームとして育成される。そういう意味でグループ練習が多すぎるし、1対1の個人練習がほとんどおこなわれない。私が子どもの頃のストリートサッカーのような練習が少なくなり、若い選手たちは一週間で十時間以上も基礎の向上に費やす時間がなくなっている。クラブビジョンを踏襲するためのグループ練習が多すぎるため、個人レベルの練習が足りなすぎる。結果、多くの選手の基礎技術が向上しない。

だからシステムの支えがなくなり、各個人で対応しなくてはいけなくなったときに、多くの選手たちが対応できない状況に陥る。これは1軍でだけ起こることではなく、その下のユースチームでもよく見る光景だ。ただそこではプレー速度が遅いため、あまり表面化しないというだけだ。だがトップではそうはいかない。対戦相手が弱点をついてくると、選手たちはどうすればよいのかわからなくなってしまう。そしてプロが一瞬で完全に自分を見失ってしまうのを見ると驚きを禁じえない。だからクラブ精神を継承するためにチームとして育成するのではなく、選手個人の育成も欠かしてはいけない。

アヤックスではその部分がどんどん悪くなっていった。サッカーは見るに耐えないものになり、指導者たちには一体感がなく、しまいには代理人が自分の事務所をデ・トゥーコムストに持つようになり、そこで彼と契約するように13、14、15歳の選手を説得していた。

２０１０年9月、私は爆発した。私はチャンピオンズリーグのレアル・マドリード対アヤックスの試合を楽しみにしていた。伝統の一戦。歴史的価値があり、私だけではなく、世界中が見ている試合だ。よりによってこの舞台で過去最低のアヤックスを見た。結果は2-0だったが、12-0でもおかしくない試合だった。私が毎週『テレスポーツ』（テレグラフ紙のスポーツ面）で連載しているコラムでは、思ったことをありのまま書いた。以下がそのときの記事だ。

これはもうアヤックスではない

先週私はアヤックスが弱いチーム（ウィレムⅡ）と強いチーム（レアル・マドリード）と対戦した試合を観戦した。遠回しな言い方はやめておこう。今のアヤックスは、リヌス・ミケルスがこのクラブに入る前の頃のチームより弱い。

二年半前に「コロネル・レポート」が世に出て、それには未来に向けてのさまざまな提案や結論が記載されていた。そのなかで実現したことを探すと、ただただ悲観的にならざるをえない。経済、育成、スカウティング、移籍市場における獲得方針、それとサッカー内容。アヤックスがウィレムⅡ戦とレアル・マドリード戦で見せた内容は、つねに大前提として根づいていたクラブの基準と価値観が、完全に失われてしまったことを示している。

レアル－アヤックス戦は、試合前には二つの歴史的クラブの特別な試合と告知されていた。世界中のサッカーに影響をもたらした二チームだ。しかしこの試合はアヤックスの歴史的恥辱を晒しただけだった。誰もが試合後〝たった〟2－0で終わって喜んでいたが、この試合は8－0や9－0になってもまったくおかしくなかった。それに加え、若手と熟成したチームの差だという言い訳だったが、両チームの平均年齢はほとんど変わらなかった。アヤックスのサッカーと姿勢は見るに耐えないものだった。

私のなかで怒りがこみ上げていることを正直に認める。これはアヤックスではない。このチームは三回以上ボールをつなぐことすらできず、マドリードでは一本しかシュートを放てなかった。自分たちの育成組織から六名も入っていながら、何も見せることができなかった。

私の目は曇っていないので、このアヤックスがオランダリーグで現在首位に立っていても、だからなんだという感じだ。それなのにディレクターのリック・ファン・デン・ボーホは、育成は完璧だと叫びつづけ、同じタイプのストライカーを三人も獲得し、ウィンガーがいない。二年半前に自ら現状を分析したレポートを提出したウーリ・コロネル会長が取った方針は、何一つ成果を生み出さなかった。

二年前と同様に、私は同じ結論にたどり着く。アヤックスには大清掃が必要だ。当時は私が自らの手でユース育成を大幅に改善しようと思ったが、私が頼りにしていた人たちはそれを拒否した。そしてその結果がこれだ。

それに加えクラブは、一つの大きな部隊となってしまった。それはクラブ委員会から始まる――本来であれば、クラブの顔としてスペシャリストたちが、その席には坐っていなくてはいけない。しかしクラブの委員たちは、お互いをかばい合う友人や知り合いで構成されていた。この委員会からさらに経営陣が選出されるし、役員会でも過半数を占めていて、さらにそこがディレクターたちを任命する。

クラブがどんどん衰退していっているにもかかわらず、委員会から経営陣までお互いをかばい合う一つの大きな集団だった。全員が虚像に流されていた。

クラブの利益のためには全員が去るべきだ。そして、1965年のときのように完全に最初からやり直すべきだ。当時アヤックスはリヌス・ミケルスを監督に任命し、ヤニー・ファン・デル・フェーンを育成とスカウティングに従事させるという最高の決断を下した。アヤックスで育っただけではなく、クラブの存在意義を把握し、アヤックスにアヤックスらしさを取り戻すためには何をしなくてはいけないかを熟知していた二人だった。

　彼らがその人生をかけておこなった仕事の結果は、もうほとんど残っていない。私のようなアヤックスサポーターにとってこれは非常に悲しいことだ。


　後にこれは権力奪取、クーデターを試みたと邪推された。ナンセンスだ。これは権力とは関係ないことで、ただ私のクラブに対する怒りをぶつけただけだった。この怒りは私に信じられない力を与えたが、この影響で私にはいろいろなことが押し寄せてきた。

　どれだけ多くの人間が、私と連絡を取ろうとしたかわからない。多くの元選手たちも私と同じ気持ちだった。だから私は自分のコラムを通して、みんなの力を束ねようとした。当時、私がアヤックスを壊そうとしていると弾劾する人たちもいた。彼らは何もわかっていなかった。これはクラブを壊そうとしているのではなく、壊れそうなのを防ごうとしていたのだ。だから私は行動を起こすことにした。アヤックスは、もうかつてのアヤックスではなかった。ピッチ上だけではなく、その外でもだ。温かさを醸しだしていたクラブではなく、多くの対立と敵ばかりのクラブになってしまった。

　もちろん誰も私にこの問題を解決することが、どれだけ複雑かなんて指摘する必要はない。それは自分でも体験した。本来はそんなに難しいことではなかったはずだ。クラブが何を必要としていたか考えてみると、クラブのなかに「サッカー」を知っている者が欠けていたことがわかった。役員会、経営陣、委員会とクラブ上層部には、一人も元1軍選手が入っていなかった。たったの一人もだ。

だから私はすべてのアヤックス関係者に、次の委員選挙のための候補者を選定しようと呼びかけた。2010年12月14日には二十四人中八人を改選することが可能で、11月30日までに立候補ができた。このように民主的な方法で、その席にマルク・オーフェルマルス、チョウ・ラ・リン、エド・オプホフ、ペーター・ブッフェ、ケイエ・モーレナールや他の元アヤックス選手たちを坐らせることで、新たな一歩を踏み出すことができる。私があえてこの名前を出したのは、全サッカー選手がみんなが思っているほど頭は悪くないことを示すためだ。

オーフェルマルスは、ゴー・アヘッド・イーグルスをオランダサッカー協会が認める経済的に正常なプロクラブの一つになるための手伝いをした。リンはスロバキアでASトレンシンを〝昔の〟アヤックスの方法で再編した。オプホフ、ブッフェやモーレナールも社会的に成功を収めていたし、このように他にも何名か候補者をあげることもできる。

念のために言うが、クラブ経営陣をサッカー選手だけで埋めるつもりは、まったくなかった。ただ最初の一歩として、元選手と経済、マーケティングや広報のスペシャリストたちとの良いバランスを作りたかった。

当時は役員たちも経営陣たちもプロサッカーのバックグラウンドがないのに、誰が監督やディレクターにふさわしいか、決めなくてはいけないというおかしな状況に陥っていた。こういうときこそ委員会が経営陣にアドバイスをしなくてはいけなかったのだが、そこにもプロサッカーの知識はなかった。

だからこそ、最初に「サッカー」を知っている人間を委員会に加えなくてはいけなく、それから他のアヤックスの裾野部分に広げていかなくてはいけなかった。空いた役職には、つねに特殊な知識を持ち合わせているプロ選手がいないか、確認しなくてはいけなかった。候補者がいなかった場合は、スペシャリストを任命すればよかった。

私の批判で眠れない日々を過ごした人たちがいたことを、気にしていなかった。トップスポーツ選手として私は批判に慣れていたし、批判はもっと良くなるためにするものだった。トップスポーツではそれが当たり前だったし、トップクラブでもそうあるべきだった。

最初の一歩は、委員会にまた元選手を加えることだった。偶然にも元選手たちの組織の「ラッキー・アヤックス」が、この時期に会合を予定していた。このおかげで私は効率的に全員と話すことができた。有名な選手も無名な選手も誰もが、アヤックスを助けるために力を貸そうとしてくれたことは素晴らしかった。

最終的に七名の元選手が委員会に当選した。まだ氷山の一角だ。アヤックスが利用できるノウハウという意味だ。60代、50代、40代と30代のグループがある。アヤックスを支えたいと思っている四世代だ。このグループは、経営者たちが決断を下さなくてはいけないときにサポートしてくれるだろう。

だが正しい選択をするためには、まずアヤックスの内部と外部をよく分析しなくてはいけない。1軍は結果を残しつづけなくてはいけないので、サッカーに集中してもらうために幕の裏ではいろいろなことが起こっていた。

もちろん私はリーダーとして見られていた。この役割を私は現役時代からつねにこなしてきた。チームに的確な人間を的確なポジションに配置するように動いていた。たとえば右ウィンガーとして育てられた選手が活躍できなかったとしても、その素質を見抜き素晴らしい右サイドバックになったように。これは私にとってだけでなく、チーム全体にとってメリットをもたらした。

このときも私は同じように行動していた。委員会選挙の結果で私が勝ったと言われたが、私はそのようには感じていなかった。アヤックスのためにやったことだったので、この結果はクラブのためになった。だからクライフではなく、アヤックスが勝ったのだ。

このような新しい状況に対して、評価しなければいけなかった。まずは、これだけ多くの元選手たちがアヤックスの将来のために協力してくれていることを、クラブ内の全員が誇りに思わなくてはいけない。とくにこの人たちはさまざまな分野の才能を持っているからだ。全員が彼らのクラブを本来あるべきレベルに復帰させるための協力を望んでいる。自分らのためではなく、アヤックスのためにだ。それを経営陣はメリットとして受け入れるべきだ。これだけのサッカーノウハウを差し出してもらったのであれば、それを利用しなくてはいけない。

残念ながら全員がそういう考えにはならなかった。クラブの一部は、新しい動きに抵抗しつづけた。

ほとんどの場合は自分の利益のためや、もしくは自分たちのアヤックスでの役割が奪われてしまわないか恐れていたためだった。

そしてすぐに内側から分裂させようという動きがあった。だがサッカー選手たちには、同じ更衣室を共有している同僚たちを裏切ってはいけない、という暗黙の了解がある。だからクラブの再編時には、大きな気持ちの問題も発生した。私たちの昔の同僚の一人には、新しい組織での役割がなかった。その決定を下すには全員で一番長く考えた。

監督が、つねに結果を残し、つねにチームのために戦ってきた選手に、チーム内に彼のポジションはないと伝えなくてはいけないような状況だ。それも彼が良い人ではないからとか、良いサッカー選手ではないからでなく、たんに将来に向けて他のことをしたいからという理由で。

監督として、こういう決断を下さなくてはいけないときが一番難しかった。

誰もがアヤックスの新しい取り組みには、デニー・ブリントの居場所がなかったことに複雑な気持ちを抱いていたのを私は近くから見てきた。それなのに当時のディレクターは、私たちがブリントを即座に解任しようとしていたと発表した。私は唖然とした。私たちがあれだけ苦しんだことを彼は難なく越えていった。私たちはアヤックス内にブリントが務められる他の役職がないか、必死に考えたぐらいだ。だがクラブの英雄にこんな扱いをしてしまうと、尊敬の念が失われてしまう。

新しい役員の任命が次の一歩だった。五名中三名がアヤックスと関係がなかった。やはりまた過半数はクラブのバックグラウンドがなかった。私は全員を彼らのノウハウをベースに機能させられると思っていて、そのために私が技術的な面の責任を負い、新しいディレクターをサポートするつもりで参加した。

私はとくにサッカー選手として物事を見ていた。それはチームの構成を考えることから始まる。監督としては自分とは違うアシスタントを選ぶ。他のスタッフに関しても自分よりある分野において秀でている人を選ぶ。そしてその人にはその部分を任せる。

取締役会も同じだと思っている。だから多数決の意味がよくわからない。どうして知識のないことに関しても、投票させるのだろうか。コンディショントレーナーにスカウティングのことに口出しさせないだろう。

２０１１年2月11日、私はアヤックスの利益のためだけに、役員会の一員になった。そして、とくにユースに関するクラブ改革案を提出した。だが初日から変な感覚をおぼえた。規則で決まっているからと、外部へは口を閉ざさなくてはいけなかった。間違っていることに気づいたが、過半数の同意なしに何も言ってはいけなかった。その議題に関して私が誰よりも知識を持っていたとしてもだ。そしてそれがうまく進まなかったら、最終的に私が責任を負わされた。

私が規則を守っていたのはアヤックスのためだったが、口を開くべきだっただろうか？　役員会の規則に関して考えれば考えるほど、私は自分の規則を作らなくてはいけないという結論に達するようになった。法律と同じようなものだった。それは守ってくれるものではなく、それを破る人のためだった。誰かに罰を与えるためには、先にボコボコに殴られなければいけなかった。

自分を守るために、規則とは違う取り組みをしなくてはいけなかった。私にとってはシンプルなことだった。どんな規則や法律があったとしても、クラブの利益が優先される。

残念ながら、またもやすぐに大きな政治のゲームに巻き込まれてしまった。私はディレクターに三名の候補者をあげていた。マルコ・ファン・バステン、マルク・オーフェルマルスとチョウ・ラ・リンだ。三名の元選手で、元代表選手で、全員海外の大きなクラブでプレーをしたことがあった。そして誰もが特別な才能を持っていた。マルコは私の第一候補だったが、２００９年に監督を解任されて、まだ戻りたくなかったのでその気はなかった。暫定的な上層部からオーフェルマルスとリンも候補者になりたくないと言っていると伝えられた。

偶然にリンと話すことがあり、そんな要請は一度もなかったと聞かされた。その瞬間から私はまた激怒した。私の直感が正しかったことは、すぐに判明する。リンは他の役員との最初の話し合いで良い感触を得られなかった。リンが言うには、彼らはディレクターなど望んでなく、会社側とクラブ側の双方の役員が参加する役員会を望んでいた。私はそんなことを聞いたことがなかったが、リンが言うにはこれはイギリスの管理モデルで、経営と監査の役員たちによって運営され、そのために給料も支払われた。

リンが正しかった。その後は悪くなる一方だった。取締役会長のスティーブン・テン・ヘーブを見るたびに、リンに対するプロセスがどうなっているか聞くとはぐらかされた。そして急にメディアにリンに関する記事が掲載され、いろいろな黒い噂と結びつけられた。リンと私は、これは役員会かその周辺からメディアにリークされていると思いはじめた。

　私は彼の同意のもと、過去にリンに関して完璧にスクリーニングをかけていた。何も見つけることはできなかったし、その後もどの記者もそんな事実を見つけることはできなかった。それなのに黒い噂が続き、役員らが自分たちの理想どおりに事を進めるために何でもするのだと理解した。

　それは自分でも気づいた。テン・ヘーブはテレグラフ紙の編集長に圧力をかけ、私が毎週掲載しているコラムを終わらせようとした。それも取締役会長として、ほかの役員のアクティビティに口を出すことは禁止されていたのにだ。

　その頃には雰囲気は最悪になっていて、私たちのためにもリンは辞退することに決めた。ファン・バステンがディレクター職を担うことに前向きになってくれたからでもある。私はすごく喜んだが、それもすぐに変わってしまうことになる。

　マルコをテン・ヘーブに紹介した後、私は毎年恒例のセントアンドリュースでおこなわれるローレウス・ゴルフトーナメントに行かなくてはいけなかった。マルコにはその間に関係者たちと将来の計画を話し合うように指示した。数日後、セントアンドリュースで役員会が合意し、即座に発表されると伝えられた。

　だがマルコが、まだサッカー側の関係者とまったく話していないことが判明したとき、私はブレーキをかけることにした。技術面で協力関係が必要不可欠で、そのうえで各個人が長所を発揮できるようにしなくてはいけない。それは事後ではなく事前に確認しておかなくてはいけないことだ。彼の役

クライフの子供たち。1981年スペインでスシラ、ヨルディー、シャンタルと

1985年クライフはアヤックスに監督として戻る。「私はピッチサイドでボールに坐りフィールドを見ていることがよくあった。まわりの人たちは私が怠慢だと言った。そうかもしれないが、坐って見ているほうが動き回っているときより多くのことに気づく。このように坐っているほうがよく分析でき、ディテールもクリアになる。それは99%の人たちがわからない細部、見つけることができないことや知らないことである」

1987年クライフの師リヌス・ミケルスの足跡を継ぎ、アヤックスの監督として初めて国際的なタイトルを獲得する。東ドイツのロコモティブ・ライプツィヒに1-0で勝利し、ヨーロッパカップ・ウィナーズカップを制覇

1988年アヤックスの監督を辞任した直後のクライフと息子のヨルディー。アヤックスで確立したサッカー哲学は彼の名前と同意語となる

1988年クライフは監督としてバルセロナに就任。会長のヌニェスと。若かりし頃のペップ・グアルディオラも含むクライフのドリームチームは、1991年から1994年までラ・リーガを4度制覇し、1989年にヨーロッパカップ・ウィナーズカップを獲得し、1992年にはヨーロッパカップ決勝にも勝利した

1993年5月クライフはラ・リーガ制覇をロナルド・クーマンと喜び合う

父のもとでバルセロナでプレーするヨルディー・クライフ。その後クライフは1996年に解任され、ヨルディーはサー・アレックス・ファーガソンのもとマンチェスター・ユナイテッドでプレーする

1991年クライフは心臓の手術を受け、禁煙し、タバコの代わりに飴を舐めるようになる。後に彼はサッカーは私にすべてを与えてくれたが、タバコがもう少しですべてを取り上げてしまうところだったと語った

レオ・ベーンハッカーとルイ・ファン・ハールとの写真。監督を引退した後でもアヤックスにおけるリーダーシップとマネージメントに関してのクライフの関与は、つねに注目された

ハンディーキャップをもった子供たちに、スポーツをするチャンスを与えるために設立したクライフ財団。サッカーから離れた後のクライフの情熱の源となった

デニス・ベルカンプ、ヨハン・クライフとウィム・ヨンク。全員がアヤックスOBで2011年3月30日のアムステルダム・アレーナにて。アヤックスの役員をサッカークラブ委員とのミーティング後に辞任する。クラブ経営陣とクライフとの確執が原因だった

2016年3月ヨハン・クライフは肺がんにより他界。数日後におこなわれたオランダとフランスの親善試合は、彼の偉大な業績を讃えるため前半14分に一時中断される。

職は技術面をベースにしなくてはいけなく、それを支えるスタッフとコンタクトすら取っていない状況でなぜ合意できるだろう？

それに私たちはトレーニングスタッフ全員と彼らが良い見本にならなくてはいけなく、利益相反はあってはならず、もしくはそれに近いことでもいけないと約束していた。そういう意味ではアヤックス内の状況は完全にコントロール不能になっていて、代理人たちがクラブ内で好き勝手に動いていた。偶然にも私は、ファン・バステンがサッカーアドバイス事務所の設立に関与していることを知ってしまった。彼はそこでディレクターとして関与していた。そしてそれをテン・ヘーブには伝えていたが、私には伝えていなかった。

マルコはこれが私にとってどれだけ重いことか、見誤っていたのだと思う。マルコは私と役員会の関係が危うい状態だったことは、わかっていたはずだ。そんな状況でとくにこのタイミングでは、私に対してマルコが私たち側ではなく、役員側だというような印象は与えてはいけない。

これがどれだけ重要だったかは、マルコが去って一週間もたたないうちに判明した。まずは役員会議でテン・ヘーブがリンについて、身の毛もよだつようなことを言った。リンは後日この件に関して彼を訴えている。

その次は私の番だった。２０１１年11月、ＮＯＳのスタジオ・フットボールの番組内で、私が同じように委員を務めていたエドガー・ダービッツに対して発言した意見が、人種差別に値すると非難された。世界中を飛び回り、65歳にもなって、こんなことを突きつけられるとは。

もう一度しっかりと説明させてほしい。昔からずっとアヤックスは、マルチカルチャーのクラブだったが、思春期の年齢になると、とくに外国人がドロップ・アウトすることが多かった。ダービッツに委員になってもらったのは、このプロセスをもっとうまく導いてもらうためだった。役員会議での激しい論議のなかで、私はこの役割について指摘し、私を知っている人ならわかると思うが、かなり断定的な言い方をしていたはずだ。サッカー選手のときや監督のときと同じようにだ。そしてトップスポーツではこれが普通である。とくに1対1での話し合いでは、どういう意味なのかは明確にする。そしてそれは肌の色とはまったく関係なく、役員会のなかの役割について指摘したのだ。

だが一番迷惑だったのは、役員会長が番組中に電話出演し人種差別の話を肯定したことだ。数時間前の役員会議で一緒にいたが、彼はNOSでおこなう予定の行動については、何一つ言わなかった。それも他の部屋では、カメラクルーがエドガーの説明を撮るために準備していたにもかかわらずだ。

完全に私を傷つけるために仕組まれていた行動だった。このときは11月だったが、原因となった出来事は、7月に起こったことだ。その間にも役員会は何度も開催されていて、そのことに関して何も言わなかった。ほんとうに人種差別だったのであれば、会長としては四カ月も放置せず、役員会が次に開かれる前に問題を解決していなければ職務怠慢だろう。

それにもう一つ付け加えることがある。私が役員会に加わるようにお願いされたときに、私のコラムでアヤックスの方針やクラブ内での出来事は書いてはいけないと何度も指摘された。だからこそ、そのことをつねに警告していた本人がテレビ番組に電話出演し、役員会のなかでしかわからないことを肯定したことが不思議だった。

役員会議では、私がつねにアヤックスで体験してきたことが再確認できた。特定の人たちが、どれだけ基本から離れていたかを見ると信じられない気分だった。一番ひどかったのは最高峰のレベルに達したサッカー選手を見下していたことだ。

何年ものあいだにアヤックスはとてつもない金額を失い、さまざまなことを失敗してきた。にもかかわらずその原因を作った人たちが権力を手にしようと試み、リンや私が傷つけられることを容認した。私はいろいろな経験をしていたので慣れていたと思っていたが、この件は過去に起こったすべての出来事を凌駕していた。

数日後には、ルイ・ファン・ハールがディレクターに任命されたと報じられた。私も役員だったので事前に知らされていなくてはいけないのだが、私はこのことをまったく知らなかった。会長はいろいろな言い訳をし、私が電話に出なかったとか、連絡をしてこなかったなどと言ってきたが、すべて出鱈目だった。

私やリンに対しての名誉毀損、役員会議で元選手たちに対しての侮辱的な態度、そしてファン・ハールの任命過程では選手やクラブが蔑ろにされたことが明らかになった。だから私たちOBは共同で四名の役員を訴えることにした。

間違わないでもらいたいが、役員に対しての訴えで、クラブに対してではない。

これで証明したかったのは、選手たちがいいように使われる時代が終わったということだ。アヤックスの若い世代の選手たちも賛同してくれて、クラブが役員たちによって与えられた不当な扱いに対する私の戦いを後押ししてくれた。さらには私たち世代が一歩下がり裏舞台に行き、新しい世代の野心的な元選手のグループが、アヤックスをまたヨーロッパのトップに復帰させるべきだと再認識していった。

だからこそファン・ハールの行動も理解できなかった。彼も私も60代で、私たちは新しい世代に自分たちの経験を伝えなくてはいけない。若い世代が、それを利用するかどうかは彼ら次第だ。私やファン・ハールのような立場の人間が、ずっと手綱を握りつづけてはいけない。それは良いことではないし、やってはいけないことだ。

周辺の国々では、元スポーツ選手たちが舵を取りはじめていた。私の計画では、アヤックスがオランダでこのトレンドの第一人者なるはずだった。選手たちによって運営される最初のスポーツ組織。そして私は、それを誇らしく横から観客として見るつもりだった。

まあ、いいだろう。どれだけ私たちが良い目的を持っていたとしても、裏ですべて潰されてしまった。私たちがそれでも自分たちのミッションを信じつづけていたことは、共同で訴えることを決めたことからもわかると思う。私たちだけでなく、クラブやサポーターもこの件では馬鹿にされた。エドウィン・ファン・デル・サル、デニス・ベルカンプ、ロナルド・デ・ブール、ブライアン・ロイ、ウィム・ヨンク、マルク・オーフェルマルスやその他多くのアヤックスで一時代を築いた選手たちが、クラブのために立ち上がったことが、いちばん賞賛に値することだと思う。

ただ、裁判官の判決が下されるまで、二カ月間待たなくてはいけなかった。その間にルイ・ファン・ハールとの話し合いにより、マルティン・ストゥルケンボームとダニー・ブリントもディレクターとして任命されていた。私たちの技術面でのプランはすでに動きはじめていたので、このことも大きな問題になりそうだった。

私たちの最初の一歩は、テクニカル・ディレクターの役職を廃止することだった。なぜならアヤックスでは、この役職は機能したことがなかったし、今後も機能しないだろうからだ。だからテクニカル・ハート（技術面を支える核）として、二名の技術担当の人間と監督という編成が望ましいと決められた。ウィム・ヨンクとデニス・ベルカンプの技術担当の二名が、ユース育成、スカウティング、メディカルスタッフと選手獲得の責任者だ。もしこの分野が1軍に関係した場合は、監督のフランク・デ・ブールもその決定時に関与した。クラブ内でサッカーに関係することはすべてこの技術チームの責任下に置かれた。

だがこのプランは、役員会の決議により潰されてしまった。そしてアヤックスの一番の問題は残ったままだった。誰もお互いのことを信じない。ファン・ハールの不当な任命で、クラブ内の状況は過去にないぐらいひどくなっていた。さらに日を追うごとにおかしくなっていった。いろいろな人たちがいきなり私がファン・ハールと話し合うべきだと言いはじめ、話し合えば解決できるとも言われた。彼らはストゥルケンボームやブリントが任命された直後にとった行動のことを忘れていたようだ。

私たちのテクニカル・ハートを機能させるための技術プランを読むことなく、ストゥルケンボームはヨンクの下で働いていた職員を解雇し、ヨンクにもイエローカードを提示した。このようなことをいきなりやったことで、私にはストゥルケンボームが大清掃を始め、まったく別の方針を取るつもりだという印象しか受けなかった。

それより面倒だったのは、会社側の取締役員以外のクラブ委員の役割だった。サポーターたちも監督たちも選手たちもクラブ委員たちと距離をおいたにもかかわらず、取締役員会はアヤックスの費用でリンと選手団体との二つの裁判をおこなった。

クラブのいちばん有名なサッカー選手を人種差別主義者に仕立て上げ名誉毀損した場合、普通の状況であれば、即座にアヤックスから追い出されていただろう。だがそれだけではない。取締役員会長はさらにリンに対しても、ほんとうにひどいことを言いつづけていた。

規範と価値観が壊れ、混乱の極みとなった。アヤックスがいるべき場所は、取締役員会によって犯された。彼らが即座にクラブから追い出されなかったことは、不思議だった。正直なところ、彼らがアヤックスを完全に手中に収めていたことも認めなくてはいけない。その時点でアヤックスは自分たちのクラブにもかかわらず、なんの発言権もなくなっていた。信じられないだろうが、事実だ。

クラブ委員会長のヘニー・ヘンリクスは、何度も私とファン・ハールが協力し合うように努めていた。そのために彼はファン・ハールにも私にも、この件に関して何度も打診してきた。それも後から知ったことだが、アヤックス内では誰もがそうすることを思いとどまらせようと動いていたにもかかわらずだ。それは私にとって不思議なことではなかった。他の多くのアヤックスの人たちと同じように、私もファン・ハールがゼネラル・ディレクターの役職を引き受けたことの意味がわからなかった。彼もクラブ内で起こっていたことは知っていたはずで、このような行動に出ることで、大きなリスクを背負うことになるのもわかっていただろう。

この方法でファン・ハールが私に復讐しようとしている、と断言する人たちもいた。なんのためだろう？　彼の自伝には、私と喧嘩しているという記述があった。理由？　私の家でおこなったクリスマスパーティーで、彼の姉が亡くなったため急遽辞去しなくてはいけなくなったときに、感謝の意を述べるのを忘れたために、私が怒っているというのだ。

普段であれば私はこのようなことに反応しないが、今回は私たち家族が尊重している規範を超えていた。私がそんなことで怒っているのであれば、人間として間違っている。だからそんな訳はなかった。これは一体どういうことだろう。私はこのようなことを正確におぼえていないので、妻に実際はどういう状況だったのか確認した。

ファン・ハールがアヤックスのアシスタントコーチで、私がバルセロナの監督をやっていた頃、クリスマスと新年の期間に、ファン・ハールが私のところへインターンシップを受けに来た。妻のダニーは、こんな期間にオランダの男の子が一人でホテルで過ごすのはかわいそうと、私たちの家に招待した。その会はほんとうに楽しかったので、インターンシップ中はいつでも来ていいよと言った。

翌日も彼は来たが、私とダニーはパーティーに行かなくてはいけなかったので、ファン・ハールは息子のヨルディーとその友だちのロルフと残った。三人でまた楽しい夜を過ごしていた。ピザを頼み、アルコールも入り、サッカーについて多く語ったようだ。

三日目もまた来たが、少し飲んだ後いきなり電話が鳴り、ファン・ハールの姉に不幸があったと伝えられた。そして翌日、彼はオランダに帰った。

私がおぼえているのは、その後オランダで会ったときファン・ハールは友好的だったということだ。96年イングランドでおこなわれた欧州選手権で会ったときは、とくに私の妻に対しては非常に友好的だった。まわりにいた全員に、彼女が最高のホストレディーだったと言っていた。

私たちの家族のなかでは、彼が感謝もせずに帰ったから怒っているなんて事実はない。だから私がファン・ハールと喧嘩をしているなんてことも、彼の一方的な思い込みだ。

それに当時、彼がなぜ取締役員会に利用されたか、私に説明しなかったかも不思議に思う。最終的には裁判官が、ファン・ハール、ストゥルケンボームとブリントの任命は違法だったと判決を下した。残念ながらこれで問題が解決したわけではなかった。取締役員会は法を犯したにもかかわらず、居残ることにした。そのためおかしな状況になり、最初は選手たちとの争いのためにアヤックスが取締役員会の弁護士費用を支払っていたが、今度は彼らと決別するために弁護士を雇うことになった。

73パーセントの株を保有し、アヤックスの大株主であるクラブからの辞任要求を役員らは拒否した。クラブのテクニカルスタッフと約束したことを履行しなかったディレクターを任命し、裁判官の判決後にはいろいろな方法でこのプロセスを妨害しようとしてきた。

最後にはあの世からも支配できると思い、後継者を任命しようとすらした。誰の目にも彼らにはこのクラブに対する気持ちなど微塵もないことは明確だったのにだ。それに順番に辞任させることが決められた。私は信用していなかったのでそれに合意はしたが、私が最後に辞めると認めさせた。

2012年、約二年遅れたが、やっと新しい章を始めることができた。それだけではない。今回の件でアヤックスでは、サッカー以外でもいろいろと問題があることが判明した。大株主であるクラブが自分たちの領域において、ほとんど発言権がないという組織体系もおかしかった。ディレクターと取締役員会が、事実上全員を排除できる力を持っていた。

サッカーの本質はチームが中心にあるべきで、責任者たちは外野に立っているはずだった。そしてこの基本方針は、クラブ内でのすべてのことに適応しなくてはいけない。だからユース育成も大前提としてサッカーの知識を持っている人間たちがおこなわなくてはいけない。そして彼らを他の視点から物事を見ることができる人たちが支えるべきだ。その場合は、ディレクターがクラブで最重要な存在なのではなく、1軍だ。それが活躍すればお金が稼げるし、育成も機能し、誰もが満足できる。私が言いたいのは、クラブのどんな細かなことも1軍を支えるためにあるということだ。同じように役員会や経営陣の役割も埋めなくてはいけない。

それだけではない。監督だろうが、サポーターだろうが、ディレクター、敷地管理者、委員、もしくは洗濯担当者だろうがアヤックスなのだ。全員が1軍を支えるために機能している。そうして全員がその役割で必要不可欠となり、一つのクラブ、一つのアヤックスが形成される。その気持ちがない人は関わってはいけない。

こんなことで二年間が無駄にされた。その期間中、フランク・デ・ブールは結果を残しつづけ、二度優勝した。監督として素晴らしいスタートを切り、さらにはこのチームがどれだけのポテンシャルを秘めているかという重要なサインも示した。だからこそアヤックスは前任者たちが陥ったように、彼がその役を失敗しないようにサポートしなければいけない義務があった。前任者たちはクラブの組織が機能していなかったため、監督も最終的には壁にぶつかってしまっていた。

だからデ・ブールと選手たちの成功は、アヤックスがまた高いレベルで、つねに参加する新たな時代の始まりにならなくてはいけなかった。しかし成功は収めていたが、実際サッカーの内容としては日によって大きくばらつきがあった。まだまだやらなくてはいけないことが、たくさんあるということだ。成功を収めているときの問題は、いい意味での批判にしっかりと耳を傾けないことだ。

最後の委員として取締役員会を辞任すると、私にはアヤックスでは正式な役職はなくなってしまった。しかしそのおかげで、夜はぐっすり眠れるようになった。今回の件は、私に深刻な影響を与えていた。ダニーが言うには、この一年間で過去二十年間分を合わせたぐらい電話をしていたとのことだ。それに自腹を切って何度もオランダに飛んだ。それぐらい私は力を入れていた。もし私がこの戦いに負けてしまうと、アヤックスは二度とトップクラブになれないと信じていたからだ。

2012年11月、マイケル・キンスベルヘンがアヤックスの新しいCEOに任命された。正式な役職がなくなってしまったので、その件に私は関与していない。彼の母はダニーの友人だったので、私はマイケルを小さい頃から知っていた。だから新しい委員が、私の影響を受けることなく彼を選んだことをほんとうにうれしく思った。単純に彼が最適な候補者だったようだ。

マイケルはどちらにしても良い仕事をした。『ジッゴ（Ziggo）』（訳注：オランダのケーブルテレビ・メディア企業）とオランダでの最高金額で新しいメインスポンサー契約を結んだだけでなく、彼は新たに広報マネージャーに任命されたエドウィン・ファン・デル・サルの良いメンターだった。とくに私が重要だと思ったのは、マイケルがエドウィンを広告塔としてつねに前面に出そうとし、本人は表舞台には立とうとしなかったことだ。これを見るだけでも、自分のエゴよりクラブの利益を重要視していることをはっきり認識できた。

ただ証券取引法に則するためには、テクニカル・ハートに関して、オリジナルのプランを少し修正しなくてはいけなかった。ヨンク、ベルカンプとデ・ブールの三人組ですべての技術に関することを話し合うはずだったが、アヤックスが上場していたため、そのなかからも経営陣に加わらなくてはいけなかった。そのため、マルク・オーフェルマルスを四人目の委員としてテクニカル・ハートに加え、同時にサッカー担当ディレクターとして経営陣にも加わってもらった。

サッカー担当ディレクターは、1軍に影響をもたらすテクニカル・ディレクターとは少し違う役職だ。その権限は、サッカー担当ディレクターにはない。オーフェルマルスは選手の売買を管理し、正式にはスカウティング、メディカルスタッフと、その他サッカーに関係することの責任者だった。もちろんヨンク、ベルカンプ、デ・ブールと話し合いは必須で、そのなかで各個人が自分の責任感をもって対応しなくてはいけなかった。

この組織では理論的にはヒエラルキーがあったが、実際には各自同列というベースで運営されていた。取締役員会と委員会からはＯＢのテオ・ファン・ダウフェンボーデ、ディック・スフーンアーケルと元監督のトニー・ブラウン・スロットがアドバイザーとして彼らをサポートし、同時に見守っていた。

新しい取締役員会長には、その経営手腕に定評のある元大臣のハンス・ワイアーが任命され、元ＫＬＭ会長のレオ・ファン・ワイクも委員に加わったことで、私はアヤックスの新しいスタートに関しては良い印象を持っていた。ただ残念ながら、期待していたようにはいかなかった。新しい組織では私のアドバイザーとしての役割は、まったく意味がないものだと徐々に認識していった。発言権もなく何もできなかった。そして何かを動かすような機会すらもなかった。

その頃には特定の人間が、特定のボタンを押せる席を埋めるようになった。そうすることで、彼らは自分のやりたいようにやるための影響を示すことができた。ただ私の意見としては、そのポジションにいるのであれば、それだけの才能があるのだから、その才能はすべてを一本の軸に乗せるように使うべきだ。そしてそれは会議の数を多くすればできることではない。アドバイザーとして私の居場所はなかった。そのようなことを私は望んでいなかったし、今までもやってこなかったので私は会議に参加することはなかった。私はつねに自分が思っていることは伝えていたし、その考えは自分のアシスタントと話し合い、それから何をするべきか決定していた。

組織改革をしたあとのバルセロナは、この点に関してはわかっていた。良くなってからは、悪かった頃に比べて電話してくる回数が減った。そうあるべきだと思う。そのためには会議は必要ない。何か知りたいことがあれば気軽に電話してくれればよいのだ。だがアヤックスから連絡してくることはなかった。距離を置いて見ていると、相反していることが両チームに起きているのがわかってきた。

もちろんバルセロナではライカールトが、サッカーの方法論、それに彼が監督として得ていた経験をもたらしたというアドバンテージはあった。その次はグアルディオラだった。両者ともある意味で私が育成していたが、アヤックスのこの世代のサッカー選手たちは、誰も私の教育を受けていなかった。彼らはどちらかと言うと、戦術面は論外な国で育成されてきたと言ってもよいだろう。ファン・デル・サルはイングランド、オーフェルマルスもイングランド、そしてベルカンプもイングランドだ。全員英国だ。イギリス人たちは、戦術なんて考えてもいなかっただろう。だから彼らが、私の戦術的なメッセージをちゃんと理解できるとも思っていなかった。

アヤックスのサッカーには、私のビジョンは反映されていなかった。それに他のこともクライフ・プランで記載していたことと乖離していた。私の名前が新しいテクニカル・ビジョンに使われていたが、ほんとうのことを言うと、クライフ・プランは存在しなかった。これはリヌス・ミケルスやヤニー・ファン・デル・フェーンなどの職人たちのもとで学んだ経験であり、細かな面は私自身が監督としてぶち当たった壁によって生まれたものだ。そのため、最初にやることはベースをしっかりすること。それができてやっと切り替えることができる。だから解決方法はクライフ・プランではなく、単純にプロサッカーの基本を忠実に実行することだ。

たとえばミケルスの指導を受けていた頃、キャンプ中は練習量を増やすのではなく、毎日試合をやっていた。そうすることでさまざまなシチュエーションを分析でき、同時に試合感とコンディションを整えることができる。このように明確だがシンプルな方法で、アヤックスはワールドクラスの選手を何十人も輩出した。

だから私も、つねにこの方法をベースに指導していた。ミケルスのように私も、練習を増やすより試合をおこなったほうが良いと信じていた。もちろん一歩先に進めるようにする方法でだ。たとえばバルセロナでは、キーパーのズビザレッタを中盤の左でプレーさせ、足でボールを触る機会を増やした。こうすることで、試合中ももっと積極的にサッカーに関与できるように修正できることを期待していた。

残念ながらアヤックスでは、この基本ルールは蔑ろにされた。ちなみにこれはデ・ブールを攻撃するために言っているわけではない。彼は契約期間が終わりに近づき、その途中にはさまざまな障害があった。２０１５年、マイケル・キンスベルヘンはこの件に関して、充分にリーダーシップを発揮しなかったと非難され、契約を延長されなかった。私の目には不当に映っていた。彼はクラブ史上最高のスポンサー契約を結んだだけでなく、ファン・デル・サルもしっかりと導いた。だから彼に新しい役職を与えていれば、彼の長所を活かしアヤックスに貢献できたはずだ。

だが現状として、キンスベルヘンはテクニカル・ハートで発生した問題の責任を取らされた形となった。とくにヨンク側とベルカンプとオーフェルマルス側で、衝突することが多くなった。私は意味がわからなかったが、このようなことは起こりうることらしい。キンスベルヘンが責任を取らされたが、もっとテオ・ファン・ダウフェンボーデが元サッカー選手のバックグラウンドがある委員として、前に出るべきだった。そのせいで私は分析的で現実的な考え方ができるチョウ・ラ・リンのような人物を投入し、現状を立て直すよう取締役員会に依頼しなくてはいけなくなってしまった。

それにまわりからは、私がもっと積極的に関係すべきだという声も多かった。だが私は外国に住んでいたので現実的に不可能だったし、そのためには最低週に三日か四日はそこにいなくてはいけなかった。私の健康面の問題を考慮しなくても、そもそもそういう話は今回含まれていなかった。私は前提を提示することを試み、その後は新しい世代のアヤックス関係者たちが、クラブの将来を考えたビジョンを、力を合わせて作り上げるべきだった。私も永遠の命を持っているわけではないので、他の世代がおこなうことが重要だった。

リンの調査では、関係しているOBたちの基本能力は充分だということがわかったが、彼らの短所が表面に出てしまっていた。しかしこれは、彼らが経験したことがないことなので、仕方がないことだった。ただ彼らもときには助けが必要だという認識をする必要があった。それはほとんどおこなわれていなかったが、リンのレポートには新たな可能性も明記されていた。

何名かの関係者は、とくに異論を唱えなかった。だがリンが完璧なレポートを作成したにもかかわらず、彼の労力と人間性について疑問視された。残念ながら今回は、アヤックス内部からだった。それも何名かはリンに対しての不当な批判を、自分が今までどおりやるためのアリバイとして使っていたことは明白だった。

それでもリンは、ＯＢたちが全員解雇されることを防いだ。取締役員会は何名かとは完全に仲違いしていて、契約も延長するつもりはなかった。リンは先入観なく仕事に取り組みたかったのでその壁にもなっていた。彼は当時それを表に出さなかったから、何名かのＯＢが彼に対して外で反論したことがより悲しかった。

このようなことの積み重ねで、どんどんクラブをサポートする面白さは欠けていった。サッカー自体も魅力的ではなくなっていったからでもあるだろう。たとえば本来であれば、前に向かって守らなくてはいけなくて、ボールにプレスをかけなくてはいけないのに、後ろに下がってしまっている。そのせいで切り替えも遅くなってしまう。それにバックパスやサイドパスが多いし、ポジションプレーのときには三人目の動きがほとんどなく、組み立ても遅いことが多く、中盤の選手がＦＷと同じ列に並んでしまうことが多かった。

テクニカル・ハートで、今後どう改善するかしっかりと話し合わなくてはいけないのに、私が記事で読んだり聞いたりすることは、新しい選手の獲得やベテラン選手の獲得に関してばかりだった。クラブ内で現状の問題点を解決するために、やれるべきことをやりきったのかという疑問は出ないようだ。これは育成だけでなく、スカウティングやアヤックス・ケープタウンやＡＳトレンシンとの協力関係に関しても同様だ。まずは金を使う前に、自分たちの組織を最大限活かされているのかを確認するべきだ。

残念なことに、私のビジョンと近いサッカーをやっていたのは、２０１５年でアヤックスでは最終的にたった一チームだけだった。それはウィム・ヨンクのＡ１、ユースの一番上のチームだ。なんにしてもアヤックスのサッカー問題は、技術方針が悪かったためだと明確になった。私が言っているのはパス、トラップ、コントロール、ポジションプレー、ボールをもらいに行く動きなどここであげられないほど多い。

ディフェンダーの仕事の仕方、組み立ての方法、切り替え、すべてが変わらなくてはいけなかった。サイドチェンジや、各ラインが重なり合ってしまい複数のラインが形成されなくなってしまうなど、私たちのサッカーではなくなってしまった。だから現状からなるべく早く離れなくてはいけなかった。これでは結果は残せないし、才能のある選手たちは潰れてしまうし、観客も納得しない。

踏みださなくてはいけない一歩は、育成を見直しアヤックスらしい見て楽しめるサッカーで結果を残すことだ。私たちは全員でそれを目指さなくてはいけなかった。クラブに落ち着きをもたらし、関係者の成長を注意深く見る必要があった。それも、誰がもっとうまくなれて、誰が今までとは違った機能をしなくてはいけないかという見方でだ。そしてアヤックスの利益のためという大前提を全員が認識していなくてはいけない。

その頃には、レオ・ファン・ワイク委員の意図にも、疑問を持つようになってきた。2015年9月11日に、私はレオとリンの三人でリンが作成したレポートを改めて見直した。レオは100パーセントではなく、200パーセント同意し、協力すると誓った。

だからリンと私は、四日後に取締役員会が発表した内容には驚愕した。つい先日レオと約束した内容と、正反対ともいえる内容だったからだ。たとえばファン・デル・サルは、業務多忙のためプライベートの時間がほとんど取れないからキンスベルヘンの復帰を切に願っていた。それなのに広報マネージャーからマーケティング・ディレクターに昇格され、同時にテクニカル・ハートのほうも彼が見なくてはいけなかった。仕事を減らすのではなく、さらに増やされたのだ。

オーフェルマルスも、サッカー担当ディレクターから選手担当ディレクターに変えられた。彼の責任範囲は、選手の売買と選手の契約に関することだけになってしまった。この役職はとくによく監視しなくてはいけない。なぜならチームにとって必要なことが、間違った説明によって重要としているアクセントが変わってしまう可能性があるからだ。ここ数年の獲得した選手たちは、それを表わしているだろう。自分たちの育成で育てたタレントを把握している、エキスパートのヨンクの意見が、選手の移籍時に反映されないことがまだ多かった。

それに加え、ドルフ・コレーが総合ディレクターに任命された。彼は銀行マンだったが、彼も委員時代に多くのことに目をつぶっていた。始めの頃は、彼が最低でもすべてをまとめ、OBたちのサポートをしてくれると期待していたが、すぐにその期待も打ち砕かれた。

2015年11月上旬には、私も限界に達した。何年ものあいだ、私のビジョンの核は、アヤックスで実行されなかった。それに加え、それもあえておこなわれていなかったという気持ちが強くなっていった。そのようなゲームに、私は参加しない。

私の戦いはまったく無駄だった、とあるとき結論づけた。私が付与できるはずの領域では、まったく効果がなかった。そして現実を見て、まったく意味がないと結論に達した。

私の年齢では、もう勲章やメダルなど必要ない。ただ17歳の頃に一時代を築く礎《いしずえ》を経験し、70歳近くになって、その衰退を目のあたりにしなくてはいけないことは悲しかった。誰も私の言葉に耳を傾けようとしなかった。いやもっと正確に言うと、ほとんど誰も聞こうとしなかった。誰もが自分のスケジュールで動いていた。そしてそれはアヤックスだけのことではない。もし私のクラブだけで起ったことであれば、私に原因があったのかもしれない。

オランダサッカー全体を見ると、「一体何をしているんだ?」と思ってしまう。全員が誇らしげに自分の胸を叩こうとしているが、結果だけを見ると出せる結論はたった一つで、それは私たちが選んだ道は悲観する道だったということだ。そしてそれは衰退に向かっていて、とても悲しいことだ。

もちろんアヤックスでも、同じ方向に向かってしまっていることは、重く受け止めている。だが私は経営者ではないし、何名かの経験豊富な経営者たちの手腕で立て直せると期待していた。彼らが会議や経営や、その他もろもろのことに慣れていないサッカー選手たちを助け、導いてくれると思っていた。

だがすべてを検証してみると、取締役員会長が失敗したのだという結論に達した。ハンス・ワイアーは、クラブ史上最高のスポンサー契約を結んだマイケル・キンスベルヘンのようなディレクターすらも解雇し、アヤックスから追い出してしまった。後に知ったことだが、ワイアーはその一年前にはキンスベルヘンにヨンクを解雇しろと命令していた。そしてそれをキンスベルヘンは拒否した。

そのためヨンクの放出は、後継者のコレーの最初の仕事となった。２０１５年の終わりに、私がアヤックスを辞めて二週間もたたないうちにだ。このようにして半年間でディレクターと育成部門のトップが解雇された。両者ともアヤックスを経済的に立て直した人材だった。

コレーを紹介されたとき、即座にサッカーに関してまったく知識がないことがわかった。リンと私は、その分野に関しては私たちが彼を助けると伝えていた。ただ彼からの電話は一度もなかった。リンとは三度ほど話し合ったみたいだが、それも意味がなかった。リンのレポートで問題点が明確になったときですら何もしなかった。

コレーは、ＡＢＮアムロ銀行出身の銀行マンだ。サッカーのことはわからなくても、数字に関しての知識はあるはずだ。ヨンクが来てから、自分たちの育成で育てた選手たちで８５００万ユーロの収入を得て、チームはリーグ首位に君臨し、ユースチームのチャンピオンズリーグでも全勝していた。アヤックスを経済的に立て直した揺るぎない証拠で、そのほとんどがヨンクとデ・ブールの協力関係によってもたらされていた。それなのに、この成功の50パーセントをなぜ解雇できるのだろう？

他の委員のテオ・ファン・ダウフェンボーデは、私たち側の人間として見ていた。彼こそＯＢたちとの橋渡しにならなくてはいけなかったのに、いわゆる経営陣たちのイエスマンになっていた。たとえば、スカウティングとそれに付随する選手の獲得や放出方針だ。結論としては、スカウティングが機能していなかったのは、1軍に関係するスカウティングチームと育成のスタッフが協力していなかったからだ。それに加え選手の獲得にも失敗していた。

それもトニー・ブラウン・スロットという最高のスカウトマンが、アヤックスの経営陣にいたにもかかわらずだ。彼とは十一年間一緒に働いた。しかしアヤックスでは、トニーが意見を求められることは一度もなかった。監督たちがそれをしないのであれば、最低限ファン・ダウフェンボーデがそれを指摘しなくてはいけなかったが、そうすることはなかった。これは馬鹿なのかそれともプライドなのか？　誰かに何か聞くと、その人の上にもしかしたら立っていられないという気持ちなのだろうか。

重要なことは、才能や能力のある人間を組織に取り入れた場合、全体のレベルが上がり、全員の人生が楽になることだろう。私はテオ・ファン・ダウフェンボーデとの議論をおぼえている。役員会にある選手を獲得したいという提案が出ていた。年俸がすごく高額で、そんな金は正直ないとテオは言っていた。だが二週間後には、結局その選手を獲得していて、彼もその場でサインをしていた。そのとき「彼はいったいこの二週間で何をやったんだ？」と私は疑問に思った。他の人たちを説得しようとしたのか？　もし彼はその選手がこの金額に値しないと思っていたが、他の人たちは他の意見を持っていたのであれば、ブラウン・スロットに「ちょっと見てくれないか？　この金額を支払ってまで獲得する必要はあるだろうか？」と聞きに行くべきではないか。

ファン・ダウフェンボーデには、やりたいようにやらせすぎてしまった。そのせいでテクニカル・ハート内もうまくいかなくなってしまい、結果的にヨンクが出ていくことになった。私は彼の責任だと思っている。彼はサッカー選手たちの代表として、一番上の経営組織から若い子たちのメンターとして動かなくてはいけなかった。

しかし一番ひどかったのは、クラブ委員会長だ。実質的にアヤックスの会長だ。ヘニー・ヘンリクスは、失敗を繰り返す取締役員会を守った。委員たちを守るためにヘンリクスはOBも犠牲にした。一カ月後には、経営陣がおこなった仕事を委員会にも満場一致で認めさせることができた。私がそのなかに含まれていなかった、ということ以上の証拠はない。

残念ながらアヤックスが、現在の状況から抜け出さなくてはいけないことに、気づくものはいなかった。サッカー界のことについて何もわかっていない人たちの手に、クラブは渡ってしまっていた。議論の論点は、アヤックスをどうすればアヤックスに戻せるかとなるべきだった。もしかしたらすべての株式を購入する、または上場廃止するとか。私たちのクラブカルチャーが取り戻せるなら、どんな方法でもよかった。

私はこれまで二名の役員と絡んできたが、それで得た経験は非常にネガティブなものだった。とくに二人の会長たちからは、騙されたという気持ちになっている。

大前提として、全員が間違いを犯した。私たちは全員で新しいことを始め、そういう場合すべてが最初からうまくいかないことは、事前にわかっていた。重要なことは、その間違いから学び、良くするためにお互い助け合うことだ。だがそんなことは、微塵も起きなかった。この取締役員会は問題を解決しようなど一度も思い立っていなかった。その証拠はすでに出そろっている。

このせいで、サッカーにはふさわしくないネガティブな力が生み出された。クラブ会員とファンは、スタジアムに楽しみに来なくてはいけないし、彼らのクラブを支えなくてはいけない。残念ながらアヤックスのなかではつねに政治が絡んでいて、そのせいでサッカーとクラブが犠牲になっている。

私がOBたちに失望しているかって？ 私は育成が影響していると思う。サッカーの仕方や見方。どこでプレーをしてきて、誰に育成されたかということは、非常に重要なことだ。そして何がほんとうのサッカーか、というサッカーの本質を見抜けること。

たとえば、バイエルン・ミュンヘンで起こったことを思い出してほしい。五十年ほど前、このクラブはまだ二部リーグのチームだったが、現在ではトップクラブだ。それはサッカー界の規範を根づかせられる、経営陣と監督を選ぶことで達成できた。それにスペイン人やイタリア人たちを見るのではなく、まず初めに自分たちのことを見ることで可能になった。そして自分たちのことを見るということは、どのような能力があり、どのような欠点があるのかを把握することだ。イングランド人たちが、オランダ人たちのようなサッカーをいつかするなど望めない。そんなことは彼らにお願いできない。同様にイタリア人たちにもできない。それは不可能なことだ。だからそっちを見る必要はない。まずは自分たちのことを考えるべきだ。

それに言い訳も、だいたい予想できる。大概は金だろう。このように最初の数年は、さまざまな言い訳がされる。だが最終的には、十一人対十一人の試合をやらなくてはいけない。お金を持っているからと言って、十二人出場させることはできない。つねに基本能力が問われるのだ。それに私たちが基本能力を持っていないなんて、誰が断言できるだろう？　私たちは四十年間基本能力を兼ね備えていたのに、急にそれがなくなるわけがない。そんなことは突飛もない考えだ。ただ育成のなかで、気にかけなくてはいけないことがされなくなった。

幸運にも、私の仲間のウィム・ヨンクのような例外もかならずいる。アヤックス内の他の誰もが結果を残さないなか、彼のチームだけは結果を残した。他の人たちのほうが正しくて、彼がおかしいのか？　それとも彼を良い見本として見るのだろうか？　それになぜこのような結果になったのか疑問に思うだろうか？　彼が何をして、そして何をしなかったかを。だが彼を見本とするのではなく、逆にヨンクは彼に関係しない部分を理由に解雇された。たとえば会議がなんの意味ももたらさないように。その面では彼は合っていた。それはやらなくてはいけない核心ではない。アヤックスのサッカーはゴールを決めること、圧倒すること、そしてどんな方法であれ、次のラウンドに進むことだ。

だがアヤックス内では多くの人が関係しすぎている。そのせいで妥協案が考えだされ、それに逃げてしまう。そこが問題点だ。アヤックスは、二つのクラブが一つになっているようなものだ。プロとアマチュア。そして本来であれば、アマチュアは発言権がないようなところにもかかわらず、プロクラブの長たちを追い出すことができている。

めちゃくちゃだ。彼らはサッカーとはまったく関係ないのに、本来あるべきではない多くの影響を及ぼしている。サッカーは、さまざまなスペシャリストたちによって構成されている。そしてスペシャリストたちは個性的で、一定の規範のなかでは、彼らに自由にやらせるべきだ。とくにスペシャリストたちには、何々をやれと命令しては絶対ダメだ。

そして会議に参加する義務。もし何かについて議論がしたくても、事前に3対1だとわかっているのであれば、それに加わる必要はあるだろうか？　無意味なことだ。もっと誰かの能力について深い話をする。それをどうやったらもっと伸ばせるか。たとえば選手の欠点について、それをどう補うか。会議をする代わりに個人レベルやチームレベルで、ポジティブなことを作り上げる必要がある。そのほうがよっぽど有意義だ。

オランダはとても小さな国だ。だからクリエイティブである必要があり、新しい才能を注意深く探さなくてはいけない。そうすれば自分たちの周辺だけでなく、他のクラブや監督たちが見出す前に選手たちを見つけて契約できる。お互い協力しあい、向上しなくてはいけないディテールが何十個もある。ときには可能だし、ときには解決できないようなこともあるだろう。だがその可能性を認識できるようにならなくてはいけない。

私がサッカーについて話している内容は、二十年前と変わらない。私はブレないが、つねに新しい要素は加わっていく。新しいこととは、私がそれ以前には知らなかったことだ。そのような姿勢をアヤックスにも望んでいた。全員しっかりとした基礎を持っていて、その能力を使うだけでなく、その知識を他者と共有でき、また他の人たちから学ぶことのできる人たちだ。クライフ学院でも採用している哲学だ。世界各国から学生が来ているが、在学中はなるべくお互いがつながりを作れるようにサポートしている。こうして強いグループを作ることで、最終的にはスポーツに還元されるようになる。

いろいろなごたごたの後、2012年にやっとアヤックスでの仕事を始められたときの私の姿勢でもある。目標は、ヨーロッパのトップに成長することだ。そして、それは夢ではない。テクニック、戦術、そして結果を残すことに関して、私には知識がある。なぜなら80年代のアヤックスでも、その後のバルセロナでもできたことだったからだ。魅力的なサッカー、自ら育成した選手たち、そして何名か選手を獲得することで二年以内に国際的なタイトルを獲得できた。

バイエルン・ミュンヘンを見てほしい。誰もが不可能だと思っていたことを彼らは達成した。彼らはイタリア、スペインとイングランドとの大きな差を埋めた。首都でもないし、ドイツの中央に位置していない、南ドイツでだ。それでもノウハウを持っている人たち次第だ、ということは変わらない。すべてにおいて、全員が、どんなポジションであれ、その能力は他者のために使わなくてはいけない。そして他者たちは、またさらにその能力を他の人たちのために使わなくてはいけない。

たとえば誰かが、ユースの育成が非常にうまかったとしよう。それは彼の細かな部分に含まれているのだと思う。面白い話ができたとしても、誰かがそれに新たな側面を加えられなくてはいけない。ヨンクの場合、それは彼のパッションだった。彼は物事に対してオープンだったが、やらなくてはいけないことはきっちりやらなくては気がすまなかった。そんな彼にいきなり「私は君の意見に同意しないから出て行け」など言えないし、そんなことはしてはいけない。なぜなら彼が一番なのだから、彼がリードしなくてはいけない。もちろんときには彼も一歩進みすぎてしまったり、左から右に動いてしまったりしてしまうこともあるだろう。だがそういう細かなディテールからも目をそらしてはいけないし、彼と一緒に考えていると説得できなくてはいけない。ただ一番知識を持っている人間を、知識を持っていない人間が追い出すなんてことはあってはいけないのだ。

それがいつもスポーツにおける大きな問題だ。政治から経営までだ。多くの政治家や経営者たちは、他者をコントロールしなくてはいけないと思っているが、本来は逆でなくてはいけない。彼らは他の人たちによって、動かされなくてはいけないのだ。私が不意に思いついた言葉はエゴだ。能力を持っていないにもかかわらず、誰かの上に立ちたいという願望だ。

どんな分野でも誰かに何かを聞くと、それはすぐに気づくことができる。あなたの立場に身を置いた回答をしてくれるか、自分の価値観を押しつけ、納得させられるような回答になるか。それは最終的な目標としては、彼らと同じように考えるようになることだ。逆に私は自分が何を知らなくてはいけないかを知りたいというのに。情報のほうが、知力より重要だ。私自身がすべてのことの知識を持ち合わせる必要はない。適切な人から、私の質問に対する正確な回答が得られれば問題ない。そうすれば私のほうが、知識は持っていても情報を持ち合わせていない人より一歩先に進んでいるだろう。

だから私が監督だったときは、できるだけ多くの人間に責任を与えていた。私がボスで命令をしていたわけではなく、その分野で優秀な人間が、能力を発揮できるようにすることだ。私がやるべきことは、その前提を策定することで、そのようなスペシャリストに何をするべきか指示することではない。彼は私にとってアシスタントではなく、その分野では彼がボスだ。私がテクニックと戦術のボスであったのと同じだ。残念ながらほとんどの経営者が、このような視点やこのように機能するような考え方を持ち合わせていない。よく見受けられることは、他の人がその才能を持っているにもかかわらず、自分でなんでもやろうとする欲望むき出しの姿だ。私にとっては、意味がわからなかった。

もし歯が痛ければ、歯医者に行くだろう。なぜ歯医者に行くのか？　それは歯医者が歯に関して知識を持っているからだ。そしてものが急に見えにくくなったら、眼科に行く。なぜなら眼科医がその知識を持っているからだ。だがサッカーでは、誰かが道具に関して知識を持っていたとしても、即座にそれを真剣に受け入れてもらえない。サッカーでも、歯医者や眼科医と同じように機能しなくてはいけないはずだ。もし問題Aが発生したら、クラブ内で誰が問題Aに対しての知識を持っているか判断をし、その人物に問題を解決するように指示する。その能力をボス、もしくは責任者が持っていれば、機能しているといえるだろう。

このような人間は、サッカー選手をちゃんとした場所に送り込み、その後のすべてのプロセスをコントロールする。彼は自分自身で動く必要はないし、自分が一番の医者だと証明する必要もない。彼の能力は、誰がその問題を解決できるか判断することで、選手のためにその人と約束事を決めることだ。その問題から解放される最適な場所に導くことだ。

だがどの委員たち、会長たち、もしくは誰でもいいが、医者がすべてをしっかりと見守っているかどうかをチェックしているだろうか？　それをちゃんとマネージできるだろうか？　これはメディカルスタッフに関してだけではなく、すべてのことについて言えることだ。

これに関しては、デービー・クラーセンのケースが良い見本となるだろう。クラーセンは、長いあいだ怪我に悩まされていて、プレーもできなかったが、誰も何が原因だったかわからなかった。私はさまざまな分野の医者を呼べるバルセロナの知り合いにお願いした。目や歯のスペシャリストすらもだ。そしてそのうちの一人が「それは私の分野だ」と言い、クラーセンは即座に治療を受けることができ、すぐにプレーできるようになり復帰した。

これが理想で、このようにするべきだ。だがそれは自分のプライドを消すことができ、自分より有益な人間がいることを認めることができて、さらに自分の手札にそれがなければできないことだ。

このような体制は、フランク・デ・ブールのときも同じだった。彼もほとんど誰にも指導してもらえず、助けてももらえず、サポートもしてもらえなかった。だからデ・ブールは、私や多くのサポーターに受け入れられないビジョンから脱却することができなかった。だが人の能力をフルに引き出せないような組織では、監督としても難しい。私が参考にしているのは、バルセロナやバイエルンの試合で、アヤックスではそれがほとんど見られなかった。それもその二チームが、アヤックスに影響されていたのにだ。だがもし自分のクラブが、目指すべき意図もビジョンも持ち合わせていなければ、正直に認めるしかなく、距離を取るしかない。

この決断はよかったことだと、私は結論づけるようになっていった。アヤックスがウィム・ヨンクやチョウ・ラ・リンに対して取った行動も、それを増長させた。両者に関して私は誇りに思っている。

ウィムは育成部門のトップとして明確な良い仕事を残した。それでも唯一、クライフ・プランの要点を実行した人間が追い出された。サッカーの仕事をしたがっていたが、経営的な組織に非協力的だったため出ていかなくてはいけなかった。

リンはこれをアヤックスで組織ではなく、サッカーを前面に出すことで問題を解決しようとした。だが彼のレポートに、いろいろな噂が立ち、どのように反応したかを見ると何も言う必要はないだろう。アヤックス内で本質を理解できていた人間はほんのわずかしかいない。だから委員が最終的に全員一致でサッカー主導ではなく経営主導を選んだことについても驚かなかった。

いつかやっぱりこのままでは駄目だ、とクラブが気づくタイミングが来ると思う。そう結論づけられるのであれば、ほんとうの会員やサポーターが望むようにしてくれる人は、充分いるだろう。私もそのなかの一人だ。私はつねにアヤックスを支える。何か問題を解決しなくてはいけないのであれば、私はつねに協力するつもりだ。ただ全員がそれを支持してくれればだが。

私はポジティブな人間なので、いつかきっと立ち直ると思っている。私たちが過去に始めたことが、意味があったことだったと。私たちが受けた傷は、立ち直るために必要な傷だったのだと。それは一年後かもしれないし、十年後かもしれない。とにかく適した人間が発言権を取得できるようになることを信じている。アヤックスが目指すべき場所をしっかりと見据えて、心からクラブのことを考えている人間が中心になること。そうなれば私たちの戦いも無駄ではなかったことになる。

私はサッカーに関係する、ほとんどのことを経験した。選手として、監督として、そして経営陣として。唯一私が経験しなかったのは、代表監督だ。これだけが私のキャリアで欠けていると感じている。年をとるにつれて、１９９０年W杯でリヌス・ミケルスが、私をオランダ代表監督に選任しなかったことの心の傷が大きくなっていった。ミケルスとの関係はその後修復したが、この特別な機会を逃してしまったことは残念でしょうがない。

機は熟していた。代表選手たちは絶頂期を迎えていて、１９８８年の欧州選手権制覇を経て、オランダのサッカー史上最大の成功の準備が整っていた。私の監督としての準備も万全だった。私が選ばれると思っていた。選手たちも私も、それを望んでいたことは誰もが知っていた。お互いの力を束ねて、念願の世界一になるつもりだった。だが結局、実現しなかった。ミケルスが他の決断をしたからだ。ルート・フリット、マルコ・ファン・バステン、フランク・ライカールトやロナルド・クーマンなどの重要な選手たちの望みを聞かず、私をはずした。

技術面を担当する役員として、オランダサッカー協会に首を突っ込むのを嫌がったらしい。それも私が、組織をひっくり返そうとしているからだと言う。ふざけた話だ。もちろん私は、自分のテクニカルスタッフと帯同チームを構成したかった。だが私たちは、世界一を目指さなくてはいけないし、そのためにはすべてが機能しなくてはいけない。それにそれが達成できなかった場合は、私のクビが飛ぶのだから、チームのまわりの組織は、私の条件で作り上げたかった。鍵となる重要なポジションには、毎週一番高いレベルで、それもとてつもない重圧のなかで、結果を出すことに慣れている人たちが必要で、二年に一度だけ、そういうことを経験するような帯同チームには用がなかった。しかも今回うまく機能しなければ、また二年間待つことになってしまうからだ。

だがこのような話し合いは、ミケルスからの依頼がなかったので一度もおこなわれなかった。こうして私からW杯を奪っただけでなく、それよりひどかったのは、最高の選手たちに世界一のタイトルを獲る特別なチャンスを奪ってしまう状況を作り上げてしまったことだ。彼のとった行動のせいで、お互いの信頼関係は崩れてしまい、チームが分解し、オランダは第二ラウンドであっさりと敗退してしまった。

後になってから私とミケルスは、この件に関して話し合った。彼はW杯直後に、バルセロナの合宿場に弁明のために訪れた。別にいいのだが、何を思ってそんな行動を取ったのか、今でもわからない。もしかしたら嫉妬心があったのかもしれないし、ほんとうのことなんて誰もわからないだろう。彼はどこでもつねに成功を収めてきた。そのためプライドもあった。しかし同時に彼はいつも、監督にはクライフがいいんじゃないかと聞かされつづけてきた。それもどうせなら、クライフと一緒にやればよいのにと。

ミケルスの心臓に何度か問題が生じていたのも、偶然ではないと思う。ミケルスは本来の自分とは違う態度をとらなくてはいけないことが多くあった。私はほんとうの彼を知っているから、それに気づくことができた。めちゃくちゃ厳しいが、必要と感じたら自ら病院に連れて行ってくれる。厳しいが、自らの手でマッサージをしてくれる。そしてレストランに坐っているときや、一緒にパーティーを開いているときなど、ディナーの最中にもかかわらず〝Ｄｒｏｏｍｌａｎｄ〟（夢の国）を歌った。私は「ついさっきまで練習で私たちを半殺しにしていたのに、なぜそんなことができるのだろう」と思うこともあった。

一緒にアメリカのロサンゼルス・アズテックスにいたとき、彼が迷信深いことが判明した。ミケルスがとても変わった靴を履いているときに、試合に勝利したことがあった。白い靴に黒い刷毛のようなものが付いていて、ゴルフでたまに見かけるような靴だった。まったく似合っていなかったが、これが運をもたらしたと思い、長いあいだ履いていた。ヨーロッパでは、こんなことはしたことがなかった。彼のイメージがあったので、それを変えたくなかったのだと思う。そのため、ときにはそのイメージを崩さないように行動しなくてはいけなかった。

そういう意味で、ミケルスは極端な人だったし、一筋縄ではいかない人物である。１９９０年のときは、素晴らしい選手たちがそろった世代で、彼らと私のW杯をぶち壊したが、それでも私はミケルスに対して温かい気持ちをつねに持っていた。私の父が亡くなってからは、私を支えてくれた。私が自分の足で歩めるようになってからは、たまにそうでもないこともあったが。

後者に関しては、何度も体験している。特別な絆を持っていたと思っていた人にかぎって、急に態度を変えたりする。ミケルスだけでなく、ピート・カイゼル、カルロス・レシャックや後にはマルコ・ファン・バステンとも同じことが起きてしまった。

後から考えてみると、たぶんみんな人間的なことだったのかもしれない。有名な人によく起きるが、急に対抗心が芽生えたりするのだ。有名であるがために、いきなり耳を傾けなくなったりする。私は彼らの立場に身を移してみようと頑張ってみたことがある。とくにミケルス、カイゼルやレシャックのときが、そうだった。彼ら三人のことを分析すると、私は彼らからいろいろ学んだが、彼らは私から何かを学ぼうとしたことはなかった。それが彼らとの差なのだと思う。

ピート・カイゼルとは私が若い頃に知り合い、ピートのほうが3歳か4歳年上だった。私には父がいなかったので、彼がその役割を請け負っていた。「おい、もう家に帰って寝ろ、明日は試合があるんだぞ」と。たぶんピート自身はそれから街に繰り出していたのだろうが、彼は私に気をかけてくれていた。私はまだ16か17で、たまに彼のバイクか他の人の自転車で家から抜けだしていた。とにかく私はいろいろしでかしていたので、年上の人が私のことを気にしてくれていたことは特別な思いがあった。

何かが起こるまでは、こういうことは重要なことだった。ほとんどの場合は、そこに至るまでには長い経過がある。アヤックスの選手内での投票が、その一つだ。ピートが私からキャプテンの座を奪い、その結果、私はバルセロナ行きを決断した。後には私のアヤックスの再編の仕方に関しても、同意を得ることができなかった。だが先述したように、人間的な問題だったのかもしれない。その可能性は充分ある。とにかくピートに対して恨みはない。その当時起こったことを今でも考えるが、彼が私を助けて支えてくれたことも忘れない。

バルセロナ時代のアシスタントコーチだったカルロス・レシャックとは、もっとメンタルな問題だった。ミケルスはもちろん頑固で、ピートも頑固で私もたぶん頑固なのだろう。だがレシャックは違った。彼から何かにぶつかっていくことはなかった。私がやることに意見を言ってくることはあった。そしてその場合は、私よりさらに激しかった。

だがこれは、カタルーニャ的な考え方だということに気づいた。それが、育てられた環境によってもたらされたものなのか、学校で教えこまれたことなのかはわからないが、そういうときレシャックは、オランダ人のメンタリティーや考え方とまったく違った。私に彼の意見を伝えることはあっても、自分が行動に移すことは一度もなかった。レシャックは行動が伴わなかった。私は逆に、何か違うと思うことがあったら、すぐさまそれを言ってしまうタイプだった。自分の心情を吐露し、可能な解決策を提案した。いずれにせよ、レシャックが流れに身を任せるのに対して、私は何を考えているか明確にしていた。それが、二人の大きな違いだった。

マルコ・ファン・バステンはまた違った世代で、彼との関係もそのため変わる。素晴らしいサッカー選手で、さまざまな面で聡明だった。よく分析すると、カイゼルは私がいなくてもカイゼルだったし、レシャックも私がいなくてもレシャックだった。そしてファン・バステンも同じだった。

これがペップ・グアルディオラとの大きな差だった。バルセロナは、ペップを放出したがっていた。

彼らはペップを守備のできないひょろっとしたやつで、力もなく、空中戦も弱い選手と評価していた。ペップが得意ではなかったことに関して批判されていたが、私はこれは教えられることだと思っていた。この人たちが気づいていなかったことは、ペップがトップでやるための基礎能力を持っていたということだ。対応速度、技術そして洞察力だ。このたぐいの能力をほとんどの人たちは認識できなかったが、ペップは高いレベルで習得していた。

そういう点で、私はセルヒオ・ブスケツの成長を興味深く見ている。誰もがバルセロナでは他の選手のことを話している。素晴らしい選手たちのことをだ。だが私は、彼が出場していないときを見てみたい。いったい何が起こるだろうか。誰もが驚くと思う。私はブスケツが良い監督になるとも思っている。その可能性は充分にあるだろう。ブスケツもグアルディオラと同じように、すべてのプロセスを経験してきた。それだけの努力を彼らはしてきた。

グアルディオラがバルセロナBの監督をしていて、1軍の監督の候補者に上がっていたときのことをよくおぼえている。当時彼は、私がこのことをどう思うか知りたがっていた。私にとって重要なルールは一つだけだった。彼が会長に対して「更衣室から出て行け、ここでは私が決める」と言えるようにならなくてはいけないと回答した。それができるのであれば、彼は1軍の監督にふさわしかった。それができないのであれば、彼は2軍の監督のままでいるべきだ。そのほうが静かでおとなしい暮らしができるだろう。

私が言いたかったのは、彼がボスにならなくてはいけなくて、すべての決断を下さなくてはいけなかったということだ。何が起こってもだ。とくに他の人にイニシアティブを取られ、自分のやりたいようにやれなくなっては絶対にいけない。後から振り返ったときに「私はひどい人間だったかもしれないが、私はすべての責任を負っていた」、もしくは「私はよくやったし、次回も同じようにやる。まわりがなんと言おうとも」と言えなくてはいけない。

そういう意味でペップは私の考えについてきた。私からいろいろ学び、それに自分のビジョンを組み合わせた。ファン・バステンに関しては、違う結果となってしまった。このことに関して私はよく考えてみたが、最終的にペップとマルコには決定的な違いがあることに気づいた。

先述したように私がバルセロナにいなければ、グアルディオラはたぶん早々に二部リーグのクラブに売却されていただろう。だが、ファン・バステンは違った。彼は私がいなくても世界のトップクラスのサッカー選手になっていたと思う。ファン・バステンは私を必要不可欠としていなかった。

ただ私は彼のキャリアの最初のほうで、足首に怪我を負っているにもかかわらずFCフローニンゲン戦に出場させた人間だった。この試合のせいでファン・バステンの怪我はひどくなり、その影響が何年も後まで尾を引き、結果的に彼の引退を早めてしまうことになった。彼の心情を考えると、ファン・バステンが私に盲目的に従わなかったことも理解できるようになってきた。あの件で私に説得され試合に出ることにし、結果、彼のキャリアに悪い影響を及ぼしてしまったことに対する復讐も含まれていたと思う。そのように考えると、ファン・バステンが私から離れていってしまったことも人間的なことだった。

だからミケルス、カイゼル、レシャックとファン・バステンとの問題は起こりうることなのだと思うようになった。私たちはこういう人間だ。ミケルス、ピート・カイゼルとファン・バステンを悪いとも思わない。ミケルスとは完全に関係を修復したし、ピートとも連絡をとりあうようになった。

そういう意味では私はつねに前を向いている。2015年10月に私の肺がんが判明してから、昔の選手たちの対応のおかげで、私は大きなポジティブな力をもらった。それも私が自信を持ってちゃんとした対応をしたとはいえない人たちだった。

ある種の尊敬だ。私と喧嘩をしたとしても、後から考えると、それが唯一の方法だったという結論になったのかもしれない。そういうことも経験できたことはよかった。私はよく「彼らはどう受け取るだろう？　彼らはどう思うのだろう？」と思っていた。私は物事をうまく伝えることもできるが、ときによってはまったくうまく伝えられないこともある。

私たちはつねにトップで働いていたので、ときには限界を超えていかなくてはいけないこともあった。とくに更衣室のなかでは。だがそれはそこから外に出たときは終わっていた。最低でも私のなかでは、そうだった。当時の選手たちが、歳を重ねるごとにそれを少しずつ理解してくれてよかった。理解できなかったことが、尊敬に変わった。ときには私が自覚すらしていなかったことを、ほんとうに特別なことを体験したと言ってくれることすらあった。それがロナルド・クーマンだろうが誰だろうが、こういうことはすごい満足感を与えてくれる。

もちろんグアルディオラが、私のバルセロナへの貢献に関して発言してくれたこともだ。「ヨハンは大聖堂を建てた。私たちの役割はそれを維持することだ」。素晴らしい言葉で表現してくれただけでなく、この言葉に私はほんとうに心を打たれた。私は全員がよくなるためにすべてやってきた。バルセロナでもアヤックスでも。幸運にもバルセロナでは成功した。

フランク・ライカールト、ヘンク・テン・カーテ、ペップ・グアルディオラとチキ・ベギリスタインのおかげで、ペップが美しい言葉で表現した大聖堂が今でも建っている。私は彼らにほんとうに感謝している。これは私が愛しているサッカーだけでなく、サポーターも愛しているサッカーだ。これがサッカーのあるべき姿だ。

私はサッカーの未来に関してポジティブだ。ただその前に、カオスにはなるとは思っている。今はお金がすべてを支配している。とくにイングランドではそれが顕著だ。商業的要素が含まれているのはしょうがないし、大事だと思うが、すべてにおいて領域があり、それを侵害してはいけない。そういう意味では、サッカー選手や商業的要素が問題を起こしているのではなく、大概は経営者たちだ。彼らがスポーツではなくしてしまっている。

たとえば、イギリス出身者たちの育成は、代表チームにも影響を及ぼす。だがプレミアリーグに外国人選手が多くプレーすれば、その機会が失われ、危機が訪れる。解決策は、たとえば一チームに最大五名しか外国人を起用してはいけないようにすることだろう。念のために言うが、私は外国人に悪い感情を持っているわけではない。そもそもその点に関しては、私が先駆者だ。ただ私はバルセロナのチームを強くするために呼ばれた。私はチームに欠けていたものを加えた。同じ理由で私の時代には、フェリボル・ヴァソビッチとホルスト・ブランケンブルクがアヤックスに移籍してきた。

今はほんのわずかな外国人たちが、チームに何かをもたらし、それ以外はクラブが育成した選手と正直言って大差はない。昔、私はオランダサッカー協会にプロクラブと紳士的協定を結ばせ、オランダの国籍を持つ選手を最低六名、各チームのスタメンで出場させるという提案をした。こうすることで自動的に各クラブは、もっと育成に力を入れることを余儀なくされる。

もちろん社交的政治方針に関して異論はないが、自らを見直してほしい。それもポジティブやネガティブ面からではなく、客観的に。だから、他とは違うふうに進められ、他とは違う要素が必要な、サッカーのために。いったんヨーロッパでの他の利益を忘れ、オランダとして全クラブで集まり、最低でも六名のオランダ出身の選手と五名の外国人選手で戦うことを合意するべきだ。

スペインやイングランドでどうなっているかなんてどうでもいい、私たちはそう思っている。つねに自分たちの状況に置き換えなくてはいけない。アメリカ人たちが閉鎖された輪のなかでやっているように。誰もメジャーリーグ、バスケットボールやアメリカンフットボールの方針に影響を及ぼせない。彼らの組織はそれほど確立されていて、スポーツの利益のためにすべてが決定される。

ヨーロッパはそういう意味では古い大陸だ。それに私たちは金を持っていない。それは他者の金で、そのため私たちのサッカーもアメリカ、アジアや中東に決められてしまう。このようにすでにバランスは崩れてしまっている。だから各国が、自分たちの状況をもとに考えることが重要だ。それをしなければバランスはもっと崩れてしまう。

昔はオランダ、ベルギーとスコットランドが、クラブレベルでは主導権を握っていたが、現在ではカウントすらされていない。彼らはそんなに弱くなったのだろうか、それともまわりが飛躍的に伸びたのだろうか。だが何よりも重要な質問は、この状況を打開するために何ができるかだ。そしてそれは金だけではないだろう。

プロサッカーは技術、戦術、育成と経済で回っている。金だけではないのだ。それは永遠に変わることがない。クラブや国の状況は変わることがあっても、この基本は変わらない。たとえばオランダでは、技術がつねにサッカーの土台だった。それはいつのときも変えてはいけないことだ。オランダでは他の方法でプレーをしてはいけない、なぜなら観客がそれを受け入れないからだ。カタルーニャでもだ。最低でも大半の部分では、それが変わらないことを祈っている。監督やコーチたちがそれをベースにチームを編成することを期待している。たとえばイニエスタとシャビで構成されている中盤は、「猪突猛進の二人」ではなく、「サッカーができる二人」だ。そして、こういうタイプはつねにボールに絡まなくてはいけない。そして彼らは、なるべく走る距離を少なくしなくてはいけない、なぜなら疲れれば疲れるほど、技術の質も低下するからだ。だから彼らが、どうすれば走る距離を抑えられるかということを考えなくてはいけない。

何を選ぶ？ フィジカル、テクニック、それともスピード？ どのクオリティーを選ぶ？ 国や国民が望んでいるクォリティーだ。なぜならスポーツは観客の前でおこなうものだ。だからオランダ人だからといって、イングランドやイタリアで自分がやりたいようにやるなんてことは認められない。観客が求めるサッカーをやらなくてはいけない。観客がスタジアムに来なくてはいけないし、スタジアムは満席にならなくてはいけない。それができて初めて、よくやっていると言えるだろう。

それはバルセロナを見ればわかる。ここでは三十年間、同じビジョンを持ちつづけられた。過去に選択をし、そこから逸れることはなかった。それを監督がしなかったら、問題となる。なぜなら観客がそれに納得しないからだ。

90年代のドリームチームと、グアルディオラのチームでは対応速度に大きな差がある。このスピードを上げるのは、クラブビジョンにもとづいていた。もっと速くできないのか、と問いつづけてきた。その必要性があると、そのうち速くなっていく。その必要性がないと、何も変わらないだろう。

それに何がスピードで何がスピードではないかを、把握できなくてはいけない。ディテールをさらに細かく分けることは、プロサッカーでは何よりも難しいことだ。これを分析することで、そのアクションではなく、二つ、もしくは三つ前の行動で優位性を得られるかもしれない。どのようにボールを受け、どのように次につなげるか？　そのために一歩で充分だったのか、それとも二歩必要だったか？　それともそれなりに良いトラップだったか、それとも完璧なトラップだったか？

それには対戦相手も影響する。良いチームでプレーしていると、弱い相手とはもっとゆったりとしたプレーになりがちだ。そうするとテンポが落ち、ボールがあと一歩届かなかったり、少し遅れてしまったりする。そのようなディテールを把握しなくてはいけない。

それが今のオランダの問題だ。世界中がまだ私たちのサッカースタイルのことを話しているが、それをどのように実行しなくてはいけないか、わかっているオランダ人監督は、ほんのわずかしかいない。その流れは十五年前ぐらいから、私には見えはじめていた。ピッチを支配するために、今までと違った選択がされるようになり、スペースの使い方も変わっていった。

たとえば食事をするときには、ナイフとフォークが必要だ。百年前もそうだったように、百年後もそれは変わらないだろう。サッカーでも同じだ。まずは基礎をしっかりして、それができて初めて改善に取り組める。オランダでは、その基礎が壊れてしまっている。最高のシェフが料理を作っても、私たちはナイフとフォークの持ち方を忘れてしまっていた。

良い例はキーパーだ。バックパスを手で取ってはいけないというルールができたとき、キーパーはキックの技術を高めることを強いられた。それまではその技術を気にすることがなかったが、現在では90パーセントのキーパーが、90パーセントのフィールドプレーヤーより高いキック技術を持っている。

私が言いたいのは、まだまだ練習で良くなる可能性がいろいろあるということだ。その証明がキーパーでされた。どのキーパーも、現在では左でも右でも蹴れる。なぜ彼らがそれをできて、75パーセントの選手たちが左足を使えないのだろう？　キーパーは左右で蹴る練習をしなくてはいけないことを認識していて、それが効率的だということをわかるようになった。だがそれなら選手たちは、なぜその練習をしないのだろう？

そうするとまたチーム練習の話が出てくる。だったら彼らに宿題として出せばいいのではないか? もしくは練習後、選手に「ちょっと二十分ぐらい残れ」と言い、ほんとうのグラウンダーのパスを見せてあげればよい。ちゃんと違いも説明するべきだ。地面の上を跳ねながら進むボールが遅いパスだということを。簡単に見えるが、実際はコントロールするのが難しいし、ボールを受ける選手ももっと集中しなくてはいけなくなる。だから遅いパスのときのほうが、トラップを失敗することが多い。集中力が自動的に低くなってしまっているからだ。強い球でパスをすると集中力も最大になり、ミスをする可能性も低くなる。

Aは必ずBにつながっている。そのためAとBを一緒に見なくてはいけないのに、まだAがどのようにプレーをしていて、Bがどのようにプレーをしているかと別々に見ていることが多い。

フィジカルとメンタルより、サッカーのほうが重要だ。もちろんこの二つも磨かれなくてはいけないが、サッカーの視点からだ。だからまずはサッカーをしてみて、それを見てどういうメンタルが不足しているか分析するべきだ。とくにうまく機能していないときのほうが、顕著になる。もしくは何か足りていない場合も。だがうまくいっていると機能する。サッカーがよければ、ポジティブな力が出るので、メンタルやフィジカルの部分が問題となることがほとんどない。小さかった頃、学校から帰ってからサッカーをしていたときのことを思い出してほしい。疲れることはあったか? いや疲れることなんてなかっただろう。それもこういうことに関係していたのだ。

まわりの雑音も関係する。新聞やその他メディアなどが記事を掲載する。それを信じるようになってしまったら駄目だ。これを信じてはいけない。唯一信用するべきなのは監督だ。新聞は売るための記事を書く。ポジティブなことが書かれていたらうれしいし、批判が掲載されると良い気分にはならないだろう。それもほとんどの場合は監督が言っていることや、自分がやるべきこととは違うことが書かれる。だからそれは、しっかり分けるべきだ。

このようにバルセロナでは、つねにメッシ、ネイマールとスアレスのことが書かれる。だがイニエスタとブスケツがいなければ、彼らにもちゃんとしたボールが供給されないだろう。どんなに素晴らしいサッカー選手でも、チームメイトの協力なしには活躍できない。

後ろでのボール回しが遅すぎると、前線で問題にさらされる。なぜならサッカーのすべては数メートルの差だからだ。後ろでのボール回しが遅すぎると、相手は1メートル私に近寄る時間ができる。ボールが早ければ、彼らが間に合わない可能性がある。私が言っているのは、このようなディテールのことだ。プロサッカーではそういうことは数えきれないほどあるが、それがプレーの仕方を決定づけてしまう。

多くの監督たちはこういうことを指導する能力を持っていないため、問題がすり替えられてしまう。そして才能が犠牲となる。私はチームのことを第一に考えられる技術的な選手を好む。すでにイニエスタとシャビを前述したが、彼らがいなければ、きっとそのポジションにはフィジカルが強くて運動量のある選手が使われていただろう。多くの監督たちがこのように考え選択をする。そしてそのせいで、良いサッカー選手が犠牲となる。技術より筋力が必要な戦術のせいだ。

それは4-3-3のシステムにも適応されていた。これはオランダサッカーのために作られたシステムだが、多くの監督たちはこの攻撃的なサッカースタイルに対応できていない。そのため多くのチームがどんどん下がっていき、カウンターを狙うようになる。だが4-3-3をちゃんとした方法で実行する勇気があれば、結果的には報われるだろう。的確な選手さえ選ばれればだが。

それに現在は解答を出すことが重要視されている。ビデオ、分析、その他いろいろな方法を使って、誰もがすべての解決策を出せる。

自分で解決してみてはどうだろう！

たとえばディフェンダー一人対フォワード二人のカウンターだ。片方の動き方によっては、もう一方がオフサイドになるリスクがある。ということは、オフサイドにならないためにはどうすればいい？　それを自分たちに考えさせるべきだ。他の人が見えることを見えるようになることも能力だ。問題解決でも同じだ。だからそれを提示するのではなく、自分たちで解決させるべきだ。

監督にも同じことが言える。バルセロナで、アトレティコ・マドリードと対戦したときのことをよくおぼえている。ホセ・エウロヒオ・ガラテが相手のストライカーで、私たちが何をしても、どんなサッカーをしても必ず三回はチャンスを作られていた。私たちは嫌になるほど考えた。相手の視線になって考えてみたりもした。それも世界的トップレベルではない選手の思考にあわせてだ。

さんざん話していたときに、誰かがガラテはフリーになるのがうまいと言った。だがそれはマークされているからこそできることだ。だから私は「何をするかわかったか？　彼をマークしないことにしよう」と言った。もちろん私の頭がおかしくなったと言われた。だがこれこそが解答だった。ガラテの能力は、ディフェンダーを引き付けることだった。そうすることで一瞬の間に、その選手から簡単にフリーになる隙を作っていた。ガラテの考え方は、私たちより先に進んでいた。

ということで次の試合ではガラテを放置することにし、彼の動きについていかないことにした。「でもガラテがそれで2点決めてしまったらどうする」と言われたが「そのときは運が悪かったと思え」と答えた。

それ以降、私たちはガラテに苦しめられることがなくなった。彼はマークがいなかったときに、どう動いていいかわからなかった。彼にとってはマンマークの相手が基準となっていたので、それをなくしたときには居場所を見失ってしまっていた。私たちは他の考え方をすることで問題を解決した。全員がまずパニックに陥ったのを見るのは面白かった。だがそれに気づくためには、まずは試してみなくてはわからない。

私にとって、サッカーがつねに基本となっていた。だから現在のさまざまな革新については反対だ。ゴールラインカメラの導入などだ。サッカーは足でおこなう唯一のスポーツだ。ミスをする可能性も、そのためより多い。タイムアウトもないので、試合中にコーチングすることも難しい。そして間違いを犯す可能性がさらに高くなる。

それはルールにも現われている。主観的な部分すらある。私のなかではボールはゴールラインを超えていたが、彼のなかでは超えていなかった。ということで試合後にバーでそのことについて議論を始める。何を話すかなんて関係ないが、何かは起こる。雰囲気もある。いろいろなことを話しながら、一杯引っかける。

もしテレビでボールがラインを超えていないことを明確にしてしまったら、そんな議論すら起こらない。サッカーの議論で面白いのは、全員好きなことを言っていいことだ。そして彼の発言の一部は、つねにあっているだろう。

2010年W杯のイングランド-ドイツ戦で、フランク・ランパードの純粋なゴールが認められなかったのは、もちろん非常に残念なことだ。だがカメラの導入を話す前に、審判や線審の能力が足りなかったのでは、と疑問に思うこともできる。審判がもっとしっかり教育されるべきだったとかだ。

その試合で、決定的なチャンスをはずしてしまった選手がいたことも忘れていない。だが本来であれば、ゴールになるべきだったからといって交代させられないだろう？　サッカーはミスを犯すスポーツだ。ピッチ全体で、つねに大きなミスと小さなミスが犯される。フリーでキーパーと1対1になったのにはずしてしまったり、PKをはずしてしまったりなどだ。

イングランドのFA杯の試合をよくおぼえている。キーパーがPKを三本も止めた試合だ。だからといって監督を解任しないだろう？　もしくはPKをはずした選手を出場停止になどしないだろう？

これは偶然のことで、機会を逃さずゴールを決めるべきだったというだけだ。大概は成功するが、ときには失敗もする。失敗した選手に対しては理解を示さなくてはいけないのに、状況の判断を間違った審判はいいのだろうか？　それとも「彼らは全員ピッチに立っているのだから、彼らに決めさせたらいい、じゃ、さようなら」とでも言えばいいのか？

もちろん全員が同じ条件であるべきだ。ピッチ上の選手たちは、最大限の教育を受けてきた。ということは、線審も同じように教育されるのが、同じ条件と言えるだろう。それはゴールライン審判も同じだ。だがサッカーは、ミスのスポーツなので審判、線審とゴールライン審判はミスを犯しつづけるだろう。得点王もチャンスをはずすし、キーパーの手からボールがこぼれてしまうこともあるだろう。何百人もの人間たちがこのミスについて何日も、何カ月も、もしかしたら何年間も話題にし、議論する。それがサッカーの素晴らしいところで、それはこのまま残すべきことだ。

だからサッカーは、サッカー選手たちの手に残すことが重要だ。私はピッチから上を見る。その上とは経営陣だ。もしかしたらすごく原始的かもしれないが、これが私の考え方だ。そのため私は何度も経営陣とぶつかった。彼らは役員室からピッチ上のことを決めたがっていたが、私はピッチ上で経営者が何をしなくてはいけないか、決めるべきだと思っている。

だから私のなかでは、経営者は二の次だ。彼らはつねに上から下を見下ろしている。そういう見方をしていれば、自分がすぐれていると感じ、他の人たちに自分の意見を押しつけるようになるだろう。だが下から上を見ると、彼らが慣れていないことに遭遇し、役割が逆になる。彼らがこっちに説明するのではなく、こっちが向こうにしなくてはいけない。そうすると大概問題が起こる。彼らはこのように学んだことがなかったので、馬鹿げたことだと思う。

何ごともサッカーを基本に考えることがサッカーを愛する人々のためになるのだ。それを経営者はわかっていない。それはクラブの人間を導くときの基本でもある。だから経営者としては、クラブの最高責任者として他の人たちが始めたプロセスを導かなくてはいけない。

クラブのCEOや会長は決定者になってはいけない。決定者はチームや選手に責任を持つ人だ。誰がもっと速く走られるか、ダッシュできるかなどを示せる人だ。それは経営陣やディレクターの仕事ではない。ディレクターは〝ピッチ〟が必要としていることを分析し、そのために必要な解決方法を探すことだ。それが彼の仕事だ。

ピッチ上から観客が何を望んでいるか感じとらなくてはいけない。観客は王様だ。トップレベルのサッカーは、エンターテインメントが基本だ、ということを忘れてはいけない。それがつねに私の哲学だったし、それは永遠に変わらない。イタリアのスタジアムがガラガラで、プレミアリーグの得点数が少ないことを見ると、果たしてこの二つのサッカー大国が良い方向に進んでいるのか疑問に思う。よりによって両方とも商業主義が主となった国だった。

この問題は将来、もっと多くなっていくだろう。中国がプロサッカーに興味を持ったので、より加速するだろう。彼らも参加したいと思うことは、当然のことだと思う。なぜならサッカーは世界中に広まったからだ。そして世界で何かしたいと思ったら、人気スポーツに参入する必要がある。それがオリンピックだろうがサッカーだろうが。だがバランスも必要だ。中国は資金力があり、観客も多く集められるだろう。だが土台が良くないのであれば、それでいったい何を始められるのだろうか？もっと全体的に見るようにならなくてはいけない。

私は日本の成長を興味深く追っている。日本ではアメリカよりやや遅れてプロサッカーを始めたが、すでにアメリカと同じような段階に入っている。メジャーリーグサッカーが設立されて二十年以上たつが、アメリカは違いをもたらす、たった一人の選手が出てくるのを待っている。そのような選手が出てきたら、ほんとうに世界のトップレベルに近づけるだろう。日本のJリーグも毎年進歩していることがわかる。ヨーロッパでも、高いレベルで活躍できる良い選手たちが増えてきた。

この二十五年間にすべての大陸で、プロサッカーを認知してもらえたことは喜ばしいことだ。最初はアメリカで、その後日本、オーストラリアと続き、今は中国だ。良い流れだが、そこでもトップレベルのサッカーがビジョンと実績において、中心になっていなくてはいけない。ピッチから経営のことを考えられるようになるべきだ。それによりアメリカ、日本、中国のような新興国が独自性を持ち、現状のコピーではなくなる。アメリカのサポーターは、彼らのチームに自分自身を見つけられるようにならなくてはいけないし、それは中国でも同じだ。

バルセロナ、アヤックスとオランダ代表で、私はサポーターがサッカーを通してアイデンティティーを見いだせることが、どれだけ重要か経験した。特別なことに参加していて、気持ちを投影できること。そのプロセスをピッチ上から導かなくてはいけない。それがプロフェッショナルに実行できれば、商業的要素や政治は必ず一緒についてくる。

私が何よりもまず素晴らしいスポーツの愛好家だということは、わかってもらえていると思う。私が批判するのは、サッカーと才能のある選手たちの将来を危惧しているためだ。だから私はできるだけ簡単に、どういうサッカーをするべきか、思っていることを説明することにする。サッカー選手たちがプレーに対する喜びを得られ、観客の心に響く方法で。

私が攻撃的サッカーを好むことは、周知されている。だが攻撃的なサッカーをするためには、前に向かっての守備ができなくてはいけない。前に向かって守備をするためには、ボールにプレスをかけられなくてはいけない。できるだけ簡単に全員がそれをできるようにするには、なるべく多くのラインを作らなくてはいけない。そうすることでボールを保持しているときには、つねに前と横に選手がいることになる。ボールを持っている選手と残りの二人の選手との距離は、10メートル以上離れていてはいけない。もしそのスペースが10メートル以上だった場合は、ボールを失うリスクが高くなっていくだけだ。

私は基本的にゴールキーパーを除いて五つのラインで考えている。一番後ろの四人、中盤の後ろ向き三角形の頂点にいる中央のミッドフィールダー、少し前めに位置している両サイドのミッドフィールダー、重点を後ろか前に置くセンターフォワードとサイドの二名の攻撃陣だ。

攻撃的なプレースタイルの場合、使用するエリアは自軍のセンターサークルから相手のペナルティーエリアまでだ。ピッチの広さとしては縦に45メートルと横に60メートルだ。各ラインで見るのは、だいたい縦に9メートルぐらいだ。

なぜこの距離が重要なのか？　各ポジションを簡単に、そして効率的にお互いが引き継げるからだ。ボールの後ろに、つねに充分な人数がいる。バルセロナがボールを取られ、プレスをかけているときは、お互いの距離が10メートル以上離れていないことに気がつくだろう。それに全員が動いているので、ポジションが素早く、そして効果的に引き継がれる。

ここで多くのオランダのチームが、想定を間違える。中央のミッドフィールダーが後ろではなく、重点を前に置いてプレーすることが多いからだ。そのため選手はセカンドストライカーとして、センターフォワードの横にいることになる。その穴を埋めるために、サイドのミッドフィールダーが中央に寄ると、サイドバックかウィンガーは、10メートルではなく20メートルから30メートルも守らなくてはいけなくなる。そしてコントロールがなくなり、選手間の距離感も失われてしまう。

前線には、センターフォワードとサイドの二名のポジションがある。五つのラインを保持するという観点では、深い位置でプレーするセンターフォワードでも、動き回っているセンターフォワードでも大差はない。オランダが誇る二名のベストプレーヤーは、マルコ・ファン・バステンと私で、マルコは深い位置でプレーするストライカーで、私は動きまわるタイプだった。そしてどちらも機能した。

攻撃をするためには、前に向かっての守備ができなくてはいけないし、ボールにプレスをかけられなくてはいけない。ボールを持っているときは、各ラインは攻撃的選手の個人技を邪魔しない近さの距離にいることで、つねに六人から七人のバックアップがあるので問題も起きない。それにこのプレースタイルの場合は、横へのパスはやってはいけない。これでやっと、試合を支配しているという、ほとんどのオランダのチームが犯している偽装的な優位から脱却できる。

この五つのラインがしっかりしていて、全員がやるべきことをやっていれば、自動的にすべての場所で、ボール回しで重要な三角形が形成される。一人がパスに集中し、一人がボールを受け、もう一人が次にパスを受けられるようにフリーになる。

たまにサッカーは非常にややこしく捉えられてしまうが、シンプルにしたほうが機能する。攻撃は技術、スペースの有効活用、前向きの守備とそのときにボールにプレスをかけることにしっかりと適応することだ。

そしてこの五つのラインを前提に、さらに一歩進める。重要なことは、キーパーがボールを持ったときから組み立てが始まる、ということを全員が認識することだ。キーパーが最初の攻撃の選手だ。こういうときには、ディフェンダーのほうがフォワードより先に反応し、二名のセンターバックのうちの一人が前にずれてフリーになる。彼にボールを通すことで最初のチームプレーができ上がる。

そのときにウィンガーは前に行き、サイドバックが上がるためのスペースを作らなくてはいけない。その頃には最初の守備のライン（対戦相手のフォワードたち）は突破していて、攻撃は進んでいる。その後対戦相手は、上がってきたサイドバックを止めるために選択をしなくてはいけなくなる。さらにそれを先読みして対処するのが技術だ。

ライン同士が連動しなくてはいけない二つシンプルな例をあげよう。センターフォワードが右にそれた場合、センターバックの片方はそれについて行かなくてはいけない。そしてもう一人は、さらに上がってきた左サイドバックが創りだした数的優位に対応するために、マークをずらさなくてはいけない。この時点で、左ウィンガーとセンターフォワードは1対1の状況を作りだせている。

左サイドバックがボールを取れる二つ目の方法は、最大20メートルの距離のセンターフォワードの足元に強いパスを出すこと。センターフォワードが、さらにそれを上がってきた右のハーフにポストプレーで落とす。彼がタイミングよく上がっていれば、相手をリードしているので、今後は右サイドでいろいろな1対1の状況を作りだせる。

この二つのバリエーションの目的は相手を驚かせ、カオスを作りだすことだ。たとえば最初の例の場合、左サイドバックが中盤の選手を使って、左のウィンガーにボールを回すことができ、さらにウィンガーが相手を抜くことができると、ゴール前ではいろいろなことができる。クロスが上がったら、センターフォワードは右側からニアポストに走りこむことで、今度は右ハーフのためにスペースを作ることができる。この方法でヨハン・ニースケンスのような中盤の選手がゴールを量産できた。

そしてこのような攻撃のときは、チームの七割はボールの後ろにいて、ゴールに顔を向けている。そのためカウンターのリスクもなくなり、こぼれ球を拾うためのポジショニングも機能しているため、すぐさま前向きに守備ができる。

その大前提として、左サイドバックがボールを持っているときから、キーパーとそれ以外のディフェンダーは各自のポジションを取らなくてはいけない。攻撃の最中から中盤と守備陣はボールを失ったときにすぐ切り替えられるように準備してなくてはいけない。

たとえばセンターフォワードは、キーパーがボールを持ったときにすぐにプレスをかけに行くことで、先ほどの状況をより強調できる。こうすることでテンポが上げられ、キーパーは素早いアクションを強制される。守備陣と中盤の選手たちのポジショニングがしっかりしていれば、相手はさらに難しい状況に陥る。

これでセンターフォワードが、最初の守備陣となる。少し前はキーパーが最初の攻撃陣だったのに。個人としてもチームとしても、つねに先のことを考えてプレーしなくてはいけない根拠の一つだ。

このサッカースタイルは、比較的簡単に練習できる。だからオランダのチームが、このような組み立てをできなくなったことに驚いている。現在ではサイドチェンジが主流となってしまったが、それは問題を解決するのではなく先送りにしているだけだ。

ピッチ上でのスペースの使い方は、私のビジョンの核となっている。とくに自分のためのスペースの作り方だ。そのためには予備動作が重要となる。そして大概は自分がやりたいこととは、反対のことをやらなくてはいけない。

たとえばウィンガーの選手が、足元にボールをもらいたい場合、まず裏に走るような動作をしてから戻ることで、簡単に足元にパスを通せれるようになる。同じように一度ボールを戻すことで、その後裏のスペースに出したりもできる。もしくはコーナーのときにボールに近寄っていくことで、ペナルティーエリア内のディフェンダーの数を減らしたりもできる。

すべてのポジション、とくに前線ではこのようなシチュエーションとよく対面する。その場合はそのアクションだけでなく、他のチームメイトがその動きにどのように対応するかが重要だ。だからどんな予備動作も、それだけで完結してしまってはいけない。サッカーの素晴らしい点は、どんなポジションのどんなアクションも、何かしらの形で他のアクションとつながっているということだ。

だからこそ、他のポジションの行動が原因にもかかわらず、簡単にウィンガーが失敗したと騒ぎ立てられることが苛立たしい。監督をしていたとき、ある選手のたった一つの動きに対して、批判を展開する記者と何度衝突したか数えきれないぐらいだ。彼らは他の選手のせいで、その選手のプレーが悪かったことに気づかない。自分の才能を存分に活かす状況が、作られていないのだ。ウィンガーのプレーが成功するかしないかは、その予備動作と最終的なアクションが密接に関係している。

これがどれだけ大きな問題なのかは、対戦相手が十人になってしまった試合でよく見られる。本来であれば、有利に働かなくてはいけないことなのに、有利であるべきチームのほうが窮地に陥ることがよくある。彼らは、スペースをなくすために相手が下がってしまったとき、急にスペースをどうやって使ったらよいか、わからなくなってしまっていた。そうなると何が起こるかというと、バックラインでゆっくりとボールを回されてしまい、相手に充分なプレッシャーがかけられていないことになる。

これを回避する唯一の方法は、ピッチ全体で1対1を仕掛けることだ。第一にこうすることで、テンポを上げることができる。対戦相手はボールを持ったときに、一人も余裕が与えられず、ボールを失ったときにはスペースができるし、重要な数的優位も作りだせる。その瞬間に残った選手たちは、スペースを有効に使い、そして最大限効率の良いアクションを起こすようにするべきだ。

このようにプレーすることで、対戦相手はミスを許されないが、こちらは中盤とディフェンダーのあいだに、数的優位の選手が残っているのでミスが許される。そこにポジショニングすることで、その選手がこぼれ球を拾うことができ、プレッシャーをかけつづけることができる。

このプレースタイルは勝利を保証するものではないが、確実に五回か六回はチャンスを作ることができるだろう。

どのように味方に良いプレーをさせることができ、相手に悪いプレーをさせることができるかという関連性を把握することが大事だ。味方の選手の利き足にパスをするだけでも、助けることができる。これはすごくシンプルに聞こえるが、プレッシャーをかけられている左利きの選手の右足に、パスが出されることが、どれだけ多く見られるだろうか？

どのように相手に対峙しなくてはいけないかも同じだ。たとえばサイドバックでプレーしていて、相手の選手が外側から回りこむことを得意としている場合、そっちの可能性を消すようなポジショニングをすることで、相手の利き足ではない、内側に切り込むプレーを強いることができる。同様に右利きの左ウィンガーが、内側に切り込むことを得意としているのであれば、内側のスペースをなくすことで、それをできなくすることができる。

こんなことはサッカーのＡＢＣと思われるが、残念なことに一番上のレベルの選手たちですら、このようなディテールを考えていない。それは多くの監督たちも同じだ。

このように全員がプレースタイルや戦術のことを話しているが、残念なことに間違った方法でこの言葉が使われてしまっている。戦術を例に見てみよう。私にとってそれは4‐3‐3や4‐4‐2や5‐3‐2でもなく、相手のストロングポイントを無効化するためのプレースタイルの変更のことを言う。そうすることで相手の長所を短所に変えることができる。

相手に悪いプレーをさせるための策は、どのような選手を起用するかにかかっている。たとえばイングランドのチームの最終ラインは、つねに1対1で対峙し、センターバックは空中戦に強い。それに対抗するためには、動きまわるセンターフォワードを起用し、グラウンダーでパスを通すようにする。さらに両サイドの深い位置にウィンガーを配置すると、そういうこともイングランドのチームは、慣れていないので効果的だ。そのうえで、前から激しくプレッシャーをかけると、普段のゆったりとした組み立てもできなくなるだろう。

このような状況では、他の部分が表面化する。技術の高い選手と低い選手の違いは、対応速度だ。早くプレッシャーをかけることで対応速度を上げなくてはいけないが、多くのディフェンダーはそれに苦労する。単純にプレミアリーグではボールを失った場合、相手は前にプレスをかけるのではなく、下がることが一般的だからだ。

これはまさにバルセロナの得意な能力だ。メッシのような存在がいるだけでなく、ボールを持っていないときに、チーム全体がどのようにプレーするかの問題だ。このような場合は、お互いがすぐさまカバーする。それも相手のゴールに近い位置でやるため、ボールを奪った瞬間、相手は危機に陥る。それにこれをやることで、無駄な距離を走らなくてもよくなる。

前へのプレーは、オランダサッカーの特徴だった。しかしこのプレースタイルから、今は遠く離れてしまった。とくにバルセロナやバイエルンが、まだこのスタイルが充分機能することを証明しているだけに非常にもったいない。本来であれば、非常にシンプルに導入できるはずなのだ。まずチームとして、ボールを失ったときにどのような行動を取らなくてはいけないか、ということを共有しなくてはいけない。これはメッシのような選手や各選手の技術と関係ない。選手たちが小さい頃から教育される姿勢の問題だ。だからバルセロナが実行している方法や効率は、すべてユース育成と関係している。

私が監督のときからそうだったし、それは今も変わらない。たとえば、ロナルド・クーマンやペップ・グアルディオラなどの攻撃的で、得点力もある選手を守備の中央に配置することなどだ。二人とも生粋のディフェンダーではなかったが、機能していた。守備の基本はポジショニング、行動速度と攻撃する勇気だ。この三つの要素がチームにあれば、ほとんど守備をする機会すらないだろう。

私が強調したいのは、サッカーではつねに相手が通常のことをできないようにする決定打をつねに探すことだ。通常の思考から離れることで、対戦相手も快適なプレーができなくなる。

機能的にプレーすることで、美しいサッカーを作りだすことができる。良い例は、ボールをロストしたときの切り替えの方法だ。攻撃的なチームで守備力が低い場合はとくにそうだ。このようなチームで攻撃陣が前への守備をすることができ、対戦相手の守備陣にプレッシャーをかけ、早く行動することを強いられれば、パスミスの可能性が高くなる。これが攻撃陣始動による守備のアクションである。それも守備をすることは、たった4〜5メートルの距離を移動することでできることだ。

このように問題を軽減するための例は数多くある。それも難しい戦術を駆使するのではなく、ほとんどの場合は論理的に考えることで可能になる。

残念ながら、このような思考方法は失われつつある。オランダでもそうだ。難しくすることで基本が無視されてしまっている。サッカー選手にとって一番重要なことは、シンプルな行動をマスターしていることだ。パス、トラップ、胸トラップ、両足利きであることとヘディングなどだ。簡単に言うと、基本技術だ。どの要素も誰にでも練習できることだ。

たとえば、シンプルにちゃんとパスをすることだ。これは単純に何度も繰り返しおこなうことで、おぼえられる。すごくつまらないかもしれないが、この練習がサッカーで一番重要な要素だ。同じようにボールを止めること。この練習を続けることも退屈だが、上達は早くなるだろう。

この基本技術をポジションプレーと融合するようにしなくてはいけない。だから私はあえて「シックスス」を、42メートル×28メートルのクライフコートでおこなわれる、ストリートサッカーリーグに導入した。では4対4、7対7や15対15は？　どれも選手や、とくに子どもたちにサッカーをさせるために使われるのであれば、問題ない。

ただ育成の場では、「シックスス」が上達する早道になる。子どもたちは、意識することなく、ほんとうのサッカーの基本ルールに慣れることができるからだ。まずキーパーと五名のフィールドプレーヤーがいるため、三つのラインが形成される。ただ各ラインの距離が近いため、ちゃんとパスを出さないと、他の選手にアクションを起こす余裕が生まれない。さらに、全員が攻撃面でも守備面でも1対1を強いられているため、スイーパーのような存在もいない。

このシチュエーションに置かれるため、選手は自動的に相手をマークし、さらに他の選手をカバーすることをおぼえる。誰かに教えられることなく、彼らはポジションプレーをおこなっているのだ。これはキーパーにも言えることだ。ボールを止めるだけでなく、カバーをし、プレーにも関与しなくてはいけない。

ストリートフットボールリーグは、12歳までの子どもたちがおぼえるためには、非常に有効なコンセプトだし、その後もどんな年齢のグループにも、有益な練習方法となる。小さなスペースで、1対1の状況に置かれ、シンプルな技術を使うことを強いられる。後ろでボールをゆっくり回すなんて余裕はないし、サイドチェンジをすることもできない。このように現代のサッカー選手が、何度も何度も犯す間違いが自動的に修正される。

私がここで強調したかったことは、才能を伸ばすためには小さい頃から基本を教える必要があるということだ。早い時期にそれをマスターすることで、後にそれをより拡張できるようになる。基礎ができていないうちにそれに着手することは意味がないことだ。

この章を締めくくるにあたり、私の理想的なチームを選んでみることにした。才能豊かな選手というだけでなく、誰もがサッカーの基本をマスターしている選手たちだ。

本来であれば、歴代の選手たちから理想のチームを選ぶことは否定的だ。単純にお互いほとんど差がないからだ。

歴代の選手たちも現代の選手たちも、トッププレーヤーはトップで成功するすべての前提を兼ね備えている。さらには例外なく才能があるため、苦労することなく最高のレベルでも、他のポジションもこなせる。私はマルコ・ファン・バステンのような選手は、右サイドバックとしても代表クラスになっていたと思う。

私が好むのは、ほんとうのサッカー選手だということは、すでにわかってもらえていると思う。最高の技術を持ち、深い洞察力があり、さらにスペシャリストとして特化しているような選手たちだ。とくに最後の要素が、トッププレーヤーとしての才能を象徴する。このような才能は、チームに従属させるのではなく、自分自身を活かすようにしなくてはいけない。

逆の言い方をしよう。チームの利益は、このような才能を最大限活かすことで得られる。トップでやるためのコツは、才能のある選手たちを全員使い、それにより良いチームを作ることだ。それができれば、彼らがもたらす効果で自然とチームはまとまるだろう。

理想的なチームを選ぶために、私はすべての才能が最大限発揮される公式を探すことにする。そのためには一方の長所が他の選手の長所とマッチしなくてはいけない。

この前提をもとに、まずウィンガーにはピート・カイゼル（左）とブラジル人のガリンシャ（右）を選び、ミッドフィールダーにはボビー・チャールトン（左）とアルフレド・ディ・ステファノ（右）を配置する。二人とも技術的にも戦術的にも、素晴らしいトッププレーヤーということだけでなく、フィジカル面も素晴らしい選手たちだ。この能力があるため、彼らはカイゼルやガリンシャたちを輝かせるための働きができるだろう。

さらにルード・クロル（左）とカルロス・アウベルト（右）のサイドバックは彼らの洞察力、技術とスピードで、チャールトンやディ・ステファノをサポートでき、中盤の選手たちの労力を軽減することができる。

チームの中心でも同様に考え、フランツ・ベッケンバウアー、ペップ・グアルディオラ、ディエゴ・マラドーナとペレのようなタイプの選手を選んだ。とくにペレとマラドーナは前線で完全にお互いを補完しあうだろう。ペレの責任感は、マラドーナの個人主義にマッチするだろう。

ペレが試合中は父親的存在として、ディエゴをサポートすると私は確信している。サッカー選手はこのようなことを完璧に感じとれるので、マラドーナもペレが能力を発揮できるようにアシストするだろう。

理想のチームのキーパーには、レフ・ヤシンを選ぶ。これだけの才能のなかでは、落ち着かせる父親的存在がチームにいることで、スターたちを地に足をつけさせることができる存在は必要だと思う。

あえて走力という言葉を使わない。私はこの言葉がとくに最近間違った使い方をされているため嫌っている。サッカー選手たちが、より多く走らなくてはいけないプロセスが始まってしまい、サッカーができなくなってきている。本来であれば、ピッチのスペースを利用するために、足ではなくボールを動かすことこそが美であるのに。

このことで、自然と個人の分析からチームの結果にたどり着いた。技術、洞察力と選手たちの才能をまとめて十一人の個人がチームとして、ピッチのスペースをうまく利用するようにしなくてはいけない。

このためには、洞察力が非常に重要な要素だ。他の選手たちのポジショニングを判断する能力を使うことで、チームとしてまとまることができる。私は各ラインが離れすぎてしまい、チームの一部がとても長い距離を移動しなくてはいけないのを見ると、毎回悲しくなる。選手間の距離をなるべく近く保つことこそが肝要なのだ。それができて初めて、ボールが仕事をできるシチュエーションとなるし、そうすれば自然とこのようなシチュエーションで必要となる技術が重要となる。

だからほんとうは、すごくシンプルなのだ。各ラインの距離を短く保つために洞察力が必要で、ボールを効率的に働かせるために技術が必要となり、最終的には才能をベースにゴールを決めることになる。

だから頑張って走ることではなく、ちゃんと目を開きよく見て、サッカーをすることだ。それができれば、トータルフットボールの本質を理解したことになる。

14

かつて私はろくに学校を卒業していなかったので、いつも馬鹿だと言われつづけてきた。だが暮らしのなかで学んだことのほうが、どんな教科書から学ぶことよりも多かった。人生経験こそが知識だった。このようにクライフ財団も私がすべて見て、体験し、その過程で出会った人たちのおかげで設立された。

だからクライフ財団の成功を誇りに思っている。このことは私に多くのことをもたらし、それは私が財団を通して与えたことより、はるかに大きいとすら思っている。私たちは車いすの人が健常者よりできないことが多いと思っているが、車いすに乗っている本人は、まったく別の考えを持っていたりする。彼らは普通にやってしまう。彼らのおかげで、私は何かを始めるためには歳をとりすぎているとか、何かできないだろうと思うことがなくなった。

とくに従業員、ボランティア、アンバサダー、親や家族全員が、協力してくれたことは素晴らしかった。全員が何かを立ち上げるために、尽力してくれた。現在ではほとんどの仕事は、私の手から離れてしまったため、私は花束を渡し祝辞を述べるだけになってしまった。

自分の財団を設立するアイディアは、過去の経験の足し算だった。まずはアメリカ在住中に、ユーニス・ケネディー・シュライバーからの要請で、スペシャル・オリンピックスのアンバサダーになったことからだ。この組織はバルセロナにも支部があり、カタルーニャ総理大臣夫人が関わっていた。そのため私がスペインに戻った後も、関係を続けることができた。

当時はバルセロナの監督として時間がなかったので、多くのことはできなかった。それが変わったのは、直接サッカーに関わらなくなってからだ。特別な機会に、よく呼ばれるようになっていった。うまくいくこともあったが、うまくいかなかったこともあった。私はこのような場で得た痛手と恥で賢くなり、この経験をさまざまな人に伝えることができるようになった。何をするにしても、どんなレベルであっても、必ず助けが必要となるときが訪れる。

このようなことがあり、自分の組織を作り、他の人を助けようというアイディアが、単純に実経験から生まれた。その基礎にあるのは、私自身の経験だ。そして私の興味がそっちの方向に強くなっていったことを感じとった義父が、いろいろなことをまとめてくれた。

コル・コスターが1997年に、『テール・デ・ゾム』（訳注：「人間の土地」という意味）というオランダの支援組織とつながりを作ってくれた。この組織の従業員たちが、ヨハン・クライフ福祉財団の設立に協力してくれて、その後シンプルな名前に変更することにし、ヨハン・クライフ財団となった。

時が熟し、プロフェッショナルな理事を任命するとき、カローレ・テートが候補に上がった。彼女はオランダ・ホッケーチームのキャプテンで、私の新しい大志に感銘し自ら立候補してきた。

私の人生もつねにそうだったように、その後は流れに任せることにした。私は元来、さまざまなことに興味を持つ人間だったので、いろいろなことが起きる。『テール・デ・ゾム』が組織を立ち上げ、郵便番号宝くじ協会が資金援助をしてくれた。このためオリンピックスタジアムと、後にバルセロナに事務所を設立することができ、自ら認識する前にまた新しいことを始めていた。

これは私をいろいろな面で豊かにした。ハンディーキャップを持った人たちの内面的な力強さには、つねに惹かれていた。多くの場合、何かを始めるためには彼らは一歩下がらなくてはいけなかった。スポーツとゲームは心を落ち着かせ、彼らが戦わなくてはいけない別のことに力を与えてくれる。

財団設立当初、私はインドを訪れ、とても身につまされる思いをした。何百万人という子どもたちが、路上で暮らしていた。ほんとうに衝撃的だった。私自身は昔から変わっていないので、即座に「私たちは何をするべきか？　どんな方法でも何かしなくてはいけない」と思った。

ただそうすると同時に、ほんとうに大きな解決のできない問題というのを認識してしまった。そして原点に戻る。限界をおぼえるということに気づいてしまう。「私は誰なんだ？　そして私の可能性は何だろう」と自問自答するようになった。

そして私を有名な人間としてではなく、私の能力だけを見てくれた人たちと出会った。彼らは道を示してくれて、普段どおりの行動をすることで、自然と自分に足りないことを発見するようになった。一年半くらい過ぎた頃、私は財団の構成を改善しなくてはいけないと認識した。私たちは何かをやっていたが、その後どうなっていただろう？　私が昔経験したことと同じだった。私は善意をもって何かをおこなっていたが、その後どうなったかはよくわからなかった。

私の財団でも同じ壁にあたってしまった。だから私たちは全体をもっと把握できるようにし、出費を減らすようにした。学校の設立のアイディアは、ここから生まれた。ハンディキャップを持った人たちと関わり、チャンスが与えられない子どもたちと接し、そのためにスポーツとゲームを利用した。そういうときは実践での経験のほうが、勉強で得られるノウハウよりよっぽど重要だった。そうすると、実践重視の教育というものがないことに気づき、自分たちで設立することにしたのだ。

だがどうやって？　誰とどんな手本がある？　鏡を見ると結論が出た。私が学校の良い例だった。私は知識を多く持っている。私がずっとおこなってきたことに関する、膨大な知識だ。教育によってもたらされたものではなく、実践で自ら経験することで得た知識だ。

すでにある教育方法のなかに、私に合う方法があるか見わたした。私たちが探している何かを。だがそれはなかった。ただ専門学校や大学でおこなわれている、スポーツビジネスに関するマネージメント教育は、経営陣からピッチに対しての教育だということがわかった。まさに私が望んでいない形だ。私は若手たちへの授業は、ピッチから経営陣に対する姿勢でなくてはいけないと思っている。おぼえなくてはいけないことは同じかもしれないが、それに関する見識は完全に逆側から得なくてはいけない。役員室から考えるのではなく、現場から考えるのだ。

『テール・デ・ゾム』がクライフ財団設立に協力してくれたように、クライフ学院は私の義理の息子のトッド・ビーンの協力により、私のアイディアどおりに組織された。とくに最初の頃はさまざまな方面でいろいろな人たちと衝突していたので、それをまとめ上げたトッドは称賛に値する。学校関係者やさまざまな省庁との数えきれない交渉があった。

教育でもすべてをひっくり返さなくてはいけなかった。スポーツ選手たちが学校に来るのではなく、学校が彼らのところに行った。こうすることでスポーツ選手にとって、大きな問題を解決することができた。たとえば２０１４年の冬季五輪は1月開催だった。11月の試験に関してはメダルを取ることを優先させ、大会後の2月に試験を受けられるようにした。一部の学生には直接「五輪の後はこってり絞るから、まずはメダルを取ってこい」と言った。

スポーツの成績のほうが、資格をとるための時間的制約より優先されるのだ。このようにお互い協力することで、選手も実力を存分に発揮できる。なぜなら彼らはそのときそのときで、精一杯の成果を求められるからだ。これがうまく機能していたことは、クライフ学院のスポーツ学科を卒業する割合が果てしなく高かったことで証明されていた。

監督教育のための学校でも同じだった。この教育の重要な要素の一つは、監督たちが自分自身のことをよく理解することだった。教育者が何を知っているかが重要ではなく、彼らが何を知っていて、何を理解していて、何ができるかが重要だった。自分のことを分析できなければ、他の人の分析もできない。それができなければ、他者を自分の規範に当てはめて分析してしまうだろう。自分の規範は彼らの規範とは違うにもかかわらずだ。だから必要に応じて第三者の目線で他者を評価することが必要になる。自分の経験だけで他人を評価してはいけない。それは生徒にとって意味のないものだ。それはあなたの経験であり、彼らのではない。

いろいろ良いことをおこなっている選手たちが重要で、彼らの唯一の問題は従来どおりの教師が他の方向を向いてしまっていることだ。逆の考え方をする必要があるが、そのためいろいろと衝突することもあるだろう。これは教師が悪いのではなく、彼らは学校では上から指示されたことを教えなくてはいけない、という概念にとらわれてしまっているだけだ。私たちの場合は冒険のようなものだ。どんなことが起こるのだろう、そしてどの部分を対応しなくてはいけないのだろうか？　私たちの場合はこういう状況を教師たちが楽しみ、心地よく思っていることが特徴だ。

だから現在のスポーツマネージメントと監督教育は、私たちがおこなった方法を取り入れることが重要だ。少しずつ現場から、そのスポーツを考えられる人たちが増えていく。この流れが進めば、スポーツももっとよく経営されるようになるだろう。私はそのことを確信している。

クライフ学院は、まだ成長している。とくにオンライン教育が世界中に広まり、何千人もの生徒がいて、有名な大学やクラブや機関と協力関係を結んでいる。オランダでは、高等専門学校レベルのクライフ大学に成長し、さらには中等専門学校教育をおこなうクライフ学園もできた。

振り返ってみれば、財団の問題点が起源となり学校ができたことは、素晴らしいことだった。何かを改善しなくてはいけないと認識し、それを教育する機関がなかったので、自分たちでその人間を育成することを決意した。だから私の娘のスシラが、財団の理事に入っていることは心強い。私のように考えられる人間だ。このことは将来に対する不安も解消してくれる。これは私の一部になっていたし、私がいなくなっても続かなくてはいけないことだからだ。

現在、オランダの財団はカローレ・テートから引き継ぐために、元バスケットボール代表選手で、クライフ大学で学んだニルス・マイヤーが率いている。カローレは私のトータルマネージメントを引き継げるほど成長していた。このように私は自分の問題も解決した。

カローレは私のすべての活動を、ワールド・オブ・ヨハン・クライフのもとに統合した。財団や学校だけでなく、クライフ・クラシックス、クライフ・フットボールとクライフ図書館も、その一部に含まれていた。二十年前にハンディーキャップを持った子どもたちと始めた小さなプロジェクトは、さまざまな活動をおこなう組織へと成長した。クライフコートもその一つだ。住宅街に設置されるスポーツ場は、子どもたちを外に連れ出すだろう。

これもさまざまな経験をすることで得たアイディアだ。「シックススス」から始まり、その後はアーロン・ウィンターの送別試合で、コンセルトヘボウに人工芝を敷いてサッカーをやり、そのフィールドは最初のクライフコートとして、レーリースタッドに寄付された。２００３年にオランダで一番美しいコンサート場で始まったことは、２０１６年には世界中に２０８カ所のミニコートが設立されるまでになった。それも多くのコートはサッカー選手たちが出資してくれ、彼らの名前も付け加えられている。

だから毎年、オランダの最優秀タレント賞のヨハン・クライフ賞を受賞した選手は、彼の名前がついたクライフコートの設置場所を選べる権利があることを特別なことだと思う。これを与えることで、才能豊かな選手が若い頃から良い例になることができるし、少し違う責任感を与えることができる。

現在、クライフコートは制限にぶち当たってしまった。とくにオランダでは場所がない。そうこうするうちに、子どもたちが毎日必ず行く場所があることが気づいた。学校だ。そのため私たちは、学校を視察するようになった。そして学校には必ず校庭があることに気づいたが、同時に学校の一番残念な場所が校庭だということも判明した。

子どもたちと学校関係者と話をしようということになり、一緒に校庭をどうすれば魅力的にできるかを考えはじめた。このようにして、「学校校庭14」プロジェクトがスタートした。すでに対応しきれないほどの申請が来ている。だがそれも私たちは解決するつもりだ。校庭を作らなくてはいけない。学校の近くで、いつでも好きなときに遊んでスポーツのできる場所だ。

これを設置することで、子どもたちの運動量が増え、子どもたちが糖尿病になる可能性を少なくするだけでなく、他の社会的な問題の解決にもなる。昔と違って現在は、共働きの親が増えていて、子どもの保育施設の問題が出てきている。これを設置することで、いつもより少し早く校庭に連れていくことができるし、子どもたちも授業が始まる前に三十分ぐらい運動をしていることになる。

いくつかの学校は、さらに一歩進んだ試みをするようにすらなっている。彼らはさまざまな大会を企画し、後には他の学校と共同でトーナメントを企画したりもしている。このように論理的に考えることで、シンプルな解決方法にたどり着くことができる。スポーツの解決方法と同じだ。私は何度も言っている。シンプルなサッカーが一番難しいことだ。だがその基礎技術を持っていれば、必ず先に進める。なぜならもっとも効率的な思考方法を手に入れているからだ。

だからスポーツの世界は、もっとも素晴らしい世界だ。ただ問題なのは、現在のサッカーはサッカーをしない人たちに握られてしまっているということだ。正直なところ、崩壊するのを待っている状況で、そうなったときに、そのことから学んでくれるということを願うだけだ。

それを財団や学校やその他のアクティビティを設立することで防ごうとした。私は基礎能力があるが、すべてを持っているわけではない。だからこそアメリカで見て、感じたようにスポーツと学問を融合しようと思った。

このような経験を私はどこかに保存していて、数年後にふと思い出し、実行に移す。ほとんどの場合は、考えるより先に行動している。チャンスが転がってきて、解決方法を探す過程で、言い表わせないようなオートマティズムが機能している。時間がたってから私が影響を受けたことが、ピースにはまるという感じだ。

これは人生で学んだことのほうが、どんな本を読むよりも多かったことにもつながる。人生経験は知識であり、その知識は提供するべきだ。そうすることで、クライフ学院での勉強課題がクライフコートや学校校庭をさらに良くするために、財団が知識を必要としたときに有用になる。このようなことは自然と成立し、さらに言えばこのようにあるべきだ。

アメリカのスポーツ組織はしっかりしている。ヨーロッパと違い、彼らの勉学システムは学校が中心だからだ。私たちがスポーツをしようと思うと、クラブを通さなくてはいけない。そのためには会員になる必要がある。だがアメリカでは、プロの枠に入るためには学校に通っていなくては、ほとんど不可能だ。このようにトップスポーツ選手が育成されるだけでなく、マネージメント、マーケティングや経済の面でスポーツに関係する人たちも育成される。

私はフース・ヒディンクを尊敬している。彼はオランダ代表監督に就任したときに、さまざまな流れに抵抗し、元代表選手の短縮監督コースを、オランダサッカー協会に認めさせた。先に四年間の監督コースを受けさせるのではなく、フランク・ライカールトとロナルド・クーマンをアシスタントコーチに任命し、同時にコースを受けさせた。彼らは準決勝まで進んだ１９９８年Ｗ杯が終わった後に、監督ライセンスを得た。

フィリップ・コクーやフランク・デ・ブールも、後に同様の恩恵を受けることができた。すべてフースの功績だ。スポーツ界における古い思考回路を壊すためには、彼のような人間が必要だ。経営陣がピッチのことを決めるビジョン。それが、現在ある問題のほとんどの原因だ。

これはサッカーだけではない。２０１２年のオリンピックのとき、私はセバスティアン・コーの行動に感心した。元陸上競技選手が、経営の考え方を学んだことは魅力的だった。自分が何を知っていて、何をできるかをわかっていて、同時にどの部分でサポートや強化が必要かを把握している人物だ。

私をパラリンピックに招待してくれたことも、誇りに思った。忘れられない経験をさせてもらえた。私たちは危機だと騒いでいるが、ロンドンではいろいろな問題を抱えながらも、スポーツ選手たちが全力を尽くしていた。そしてつねに一歩先に進めるように努力をしていた。彼らは私にとって、素晴らしい見本だった。同時にこの機会を利用して、クライフ財団に関与しているハンディーキャップを持ったスポーツ選手たちに、２０１６年のリオに向けて、このパラリンピックに研修生として参加させ経験を積ませることもできた。

お互い手を差し伸べ、状況を良くするための努力をしなくてはいけない。このようになるべきだ。自分一人では何もできないので、一緒にやらなくてはいけない。私はこのような関係性を私のすべてのアクティビティ同士でも作りたい。クライフコートと「学校校庭14」のように。さらには体育やスポーツ授業を学校に戻す活動をすることで、政府も良いつながりを作れるかもしれない。さらに一歩進めるとすれば、外で遊ぶということも学校の授業にするべきかもしれない。

最終的にみんなが健康的な生活を送るようになったら、政府が医療に割り当てなくてはいけない金額も大幅に減るだろう。現在では子どもたちが、昔と比べて動かなくなってしまったため、糖尿病が大きな問題となっている。学校や宿題に費やす時間だけでなく、今ではコンピューターやテレビを見るために、坐っている時間が増えている。だからこそ全員で支えなくてはいけない。彼らにそれが良くないことだと提示するだけではなく、同時に解決方法も提案しなくてはいけない。

そういう意味で、すべてのことに関して、私は理想主義者だ。サッカーだろうが、財団だろうが、学校だろうが、すべてだ。私はつねに物事をポジティブに考えるようにしているし、不可能なことはないと証明しようとしてきた。これが、私が学校で学んだことだ。私は信心深いが、教会を信じてはいない。私が信じるのは、考え方や行動の仕方であり、特定の宗教のディテールに追従することではない。

重要なのは哲学だ。私自身には14のルールがあり、宗教には十戒がある。これは基本思考だ。人とどのような関係を築き、それによって何をしたいかだ。そういう意味では、どんな宗教も極論に達しなくても、自分の立ち位置を知るためは重要だ。何かを達成した人から影響を受けることもある。どうしたらこんなことが、可能なのだろうと思うこともある。

昔、エジプトのピラミッドの建築に関しての記事を読んだことがある。そこで判明したことはいくつかの数字が、自然法則の数字と一致することだ。いったいどうすれば、現在の月の軌道とまったく同じように計算された建築物を建てられるのだろう。古代の人たちは私たちが持っていない何かを持っていたのだろうか。現代の人間のほうが、昔の人たちよりもっと進んでいると思っているにもかかわらず、たとえばレンブラントやゴッホにしても、誰が彼らのようなことができるだろう?

このように考えると、なんでも可能なんだと納得できる。三千年前にすでに不可能なことを実現できているのであれば、現代でできない理由はないだろう。私にとってそれはサッカーであり、クライフコートや「学校校庭14」でもある。ただやるだけではなく、何か特別なことも付け加えることでだ。

各コートや校庭には14のルールが掲載されている。遊びやスポーツが普段の生活に関係していると、子どもたちにわかってもらうために考えたことだ。このようなことを考えるためには高度な数学などは必要ない。みんなで一緒にやっていれば、必然的にできることだ。ワイン片手に、「まだ終わっていない、まだ何かが欠けている」と考える。このようにスポーツに関与できることは、私を幸せな気分にしてくれる。

ヨハン・クライフの14のルール

①テクニック
『基礎を学ぶこと』

②戦術
『何をするべきか把握すること』

③独創力
『スポーツの美学』

④学ぶこと
『練習は裏切らない』

⑤成長
『強い精神と強い身体』

⑥責任感
『リーダーシップの一環』

⑦リスペクト
『他者を思いやる』

⑧**コーチング**

『チームは協力しなければならない』

⑨**チームプレー**

「一人よりチームのほうができることが多い」

⑩**主導権**

『勇気を持ってやるべき』

⑪**個性**

『自分自身であれ』

⑫**チームプレーヤー**

『一人では勝利できない』

⑬**インテグレーション**

『楽しさはみんなで分かち合おう』

⑭**社交性**

『スポーツにおいてもすべての基本』

アヤックス、バルセロナとの争いは、人生が不思議で思いもよらない結果になることを学ばせてくれた。だから私はそのままを受け入れるし、それには私の家族が重要な役割を担っていた。

何度も引っ越しをしたが、誰も放ったらかしにされることはなく、すごく強い絆で結ばれている家族のままでいられた。家族に支えてもらえたので一番大変な時期でも、私はくじけずにいられた。つねに妻のダニーからは、後ろから守られていることを感じられ、オランダでもスペインでもアメリカでも、家族がそばにいてくれたおかげで、私が誰のためにやっているかを認識できた。ダニー、子ども三人、犬三匹と猫。どこで暮らしていても、家に帰ると、ほんとうに自分の家なんだと感じられた。だから1987年に私がアヤックスを去っていなかったら、どうなっていただろうという推測は、意味がない。スペインで生まれた孫を見て、そして私の子どもたちがバルセロナでどれだけ幸せなのかを見ると、こうなるべきだったのだと改めて実感させられる。

だがオランダとのつながりも残っている。私は自分の国のことを、良い部分も悪い部分も含めて誇りに思っている。小さい国だが、才能豊かだ。他のどんな場所にもこれだけのマルチタレントが一平方メートルごとにいるところはない。売ってしまう前は、あのニューヨークすら私たちのものだった。一方で私たちは、そんなに優しい民族ではない。私がその代表とも言えるだろう。文句を言わなくてはいけない場合、私はその最前線につねにいる。そういうのも含めて私たちは、ユニークな民族だと思う。そしてそのことを私は、子どもたちや孫たちにも伝えつづけるつもりだ。

さまざまなことが起こったため、シャンタル、スシラとヨルディーは、普通の子ども時代を過ごせなかったことは言うまでもないだろう。私の知名度もその一因となって、家族に影響していた。私が素晴らしいプレーを試合で披露したときには、王様のような扱いだった。サポーターからだけでなく、学校でも同様だった。だが、私が悪い結果を残したときには、子どもたちも矢面に立たされていた。私はつねに、良いプレーをしようが悪いプレーをしようが、彼らの父親であることは変わらないと言いつづけてきた。そして父としての私は変わることなく、つねにいつもどおりの父親だった。

とくに、自分自身もスパルタ教育を受けてきたダニーが、子どもたちにしっかりとした規範や価値観を与えてくれた。たとえばクリスマスのときは、私たちの子どもたちはもっと恵まれない子どもたちのために、プレゼントを買っていた。そしてプレゼントを包装したら、複数の孤児院に届けに行っていた。ちなみにこのようなイベントの参謀は、ダニーだった。

さらに子どもたちには、つねに自分の感性を信じるように教育してきた。とくに思慮深い決断を下す場合は、アドバイスを受けることも重要だ。結果としてプラスになるときも、マイナスになるときもあるだろう。もしくは負債を負うか花を得る場合もある。だがどちらの場合でも、対応することをおぼえなくてはいけない。

ヨルディーはサッカー選手としてのキャリアを終え、現在は第二の人生のために成長しているところだ。彼も頑固で間違いを犯すところを見ると、面白いと思ってしまう。そういう面ではすごくオープンな関係なので、私たちはすべて打ち明け、話し合っている。だが一番重要な決断は、つねに自分で決めなくてはいけない。

私の場合は、ダニーがバランスを取ってくれていた。人生はつねに何かのバランスがあるのだと思う。自分が持っていないものは、他の方法で探すようになる。私はファッションや色彩のセンスがない。でも彼女は持っている。ダニーは菜園もやる。私は多少手伝うが、その才能はない。私にとって重要だが、持っていないものを彼女は補ってくれる。家に帰ってくると、花が飾ってある。自分では買わないだろう。だが家に入ったときに花の匂いを嗅ぎ、それを見るととても良い気分になる。私はこれが基本だと思う。絶対に片方に一方的に傾くことのない、何かしらのバランスだ。

子どもたちに関しては、どのスポーツを選ぶかということは彼らに任せていた。一人はサッカーをやり、もう一人は乗馬を選んだ。長女のシャンタルは一番才能豊かなはずなのだが、このなかでは一番スポーツをしない。走ったり、泳いだり、他の何でもいいが必要に迫られた場合、彼女が大概上位の成績を残すが、練習という言葉を聞いた瞬間にやる気はゼロになる。彼女は一度も練習をしたことがない。

スシラはもっと活発で、乗馬では高いレベルに達していた。当時、1メートル45のハードルを飛び越えていて、それはほんとうにすごいことだった。アメリカからアムステルダムに戻った頃に、乗馬を始めた。そしてバルセロナに引っ越した後も成長し、最終的にはスペインの五輪代表まで後一歩のところまで行った。イギリスのトップ騎手のジョン・ワイテーカーのところで研修を受けたこともあり、今でも連絡を取っているようだ。

だがあと一歩というところで、膝蓋骨の問題が起こってしまった。いくつかの筋肉がこれを支えているのだが、それができなくなってしまった。本当に残念で悲しいことだったが、スシラは今でも馬が大好きだ。シャンタルの息子が引き継いだような形になっていて、すでに1メートル40の高さを飛んでいる。

サッカーに関しては、若干ヨルディーに移譲した感じはある。ヨルディーがさらに、孫たちのなかの誰かに委ねるかは、私にはわからない。孫たちにはサッカーに適した性格で、素晴らしい技術を持っている子もいる。もしかしたら？　という希望もあるが、彼らにはまだ長い道のりが待っている。ほんとうに長い道のりだ。

私の子どもたちは、頼もしい人間へと成長していた。誰もがよく働くし、言語を駆使し――シャンタルに至っては七カ国語を操れる――、全員自分たちの方法で生活基盤を作り上げた。強い絆で結ばれている家族だが、お互い自由にさせている。全員自分の気の向くままに、世界中を飛び回っている。だがつねに、どこにいようが、お互い連絡を取ることは忘れない。

私には八人の孫がいる。男の子六人と、養子の女の子二人だ。八人全員のことを知ることができたのは喜ばしいことだ。父親のときとはまた違う、素晴らしい経験だ。父親から、おじいちゃんになることの抵抗はまったくなかった。何かがそれで終わるとは、思っていなかったからかもしれない。逆に新しい経験をすることで、また一つ新しいことが加わったという感じだ。子どもたちはいつまでたっても私の子どもたちだし、世代が違っても、私の孫たちも私の子どもたちだ。人生はつねに進行するものだ。そして困難なことも価値がある素晴らしいものになる。

私の人生で一番素晴らしかったことは何かと聞かれると、それは私の妻、子どもたちと孫たちだ。彼らのおかげで私は幸福を感じられている。ほんとうに幸せだ。

私はほんとうに素晴らしい人生を歩んできた。そしてそれにふさわしい方法で、人生を振り返ることができる。何にせよ信じられないぐらい激しい人生だった。百年間生きていたようなものだ。小さい頃から、ほんとうにいろいろなことが起こった人生だった。素晴らしい出来事もあったが、不幸な出来事もあった。そこで学んだことは、必ずしも自分の間違いが原因で起こるわけではないということだった。ただ不幸な出来事は、何か修正をしなくてはいけないサインだ。このように考えるようになると、どんな経験もポジティブに捉えることができる。そうすることで、人として成長できる。それに失望することを学ぶが、悲しむことはない。

運良く私は、すべての不幸を乗り越えられることができた。それも偶然ではないだろう。私は攻撃の選手で、誰にも恐れず、新しいことを創生することに慣れている。だから羞恥心とは無縁だ。養豚場で何百万ものお金を失ったときも、自分がどれだけ愚かだったかすぐにわかったので、そのような感情はなかった。これだけサッカーができて、それに対する知識も豊富に持っている人間が、急に豚に関わってどうするという感じだ。

このように勇気を持って、自分自身を鏡で見ることができれば、そこに羞恥心が芽生えるスペースなどなく、逆に良い勉強ができたと結論づけられる。そして間違いを犯すことで、自分の道を見つけることもできた。後はリベンジをするだけだ。そして私は幸運にも、それはつねに得意だった。

それに私が自分の道を進むうえで、何人かの大切な人たちと出会えたことも運が良かった。変なふうに聞こえるかもしれないが、私が経験した特別な人生のお陰で、私が連絡を取れない人はいなかった。私が最初にコンタクトを取ったなかの一人は、技術者のフリッツ・フィリップスだ。アントン・ドレースマンも、いつでも気軽に連絡ができる人だ。アディダスのホルスト・ダスラーも同様だ。彼と会ったとき、私が今まで考えもしなかったようなことを話してくれた。私はプーマを使っていたにもかかわらず、彼はいつでも時間を作ってくれた。

ピーター・ウィンセミウス元大臣も、同様だ。彼のところにもいつでも相談に行ける。その場合彼は、自分の役職をベースに情報を提供してくれるのではなく、彼が持っている知識をベースに情報をくれる。財団のアドバイザーのレーン・ホッランダーも同じような感じだし、バルセロナに住んでいたIOCの元会長のアントニオ・サマランチも同じだった。全員、固定概念にとらわれない考え方をできる人たちだ。それに彼らは、その分野の第一人者にもかかわらず、エゴを持っていない。

いわゆる重要と一般に言われる人たちとは大きな違いがある。そのような人たちのエゴは、とてつもなく大きい。シンプルに考えることができ意見が言える人と、期待したものにこだわりつづけている人との大きな違いだ。

私自身も同じような経験を何度もした。サッカーにおいて私以上に戦術、技術そして育成のことに関して知識を持っている人はいない。それなのに、なぜ私と議論をする必要があるのだ？ 意味がない。そんなことをしても、間違いしか起きないだろう。だから私の言葉に耳を傾けなくてはいけないのだ。そうすることでメリットを得なくてはいけない。そんなことすらわからない、大きなエゴとはなんだろう？ 幸運にも私は、まわりにいた特別な人たちの言葉をちゃんと聞いていた。そして彼らの言葉は、最終的に私を良い方向に導いてくれた。

心を打たれた人たちには、親しみを感じている。私を知っている人たちは、私が友情をどれだけ大事にしているかわかっていると思う。私の親友のロルフ・フローテブールは、5歳の頃から知っている。私たちはヨーピーとドーイェだ。私は小さい頃ヨーピーと呼ばれていて、彼はほとんどしゃべらなかったのでドーイェと呼ばれていた。私たちはお互いこの関係が何をもたらすか、正確にわかっている。

いろいろなタイプの多くの人たちが、私にとって大切だったかわかっているので、私の言葉が今でも子どもたちに響いていることは、うれしい限りだ。私もまだ時間の流れに、取り残されていないようだ。それに技術の進歩のお陰で、世界が広がっている気もする。この十五年間のほうが、その前の時期より有名になっているらしい。私は四十億人の人たちに知られていたが、現在では六十億人に増えているようだ。最初はどうしてこんなことが、起こるのだろうと考えた。でもこれは、グーグルとユーチューブの効果だった。すごく不思議な感じがするが、同時に影響も受けた。

私を、芸術やカルチャーと比較する人たちもいる。すごく奇妙な感じだし、私自身はそのようなことと関係すると思ったことがなかった。聞いてみると、サッカーとは関係のないAとBにリンクが作られていた。たとえば、身体の制御の仕方や優雅さなどだ。その道のエキスパートは、それがわかるらしい。

このようなことは、とても面白い。私に理解できるわけではないが、誰もがその人たちの方法で何かに影響される。ビリー・ビーンもそういったなかの一人だ。74年W杯のオランダのトータルフットボールに影響を受け、考え方を変え、アメリカのプロ野球を変えた。

終わりはないだろう。だから固定概念にとらわれない考え方ができることは、とても重要なことだ。だからといって、どんなアイディアでもいいというわけではない。だが中途半端なアイディアでも、そこから他の人が影響を受け、完璧に仕上げることができるかもしれない。だが固定概念に囚われたままだと、何も生まれない。とくに上の人たちが考えているように考えることを強要されたら、絶対何も変わらないだろう。

私は誰か一人が何かを発明することは、ないと思っている。たとえば電球を発明したトーマス・エジソンも、有能な人たちを導いたのだと思う。いろいろな足し算であり、そのなかの誰かが各個人のディテールを組み合わせることができたとき、ユニークな結果が生み出されるのだろう。

始まりはすべて小さなピースで、いきなり完成した状態で始まることはない。トータルフットボールでも同じだった。最初は一人一人特殊な才能を持っていた選手たちで、それが集まって最終的に一つのチームとなった。それを見抜き、まとめ上げることが芸術だ。

それが現在重要なポジションを担っている人たちに、欠落している部分だ。スポーツでもそれ以外でも。彼らは自分のことしか見ていないため、ほんとうに見なくてはいけないことが見えていない。そうすると、リーダーシップを取ってはいるが、それは限定的だ。

私は運良く変革の時代に育ってきたので、自分で何を言っているかわかっている。ビートルズ、ロングヘア、古臭い規律への反抗、フラワーパワー、などなどだ。この四十年間でほんとうにいろいろなことが起き、そのたびに考え方も変わっていった。音楽がそのきっかけだったこともあるし、スポーツがきっかけだったこともある。ビートルズが広めなかったものはあるだろうか？　音楽以外でもだ。当時起こった多くのことは、別に彼らが学校で学んだことでも何でもなかった。

残念ながら現在も、少し変わってしまっている。機械やコンピューターが多くのことを補ってしまったため、想像力が犠牲になっている。現在のプロサッカーでも、そうだ。多くの選手たちは、ソーシャルメディアで、多くのフォロワーがいる。それは素晴らしいことだし、特別なことだ。選手が多くのフォロワーを持っているということは、それだけの人たちが彼に興味を持っているか、もしかしたら彼から学ぼうと思っているからだ。だからフォローされる。だが同時に彼も、学びつづけなくてはいけない。となると彼は誰をフォローするのだろう？　それともただ、フォロワー数を増やすためだけにやっているのだろうか？　最終的にはそれも弊害となってしまう。

だからコル・コスター、ホルスト・ダスラー、ピーター・ウィンセミウスや他の人たちは、私にとってかけがえのない存在だった。彼らは私が間違いを犯さないように助けてくれただけでなく、他の考え方をできるようにもしてくれた。そのおかげで私は、プロサッカーのキャリアを終えてからも成長しつづけることができた。そしてそれは、サッカー選手や監督として過ごしていたときと同じぐらいの満足感を与えてくれた。

私は百年後にどのようにおぼえていてもらいたいか、と聞かれたことがある。どうせその頃にはもう生きていないので、そんなに心配する必要はないだろう。だが答えを出すとすれば、責任感のあるスポーツマンとして記憶に残ってほしい。もしサッカー選手としてだけ評価されてしまうのであれば、それは私の人生の十五年から二十年ぐらいだけのことで、正直限定的だと思う。

サッカーの才能は神に与えられた。私は何もする必要はなかった。そのおかげで少しのあいだサッカーをすることができ、とても楽しんだ。仕事に行ってくると言った場合、私はサッカーをしに行けたのだ。そういう運に恵まれた。だから私の人生でおこなった別のことのほうが、私にとっては比重が高い。

とはいえ、私は全員にわかってもらえることはなかった。サッカー選手としても、監督としても、その後もそうだった。まあいいだろう、レンブラントやゴッホもわかってもらえなかった。悩みつづけることによって、人は天才に近づく、ということをそこから学ぶことだ。

あとがき

父は3月24日に家族に看取られ他界した。ヨハンの希望はこのことを親族内で留めておくことだったので、火葬もごくわずかな人たちだけでおこなわれた。葬儀は質素に、とくに親しい人間だけを招くように、ヨハンは明確な指示を出していた。

だが家族としても、ヨハンが私たちだけのものではなく、みんなのものであることは理解している。だからFCバルセロナが、このスタジアムでメモリアルを開くことを承認してくれたことに、とても感謝している。そのおかげで私たちは今日、ドクターや病院関係者、父の人生の最後の数カ月の面倒を見てくれたすべての人に感謝することができた。

それにヨハンを失った悲しみを、みんなで分かち合うことができたことは、正しい決断だったと今では思っている。示された愛情や尊敬の念は、このうえなく特別なものだった。それによって、私たち家族に与えてくれた力にとても感謝している。

みんなが私たちのプライバシーを尊重してくれたことも、非常に誇りに思い、うれしいことだった。有名な父を持つと、そのようなことは難しいことだと認識している。その点に関しては、バルセロナにも感謝したい。すべてに関して家族と話し合ってもらえ、つねに私たちの希望も考慮してもらえた。

だからヨハンがその人生で最後のサインによって、クラブと財団の協力をより顕著に示せたことは、素晴らしいことだと思う。

父がこのことに関して、どれだけ誇りに思っているか表現しきれない。ヨハンはアヤックス、バルセロナ、オランダ代表を愛したが、財団は彼が最期に、すべての力を注ぎ、気にかけた特別な子どもだった。だから私たち家族は、ヨハンの価値観や希望を尊敬し、毎日忘れないようにするためになんでもするつもりだ。

ヨハンはみんなの心のなかにあり、多くの人たちに影響を与えた。これからも、そのように記憶されるべきだ。

ヨルディー・クライフ
2016年3月29日、火曜日
バルセロナでおこなわれたメモリアルより

訳者あとがき

ヨハン・クライフ関連書籍は数多く出版されてきたが、クライフが自らの人生を振り返り、これまで頑なに守ってきた78年W杯時に起こった真実も含めて、赤裸々にそのすべてを語り尽くしたのは、この一冊だけだ。

今回の話が立ち上がったのは、クライフががんを発表して二カ月ほどたった頃だった。自伝とは聞いていたが、いったいどんな内容になるのだろうと、原稿が上がってくるのを楽しみに待っていた。クライフに日本の読者に向けてのまえがきを頼もうと準備していて、5月にヨーロッパに行くことも決めていた。

だが2016年3月24日、世界中のサッカーファンに衝撃を与える悲報が流れてしまった。がんとの闘病の末、バルセロナで家族に見守られながらクライフは息を引き取った。

ある程度予想されていたとはいえ、あまりにも急な出来事だった。私も知り合いからのラインでこのニュースを知ったときには驚いた。ちょうどこの本の原稿の原書を待っていたころで、ヨーロッパ行きの飛行機も予約したばかりだった。

翌日のオランダ紙の紙面は、クライフで埋め尽くされていたが、作業は深夜まで続けられていたよ

クライフ逝去を一斉に報じるオランダ各紙

うだ。テレグラフ紙のスポーツ部デスクのファーレンタイン・ドリッセン氏も「まだ先のことだと思ってたから準備は全然できてなかったよ。慌てて全員出社して、関係者からのコメント集めて、てんやわんやだった」と後日語ってくれた。オランダ人記者たちですら予想していなかった突然の死去だったのだ。

各国のリーグ戦や代表戦ではクライフに黙禱が捧げられた。クライフが現代サッカーにもたらした功績の大きさと、その偉大さがわかるだろう。アヤックスのアレーナ・スタジアムをヨハン・クライフ・スタジアムに名称変更をするという動きもあるし、バルセロナでもクライフの名をどのように残すかという検討がおこなわれている。

すでにこの本を読んでもらった読者にはわかると思うが、章立てはクライフの背番号14番に合わせて

14章となっている。オランダ語の原書では26章立てだったが、英語版で14章に変更していたので、それに従った。本書では、サッカー選手としてのクライフや監督としてのクライフだけではなく、それ以外のことや当時の思いを本当に多く語っている。

ただ、これだけの量のクライフ語を翻訳するのは、本当に苦労した。オランダ人にとっても、別言語であると言っても過言でないぐらいクライフの話し方は独特で、造語などが多く使われ、クライフィアーンスと呼ばれるほどだ。そもそも造語なので、オランダ語の辞書にも意味が載っていないような単語が数多く出てくる。オランダで唯一、クライフのコラムを毎週で担当していて、オランダでも数少ないクライフ番記者のヤープ・デ・フロートがまとめているとはいえ、彼もなるべくクライフの言葉を原文のまま残しているので、クライフ語が満載だった。それに、オランダ人にとっては当たり前のことが省かれていたりもしていたので、そのような部分が補足されている英語版を適時参照させてもらった。

ただでさえ難しいクライフ語をさらに英語版から翻訳すると、もともとの意味がわからなくなることがある。それを防ぐために基本的にはオランダ語の原書をもとに翻訳し、クライフ語がわからないときは、私自身も昔から面識のあるヤープに直接電話し意味を教えてもらい、なるべく原文の空気感を壊さないように気をつけた。

本書では監督を引退してからのクライフがおこなった仕事も、ほとんど記載されている。それもクライフ視点による事件の裏側もだ。そのためアヤックスやバルセロナとの闘争など、クライフが第一線から退いた後に起こったゴタゴタなどは、そんなことがあったんだと思うような部分も多いかもしれない。

往年のクライフはメディアにもほとんど露出せず、テレグラフ紙で毎週連載していたコラムが唯一定期的にクライフの言葉が世に出てくる場だった。オランダの各メディアもそれを読んで、クライフがこんなことを言っていると、それがまたニュースになるぐらいだ。とくに最近のクライフは、オランダサッカーのレベルの低下を嘆いていた。クラブの育成方法やオランダ代表の戦術を危惧し、クライフのコラムも八割がた批判で埋め尽くされていた。本気でオランダサッカーの将来を心配していたからこそ警鐘を鳴らしつづけ、クラブと対立してまでクライフの理想を貫き通した。

天才の思考を完璧に理解することは難しいだろう。しかしクライフが残したサッカーは、現代サッカーの基礎となっているように世界中に根づいている。ペップ・グアルディオラなど、数多くのクライフの弟子たちが、これからもクライフのサッカーを引き継いでいき、新しい時代の礎となるだろう。

本書以外のクライフの自著『サッカー論』(小社刊)もあわせて読むことで、クライフのサッカーに対する思い、そしてサッカーで埋め尽くされたクライフの人生をより理解してもらいたい。

若水大樹

二〇一七年一月

解説

２０１６年4月2日、カンプノウ――。

バルセロナはクラブ史上最大の恩人を送り出す場として、レアル・マドリードとのクラシコの舞台を選んだ。キックオフ前、９万９千人の観客が総立ちになり、静寂のなか、スクリーンに追悼の映像が流れはじめた。

un entrenador genial, un equip de somni.

（ひとりの偉大なコーチ、ひとつのドリームチーム）

カタルーニャ語のナレーションに導かれ、１９９2年のチャンピオンズカップ優勝メンバーのひとり、ミゲル・アンヘル・ナダルがヨハン・クライフの名言を読みあげた。

si tu tienes el pelota, el rival no la tiene.

（あなたがボールを持っていれば、相手はそれを持つことができない）

それに続いて、往年の名選手たちがクライフ語録を暗唱していく。

ペップ・グアルディオラ、ロナルド・クーマン、フリスト・ストイチコフ、アイトール・ベギリスタイン……。彼らがともに築いた黄金期の試合とともに、クライフが監督としてピッチで躍動する姿が写し出された。そして最後に、名選手たちが次々に「ありがとう（Gracies）」とカタルーニャ語で最後のメッセージを口にした。その言葉の連なりのすべてが、クライフがサッカー界に与えたものの大きさを物語っていた。

クライフの逝去の9日後、カンプノウはまたひとつサッカー界の歴史に新たな1ページを刻んだ。

2015年10月に肺がんを患っていることを公表したあと、クライフは自伝となる本書の制作をスタートさせた。誰もが病との闘いに勝つことを祈っていたが、残された時間が長くないことを本人が一番わかっていたのだろう。長年テレグラフ紙の連載で組んできたヤープ・デ・フロート記者の力を借り、闘病生活を送りながら68年間を振り返った。本書はクライフの遺書とも言える人生の集大成である。

本を手に取ったとき、驚かされるのがさまざまな出来事が赤裸々に、生々しく語られていることだ。たとえば「クライフはなぜ78年W杯を辞退したのか？」という謎について。

オランダは74年W杯をトータルフットボールで席巻しながらも、決勝で西ドイツに敗れ、そのリベンジを78年W杯で果たすことが期待されていた。だが31歳のクライフはキャリアのピークであるにもかかわらず、同大会を辞退する。その理由は長らくサッカー界の謎のひとつだった。

本書ではその真相が初めて明かされている。

事件が起きたのは、1977年9月17日のことだ。バルセロナの自宅に強盗が押し入り、家族とともに命の危機にさらされたのである。バンには人を包むためと思われる絨毯が積まれており、誘拐犯と推測できた。幸い途中で妻が逃げることに成功し、周囲の助けで犯人は捕まったが、しばらく警察の保護下での生活を強いられる。

家族を置いていけない――。クライフがW杯を辞退したのは、誘拐未遂事件があったからなのだ。模倣犯を防ぐために、これまで一切発表してこなかった。

他にも、普通なら話したくない失敗も明かされている。たとえば31歳で一度目の引退をしたときに、養豚場の投資に失敗したことや、イビサ島の不動産詐欺にあったことだ。

「引退後、私は経営者になった。この決断は私の人生において大事な教訓となった。もしかしたら一番重要だったかもしれない（中略）金の臭いがするところには、いろいろな奴らが群がってくる。今ではそれがわかるが、当時の私は知らなかった」

スペインの税制が変わったときにバルセロナの会長がサポートしてくれず、引退後に税金の追徴課税が発生。全財産の80パーセントを失ったと告白している。

だが、人生何がプラスに転じるかわからない。この財政的困窮がアメリカでの現役復帰を促し、のちに監督業に進むきっかけになったのだから、クライフがビジネスで成功しなかったことはサッカー界にとっては幸運だったかもしれない。

クライフのすべての本と同じように、本書のいたるところに戦術論・技術論・育成論が散りばめられている。ゴール前における守備理論については、こんな記述がある。

「多くの人々は、守備をするということはボールを奪わなくてはいけないことだと思っている。だが守備の真髄は、キーパーにボールを止めさせるチャンスを作ることだ」

言い換えれば、ディフェンダーがうまくシュートコースを消さなければならない、ということである。

「全員が守備において認識しなくてはいけないこととして、キーパーは7メートル中5メートルほどしか守れないということだ。ディフェンダーとしてはその残りの2メートルを防御すればキーパーを助けることになる。しかしその2メートルをあっさり明け渡してしまったらキーパーにはどうすることもできない」

監督、育成指導者、テクニカル・ディレクターについて、個人的に印象に残ったアドバイスを列挙しよう。

監督向け　「私はただ単純に十一人のベストプレイヤーを選んでいたのではなく、お互い合う選手たちの組み合わせを考えていた。だからディフェンダーには大前提として、（GKの）メンゾーと合う選手たちを選んでいた。この選手Aは選手Bと合うというようなパズルの組み合わせは、つねに楽しませてくれた」

育成指導者向け

「〝育成〟での危険は、監督が選手に物事を新しく教えるのではなく、やめさせてしまうことだ。たとえば、次のような例だ。ドリブルばかりする選手に、ドリブルを禁止してはいけない。その代わりに、大きくてフィジカルが強い相手と対戦させればよい。そこで何度かガツンとやられると、選手は自ら適したタイミングでパスを出せるようになる」

テクニカル・ディレクター向け

「テクニカル・ディレクターは、クラブの歴史と伝統の系譜を調べ、失われないようにする存在だ。フロントの人間としっかりコミュニケーションを取り、きちんと監督とのパイプ役を果たすことで達成できる。テクニカル・ディレクターがこの筋を踏襲せず、自分の思うように計画を優先してしまうと組織にとっては致命的となり、クラブも崩壊してしまう」

ペップ・グアルディオラは追悼インタビューで「バルセロナでは毎日、大学に通うような気分だった。まるで授業かのように教えてくれるからだ」と振り返っている。そのことがまさに本書からも読みとることができる。

そして何と言っても本書の最大の魅力は、「どうやってクライフという天才が創られたのか」というテーマに想いを馳せられることだ。子供の頃の話が細かく書かれており、どんな環境で育ち、なぜ独自のサッカー論にいきついたかを知ることができる。

独断と偏見で分析すると、ポイントは三つある。

一つ目は、アヤックスを〝保育園〟にして、幼いときから出入りしたことだ。

クライフ家はけっしてサッカー一家ではなく、叔父がアマチュア時代のアヤックスで少しプレーしたことがあるくらいだった。だが、クライフの父親はスタジアムの近くで八百屋を営んでいた。5歳のとき、父親と一緒にアヤックスにフルーツバスケットを届け、クラブの用具係のヘンク・アンヘルと知り合った。アンヘルから手伝いを頼まれ、5歳のクライフはアヤックスのクラブハウスに出入りするようになる。

父親が心臓を患って他界したあと、クライフの母親とヘンクが再婚した。まさにアヤックスが〝家族〟になったのだ。子供のときから1軍の選手と食事をしているのだから、プロになってからビビるはずがない。最高の英才教育だ。

二つ目は、野球の存在である。クライフは子供のときに野球にも取り組み、それがサッカーに大いに役立ったと綴っている。

「ちなみに野球も私はうまかった。キャッチャーとして15歳まではオランダ代表に選ばれていたぐらいだ。（中略）野球ではサッカーにも活用できることをいろいろ学べた。キャッチャーとして私が投手をリードした。なぜなら投手ではなく私がピッチ全体を見渡せるからだ。そのおかげで自然と私のサッカー選手としての能力でもある、全体を把握する力が強化された。同じように先の展開を考えることも学んだ」

三つ目は、ミケルスによる特別待遇だ。クライフは18歳にもかかわらず、この名将からまるでコーチかのように扱われた。

「ミケルスは当時私のことをダイアモンドの原石と称し、どんなときも私を導いてくれた。対戦相手の事前ミーティングや私たちがどのような戦術を取るべきかを私とだけ話し合い、その場には他に誰も参加させなかった。彼は私にピッチ上での責任を与え、状況が必要とするのであればその場で修正する権限をくれた」

アヤックスの環境、野球、飛び級的扱いが、クライフという天才の創造に大きな役割を果たしたのである。


本書の英語版の出版イベントがロンドンでおこなわれたとき、特別ゲストとしてペップが登壇した。普段は個別のインタビューを受けないが、恩師のためならいつでも駆けつける。ペップは熱く語った。

「クライフに会うまで、私はサッカーについて何も知らなかった。それまでサッカーについて知っていると思い込んでいたが、彼の下でプレーし新たな世界が目の前に開けたんだ。なぜ試合に勝てたのか、なぜミスをしたのか、その理由を理解させてくれた。人々は勝ちとったタイトルの数で監督を評価する。大きな間違いだ。なぜならそういう評価をするなら、優れた選手がいるビッグクラブの監督だけに名将の称号が与えられることになる。重要なのはどう勝つか。新しい世代の選手たちにどんな影響を与えたかが重要だ。それが私が、クライフが教えてくれたことを追いつづける理由だ。彼の教え子たちの多くが、監督になった。この影響は計り知れない。今なお彼の教えは生きている」

筆者はクライフに会ったことがなく、映像と文字を通してしか、その人物像を知らない。だが、オランダに半年間住んだことで思想と熱に触れることができ、その世界観に魅了された。

そして、オランダ語の映像や文献に埋もれた彼の言葉を掘り起こすために、若水大樹氏とともに『クライフ哲学ノススメ』（白夜書房刊）を出版した。その本がきっかけとなって、クライフが記した『サッカー論』を若水氏とともに日本語に翻訳する機会も得た。

尊敬という言葉では言い表わせない、子どものような憧れを抱きつづけてきた。偉大な名選手たちと同じようにこの言葉で締めくくりたい。Ｄａｎｋ ｕ ｗｅｌ、ヨハン・クライフ。心から感謝しています。

二〇一七年一月

木崎伸也

ヨハン・クライフ タイムライン

選手時代

クラブ

1964−1973 アヤックス（319試合、253得点）
1973−1978 バルセロナ（184試合、61得点）
1979 ロサンゼルス・アズテックス（27試合、14得点）
1980−1981 ワシントン・ディプロマッツ（32試合、12得点）
1981 レバンテ（10試合、2得点）
1981−1983 アヤックス（52試合、20得点）
1983−1984 フェイエノールト（44試合、13得点）

代表

1966−1977 オランダ代表（48試合、33得点）

獲得タイトル

アヤックス エールディヴィジ 1966、67、68、70、72、73、82、83
KNVBカップ 1967、71、72、83
UEFAチャンピオンズカップ 1971、72、73
UEFAスーパーカップ 1972、73
インターコンチネンタルカップ 1972
バルセロナ ラ・リーガ 1974
コパ・デル・レイ 1978
フェイエノールト エールディヴィジ 1984
KNVBカップ 1984

監督時代

1985-1988 アヤックス
KNVBカップ 1986、87
UEFAカップウィナーズカップ 1987

1988-1996 バルセロナ

ラ・リーガ　1991、92、93、94
コパ・デル・レイ　1990
スーペルコパ・デ・エスパーニャ　1991、92、94
UEFAカップウィナーズカップ　1989
UEFAチャンピオンズカップ　1992
UEFAスーパーカップ　1992

2009-2013　カタルーニャ代表

表彰

1971　バロンドール
1973　バロンドール
1974　バロンドール、W杯最優秀選手賞

重要な年表

1947（4月25日）アムステルダムにて生誕

1957（4月）　アヤックスのユースチームに入る

1959（7月8日）　父他界

1964（11月15日）　アヤックス1軍デビュー

初得点を決めるが、試合は3－1でGVAVに負ける

1965－66（9月7日）　ヨーロッパ杯予選ハンガリー戦でオランダ代表デビューし得点も決める（2－2）

初ハットトリック。シーズン25得点、アヤックスは優勝する

1966（11月6日）　オランダ代表初のレッドカードで退場処分を受ける

1966－67　アヤックスがリーグ制覇とKNVBカップ制覇し、33得点で得点王となり、オランダサッカー最優秀選手受賞

1967－68　アヤックスがリーグ3連覇し、オランダサッカー最優秀選手賞受賞

1968（5月28日）　ダニー・コスターと結婚

1969（5月28日）　UEFAチャンピオンズカップ決勝でミランに負ける（1－4）

1970　補欠の背番号14で怪我から復帰。これ以降、この番号がクライフの背番号となる

（11月16日）　長女シャンタル誕生

（11月29日）　AZ'67戦で6得点を決め、8－1で勝利する

1971（6月2日）　アヤックスがUEFAチャンピオンズカップ初制覇（2－1 vs パナティナイコス）

オランダサッカー最優秀選手賞受賞、バロンドール受賞

アヤックスと7年契約を結ぶ

1972　（1月27日）次女スシラ誕生
（5月31日）アヤックスがUEFAチャンピオンズカップ2連覇（2-0 vs インテル・ミラノ）、両得点ともクライフが決める。インターコンチネンタルカップ制覇
アヤックスがUEFAスーパーカップ制覇

1973　（5月31日）アヤックスがUEFAチャンピオンズカップ3連覇（1-0 vs ユベントス）
バロンドール受賞
（8月19日）アヤックスでの最終戦。バルセロナに記録的移籍金で移籍（推定200万ドル）
（2月9日）長男ヨルディー誕生。出生届をアムステルダムで提出。しかしその名前はフランコ政権のスペインでは認められていない名前だった

1974　（2月17日）レアル・マドリードにベルナベウで5-0の勝利。バルセロナは1960年以来初のラ・リーガ制覇
クライフがオランダ代表をW杯決勝に導くが決勝では西ドイツに2-1で負けてしまう。W杯最優秀選手賞受賞。クライフターンを初披露。
バロンドール受賞

1977　（10月）オランダ代表引退

1978　（4月19日）バルセロナがコパ・デル・レイ制覇。（3-1 vs ラス・パルマス）
オランダ代表はまたW杯決勝に進出するが、延長の末3-1でアルゼンチンに負ける。クライフはW杯には出場しなかった。

1979　バルセロナのユースアカデミーのラ・マシアがクライフのアドバイスにより設立
　　　ロサンゼルス・アズテックスへ移籍。NASL最優秀選手賞受賞
1980　ワシントン・ディプロマッツへ移籍
　　　（11月）アヤックスにテクニカル・アドバイザーとして復帰。アヤックスは8位だったが、このシーズンを2位で終える
1981　さまざまなクラブがクライフの獲得を目指し、レスター・シティが最有力候補だったが破談し、最終的にはレバンテへ移籍
　　　アヤックスへ移籍
1981－82　アヤックスがリーグ制覇
1982－83　アヤックスがリーグ2連覇とKNVBカップ制覇の2冠を達成
1983　アヤックスがクライフとの契約延長をしなかったため、ライバルのフェイエノールトへ移籍
1983－84　フェイエノールトがリーグ制覇とKNVBカップ制覇の2冠達成
1984　オランダサッカー最優秀選手賞受賞
　　　（5月13日）現役引退
1985　（6月）アヤックスにテクニカル・ディレクターとして就任（事実上の監督）
1985－87　アヤックスがKNVBカップを2年連続制覇
1987　（5月13日）アヤックスがUEFAカップウィナーズカップ制覇（1－0 vs ロコモティブ・ライプツィヒ）

1988 （夏）バルセロナ監督就任
1989 （5月10日）バルセロナがUEFAカップウィナーズカップ制覇（2－0 vs サンプドリア）
1990 （4月5日）バルセロナがコパ・デル・レイ制覇
1991 （2月）心臓のダブルバイパス手術を受ける
1992 （5月20日）バルセロナがUEFAチャンピオンズカップ制覇（1－0延長 vs サンプドリア）
1993 （2月／3月）バルセロナがUEFAスーパーカップ制覇（3－2 2試合合計 vs ウェルダー・ブレーメン）
1991－94 バルセロナがラ・リーガ4連覇
1996 （4月）バルセロナの監督解任
1997 クライフ財団設立
1999 国際サッカー歴史統計連盟（IFFHS）20世紀最優秀選手2位、最優秀選手はペレ
クライフ大学設立
2004 FIFA歴代優秀選手100名に選ばれる
2009 100カ所目のクライフコート設置
2015 （10月）肺がんと診断される
2016 （3月24日）バルセロナで死去、享年68歳

ヨハン・クライフ自伝《じでん》

サッカーの未来《みらい》を継《つ》ぐ者《もの》たちへ

著　者　ヨハン・クライフ
訳　者　若水大樹《わかみずだいき》

発行所　株式会社　二見書房
〒101-8405
東京都千代田区三崎町2-18-11堀内三崎町ビル
電話　03（3515）2311［営業］
　　　03（3515）2313［編集］
振替　00170-4-2639

印刷・製本　株式会社　堀内印刷所

ブックデザイン　河石真由美《かわいしまゆみ》（CHIP）
DTP組版　有限会社CHIP

落丁・乱丁本は送料小社負担にてお取替えします。
定価はカバーに表示してあります。

ISBN978-4-576-17012-1
http://www.futami.co.jp